文庫

# 雲ながれゆく

池波正太郎

文藝春秋

雲ながれゆく／目次

# 雲ながれゆく

# 雷雨

一

（あのとき、どうして、あんなことになってしまったのか……）

後になって、いくら考えてみても、お歌《うた》にはわからなかった。

（この私が、あんな男に、手ごめにされてしまうなんて……）

悔《くや》しいというよりも、あのときの自分が、自分でわからぬ。

その男……といっても、若者ではない。

さりとて、老人ともいえぬ。

何しろ、薄暗い小屋の中でのことだったし、ともかく呆然《ぼうぜん》としているうちに、

（いいようにされてしまった……）

のである。

男は総髪《そうがみ》を無造作に後ろへ束ねてい、杖《つえ》のようなものを手に、着ながしの裾《すそ》を捲《まく》った姿で、小屋へ飛び込んで来た。

はじめは、何処《どこ》かの乞食《こつじき》に見えたほどだが、小さな刀を腰にしていたところを見ると、乞食でも町人でも、百姓でもなかったようにおもわれる。

男は背丈が低く、小肥《こぶと》りの躰《からだ》つきで、お歌へ手を伸ばしてきたときには、小さな刀を帯から外《はず》していたのだから、突き飛ばして逃げる気になれば、それもできたろう。

女にしては背丈が高いお歌は、健康だし、腕のちからもまんざらではない。

つい先ごろも、お歌と同い年の義弟・福太郎の顔を殴《なぐ》りつけたら、三日も腫《は》れが引かなかったほどだ。

「お歌のやつは、まるで鬼婆だ。死んだ兄《あに》さんも、あんなやつを嫁にもらったのだから、たまったものじゃあない。きっと兄さんは、お歌のやつに生血《いきち》を吸われて、取り殺されたのだろうよ」

と、福太郎が妻のお絹にいったそうな。

それほどのお歌が、いささかの抵抗もしめさず、これまでに見たこともない怪しげな男に犯されてしまったのが、われながら、ふしぎともなさけないとも、いいようがない。

夫の笹屋《ささや》伊之助が病死してから三年になるけれども、お歌は別に、

（男が欲しい）

と、おもったことはない。

病身の伊之助との夫婦のまじわりは淡かったが、その生活にも不満をおぼえたことはない。

伊之助の心情はやさしく、何事にも妻のお歌にたよりきっていたし、お歌も、一所懸命に夫へつくしたつもりでいる。

さて、その日のことだが……。

このところ、実家に帰っていたお歌は、柳島の妙見堂《みょうけんどう》の近くの息子夫婦の家で、病床についているおたねを見舞った。

おたねは、笹屋に長らく奉公をしていた、奥向きの老女中であった。

「あらぬ肚《はら》の内を探《さぐ》りまわされるのもいやだから、このまま、実家《さと》に居ついてしまおうかとおもっている」

そういうお歌へ、おたねは、

「ですが、あなたがおいでにならなければ、笹屋の行先がどうなります？」

「義弟《おとうと》夫婦で、やって行けばいい」

「そうはまいりませんよ。当分は、あなたが後見役をおつとめにならなければ、ど

うにもなりゃあいたしません」

お歌が嫁《とつ》いだ笹屋は、浅草の駒形堂《こまがたどう》の前にある菓子舗で、名物は将棋落雁《しょうぎらくがん》と羽衣煎餅《はごろもせんべい》。お歌の亡夫で四代もつづいた店なのだ。

お歌と亡夫・伊之助の間には、ついに一人の子も生まれなかった。

「あの鬼婆に子が生まれたら大変だよ。だって鬼っ子が生まれることになるからね」

などと、福太郎が陰口《かげぐち》をしているそうだが、子ができなかったのは病身の伊之助の所為《せい》にきまっている。

「ねえ、お歌。養子をしておこうか？」

伊之助は、そういっていた矢先に、急死をしてしまった。

心《しん》ノ臓の発作が起ったのである。

三年前に、お歌は二十六歳で、子もないままに笹屋の後家《ごけ》となった。

実家の当主となっている兄の平四郎は、

「もう仕方がないから、私のところへ帰っておいで」

というが、いまの笹屋では、お歌がいないと、商売にさしつかえる。

おたねが心配をするのも、そのことである。

（おたねも、あの様子では、長く保《も》たないかも知れない……）

お歌が笹屋へ嫁入ったときから、妙に気が合ったらしく、お歌にとっておたねは、どこまでも心強い味方であった。

おたねも若いころに夫を失い、一人息子を実家へあずけ、笹屋へ奉公に出ただけに、いまのお歌の境遇に胸を痛めていてくれる。

おたねの息子の家を出て、お歌は実家へもどる途中、柳島の妙見堂へ詣《まい》って、病み疲れたおたねの顔を脳裡《のうり》に浮かべつつ、

（どうか、おたねを、もう一度、丈夫にしてやって下さいまし）

と、祈った。

日本橋から一里余。江戸も大川（隅田川）をわたって、このあたりまで来ると、まったく田園の風景で、寺院や武家の下屋敷が点在するほかには、いちめんの田地《でんち》と雑木林がひろがっている。

妙見堂で参詣《さんけい》をすませたお歌は、何となく気疲れがして、門前の茶店へ入り、冷えた麦茶をのみ、ゆっくりと休んだ。

おもえば、

（それが、いけなかった……）

ともいえよう。

茶店で休んだりしなければ、あの雷雨に出合う前に、実家へ帰り着いていたにき

まっている。

お歌の実家は、当時の江戸の郊外といってよい寺島村（現・墨田区東向島）の、白鬚明神《しらひげみょうじん》の横道を東へ入ったところにある〔大村〕という料理屋なのだ。

茶店を出て、お歌が、横川沿いの道を小梅村へさしかかったとき、七ツ（午後四時）をまわっていたろう。

だが、晩夏のことゆえ、日暮れまでには間があったけれども、少し前から黒雲が空を被《おお》い、稲妻が光りはじめたので、

（こりゃあ、いけない）

お歌は、足を急がせていた。

しかし、間に合わなかった。

ぽつり、ぽつりと、大粒の雨が落ちて来たとおもったら、たちまちに驟雨《しゅうう》となった。

ふと見ると、右側の畑の中に板屋根の小屋が一つ、目に入ったので、お歌は其処《そこ》へ駆け込んだ。

「ごめんなさいまし」

声をかけ、戸に手をかけてみると、わけもなく開いた。

小屋の中には、だれもいなかった。

この畑は、どこかの屋敷か寺院が所有していて、畑仕事に雇《やと》われた百姓が仮に泊ったりする小屋で、このあたりにはめずらしくない。

こうした小屋には、戸締りなどをしていないのが常例である。当時は、それだけ世の中がゆったりとしていたのだ。

小屋の中は二坪ほどの板敷きになってい、せまい土間には鎌《かま》や鍬《くわ》などが置いてある。

(まあ……でも、よかった)

雨は、すぐに熄《や》むだろう。

お歌は手ぬぐいで足をぬぐい、板敷へ腰をおろした。

稲妻が疾《はし》り、雷鳴がとどろいた。

(もう少しで、帰れたのに……)

此処《ここ》から、実家の〔大村〕までは、さして遠くはなかった。

雨が叩きつけるや、すぐに小屋へ飛び込んだので、足も汚れていず、勝山風《かつやまふう》の丸髷《まるまげ》も乱れることなくすんだ。

(やれやれ……)

お歌は、夫が死んでから味をおぼえた煙草を吸おうとして帯の間から更紗《さらさ》の煙草入れを出してみたが、あたりを見まわし、苦笑をした。

小屋の中には、肝心の火種《ひだね》がない。

また、稲妻が光り、雷鳴が起った。

その男が、小屋へ飛び込んで来たのは、このときであった。

二

男は、小屋の中にお歌がいるのに気づき、ぴょいと頭を下げて見せた。

その感じが、何となく素朴《そぼく》だったし、おもわず、お歌も、

「とんだ雨でございますねえ」

と、応じたほどなのだ。

男は何かいったが、とどろく雷鳴に消されて、お歌にはよくわからぬ。

男は、お歌に背を向けて、土間の一隅に立ち、戸を細目に開け、外の豪雨をながめている。

その後姿は、いかにも老人そのものに見えた。

お歌は、安心をして、

「お近くでございますか？」

声をかけると、男が振り向いた。

そのとき、稲妻が光って、男の顔が浮きあがった。

ふとい眉毛と、大きな口が、先ず目に入った。

男は、うなずいた。

「さようでございますか。早く、熄むといいんでございますけれど……」

「うむ……」

わずかにうなずいた男が、お歌を見つめた。

男の目は、さして大きくなかったが、光りが凝《こ》っていて、このとき、お歌は何となく胸さわぎがした。

雷鳴がとどろく。

男は、お歌を見つめたまま、身じろぎもしなかった。

(このお人は、どんなお人なのだろう？　お侍《さむらい》なのかしら、それとも……)

薄暗い小屋の中では、男の姿が垢染《あかじ》みて見えたし、お歌は急に、気味が悪くなってきた。

さ、それからのことが、どうしてどうなったのか、くわしい記憶がないのだ。

稲妻が光ると、男の眼も光った。

老人ではなかったが、若者でもない。

お歌には、四十二、三歳に見えた。

ともかくも、激しい雨で、女でなくとも外へ出る気にはなれまい。

ことに、お歌は女である。

薄気味が悪い男と見て、すぐさま、小屋の外へ走り出る気持ちにはなれなかったということもあるが、それよりも、自分の顔を射すくめるように見つめている男の、底知れぬ眼の光りの深さに、見返している自分の眼が暗《くら》むようにおもえた。

きっと、お歌も男を睨《にら》んでいたにちがいない。

睨まぬまでも、お歌が一点を凝視《ぎょうし》するとき、わずかに三白眼《さんぱくがん》となる。

亡くなった夫が、お歌に、

「お前さんはいい人だけれども、私を凝《じっ》と見つめるときの眼つきは、ちょいと怖《こわ》い」

よく、そう洩《も》らしたものだ。

お歌は、男から眼を逸《そ》らしたいとおもったが、逸らすことができなかった。

自分の躰が、男の眼の中へ吸い込まれそうであった。

稲妻が光らなくとも、男の眼の光りが、お歌を吸い寄せる。

と……。

男の躰が、そろりとうごいた。

お歌の躰は金縛《かなしば》りになったように、うごかなかった。いや、うごけなかった。

男が後手《うしろで》に、細目に開いていた板戸を閉めた。

お歌は、はっとした。

ここに至って、男が自分に何をしようとしているかがわかった。

逃げようとして、わずかに、お歌の腰が浮いた。

浮いたときには、早くも、男の顔が目の前にあった。

男の手が伸び、お歌の肩をつかんだ。

つかんだというよりは、肩に手を置いたといったほうがよい。

別に、男の手にちからが加わっていたわけではないのに、お歌の肩から背すじにかけて、痺《しび》れが走った。

男の眼は、依然、お歌の眼を見据えている。

「何をなさるんです」

咎《とが》めたつもりだが、ほとんど声にならなかった。

男は、無言であった。

男の両腕が、お歌の腰へまわったとき、

「う、う……」

わずかに呻《うめ》いて、お歌は目を瞑《つむ》ってしまった。

（ほんとうに、まったく、あのとき、私はどうかしていた……）

抵抗をしたおぼえが、まったくないのだ。

男に抱かれたとき、汗や垢の匂いもしなかった。

強《し》いていうならば、男の躰の匂いは、

(お線香のような……)

匂いだったが、それは、お歌の表現にすぎない。別に線香の匂いがしたわけではなかったが、どちらかというと若い男や中年男の匂いではなく、清潔に暮している老人の匂いとでも、いったらよいのではあるまいか。

男が身につけているものも、洗いざらしではあるがさっぱりとしていたらしい。

お歌は、まるで、亡くなった実家の父親にでも抱かれているような気分になっていたのやも知れぬ。

すると……。

お歌の腰へまわっていた男の手がうごいた。

「あっ……」

さすがに低く叫び、お歌は身を踠《もが》いた。

踠いてみても、どうにもならぬ。

どこをどうされたのかわからぬが、お歌の躰は自由を失ってしまっていた。

「あっ……あ……」

叫んでいるうちに、お歌の躰の中へ、するりと〔男〕が入って来た。

おどろきもし、あわてもしたが、何しろ身うごきができないのだ。

男は、自分の両腿《りょうもも》の上へ、女にしては大きいお歌の躰をのせてしまっている。

背が低い男の顔は、お歌の胸元のあたりにあったが、そのまま、お歌を押し倒そうとするわけでもない。

だが、すでに、お歌は犯されつつあったのだ。

男は身うごきもしないのだが、お歌の躰の中へ入った〔男〕が微妙にうごきはじめた。

(こ、こんなことって……ああ、いったい、私は、どうなってしまっているんだろう!……)

雷鳴と雨音がこもる小屋の中で、お歌の全身が汗ばみ、呼吸が荒くなってきた。

男のほうは息を乱すでもなく、ただ、お歌の腰を抱きしめ、坐っているだけなのだ。

それでいて、お歌の躰の中の〔男〕はうごいている。

われ知らず、お歌の双腕《もろうで》が男の頸《くび》を巻きしめていた。

三

男が、自分の躰から離れたときのことを、お歌は、よくおぼえていない。

ただ、男が自分へ軽く頭を下げ、戸を開けたときに、雷雨が熄《や》んだ外の光りが真昼のように明るく小屋の中へさしこんできたことだけは、おぼえている。

男は、去った。

その後姿は背筋がよく伸びていて、まるで、少年のようであった。

ぼんやりと、お歌は去って行く男を見送ったまま、しばらくはうごかなかった。

声も出ない。男への怒りもわいてこなかった。

悔しいとおもうのは、男に対してというよりも、自分へ向けたものであったろう。

あのような無体《むたい》をされながら、逃げることも、男を突き退《の》けることもしなかった……いや、できなかったのである。

さりとて、堪《た》えがたい恥辱《ちじょく》を受けた気もせぬのが、ふしぎなのだ。

我に返ってみると、お歌は、小屋の土間へ横坐りになっていたのだが、躰は汗に濡れていても衣服の乱れは、ほとんどなかった。

小屋の外に水溜りができていたので、それへ顔を映してみると、髪も乱れていない。

西の空は、血をながしたような残照に染まっていた。

お歌が実家へもどったとき、暮れ六ツ（午後六時）をまわっていた。

実家の料亭〔大村〕は、平四郎お歌兄妹の亡父が一代できずきあげたものだ。

お歌の父は、日本橋本町三丁目裏河岸《うらがし》にあった料理屋〔桐屋利八《きりやりはち》〕の次男に生まれたので、桐屋は兄が跡つぎとなったのだが、この兄は遊蕩《ゆうとう》のかぎりをつくし、店を潰《つぶ》してしまったという。

お歌が生まれたとき、伯父にあたるその人は、すでに、この世にはいなかった。

〔大村〕は、ひろい庭に、大川の水を引き込んだ池へ小川があり、こんもりとした木立と竹林に囲まれている。

「ここは、別天地だ」

と、常客たちがいう。

つまり、山里の風趣にひたりつつ、酒を酌《く》み、旨《うま》い料理を味わうわけで、先代の平四郎が一代で、これだけの格式をもった料理屋にしたのは、なみなみならぬ努力があったにちがいない。

先代は、みずから庖丁《ほうちょう》を取ったし、

「その修業は、大変なものだったらしい」

と、二代目の当主の平四郎が妹のお歌へ語ってきかせたこともある。

庭には、風雅な茅《かや》ぶき屋根の離れ屋が五棟もあり、客は大身《たいしん》の旗本のみか、どこやらの大名が、

「おしのびで……」

あらわれることもある。

江戸でもそれと知られた富商たちも常客であった。

お歌は、実家へもどると、すぐに帳場へ行き、兄の平四郎へ、

「ただいま、帰りました」

と、あいさつをした。

「お帰り。ひどい雨だったが……」

いいさして平四郎が、

「どこかで、雨やどりができたらしいね」

「はい」

「それは、よかった」

平四郎は、四十歳になる。

妻のお房は三十四歳で、この兄嫁とお歌は、しごく仲がよい。

「もう、笹屋へ帰ることはありませんよ。此処にいて、私を助けて下さいよ、お歌さん」

と、兄嫁は心から、そういってくれる。

何しろ、病弱だった夫を助けて、四代もつづいた老舗《しにせ》・笹屋の切り盛りをしてきたお歌が、実家へもどってくれるなら、

「これほど、心強いことはございませんよ」

と、夫の平四郎にいうほどのお房なのだ。

お房は、平四郎との間に、長男・幸太郎と長女・お八重をもうけているが、どちらかというと丈夫なほうではない。

それだけに、義妹のお歌がもどって来て、帳場や、座敷女中たちを束ねてくれれば、

(ほんとうに、ありがたい)

このことであった。

亡夫との間に、一人も子ができなかったので、いまのお歌は笹屋の跡をつぐわけにもまいらぬ。

笹屋の親類たちは何度も寄り合い、一時は、お歌を義弟の福太郎と再婚させようということになったが、お歌は、

「御冗談を……」

まったく、相手にしなかった。

痩身《そうしん》だった亡夫の伊之助にくらべて、弟の福太郎は恰幅《かっぷく》の大きな男なのだが、お歌にとっては、

「勘《かん》のはたらきが鈍《にぶ》い大男」

に、すぎない。

「私は、いつでも実家《さと》へもどりますから、福太郎さんに嫁をとらせ、笹屋の跡をとらせたほうがよろしゅうございますよ」

と、お歌は笹屋の親類たちに何度もいっている。

だが、当分は、福太郎の面倒を見てやらねばならない。

福太郎が二年前に、お絹という妻を迎え、女の子が生まれたので、お歌は、

(子供もできたことだし、少しは、しっかりしてくれるかしら……)

期待をしていたのだが、どうもいけない。

笹屋は、大名や大身旗本の屋敷へも菓子を納めている。

そうした相手には、主人みずからがおもむき、用を足さねばならないのだが、福太郎は行きたがらない。

「姉さん。お願いをしますよ」

いつも、こうだ。

人ぎらいというよりも、客を相手に頭を下げ、世辞《せじ》の一つもいうことができない。

「福太郎は末の子だものだから、両親《ふたおや》が甘やかしすぎてしまった。私なぞ、躰こそ弱かったけれども、本郷一丁目の丸屋さんへ奉公に行かされ、五年も修業をしたものだ」

と、亡夫の伊之助が、お歌へ洩らしたこともある。

そうしたわけで、お歌は一から十まで、手取り足取りして福太郎に商売を教え込もうとするのだが、おもうようにならないのだ。

そのくせ、何かにつけて自分が五代目の当主になったことをひけらかし、奉公人たちへ威張り散らす。

たまりかねて、お歌が叱りつけると、福太郎はすぐに親類中へ、いいつけてまわる。

先日、お歌が、

「しっかりしないと、笹屋はつぶれてしまいますよ、福太郎さん」

いきなり、福太郎の顔を殴りつけたときは、親類の長老を自認している三倉屋《みくらや》治兵衛《じへえ》が飛んで来て、

「お歌。ひどいことをするじゃあないか」

詰《なじ》ったものだから、

「ですから、私はもう実家へ帰ります。後は、いいようになさいまし」

さっさと〔大村〕へ帰って来てしまった。

ところが、やはり、お歌がいないと笹屋は困る。

第一、奉公人が福太郎のいうことをきかなくなってしまう。

先々代以来の老番頭も世を去っているし、そのつぎの、たよりになる番頭が二人も、相ついで去年に病死してしまったのだ。

お歌が実家へもどってから、およそ七日の間に、笹屋の親類が入れかわり立ちかわり〔大村〕へやって来て、

「どうか一つ、笹屋へ帰ってもらいたい」

しきりにたのむのだが、お歌は承知をしていない。

亡夫伊之助のことをおもい、笹屋の行末を考えればこそ、この三年間、一所懸命にやってきたのだが、肝心の福太郎が女房子がいても、お歌にいわせるなら、

「頭のはたらきは七つの子にも劣《おと》る……」

というのでは、苦労の仕甲斐《しがい》がないではないか。

温厚な兄の平四郎も、

「もう、これでは仕方がない。近いうちに私が出て行って、はなしをつけ、お前を帰してもらおう」

昨夜、お歌にそういったのである。

## 四

天明三年（西暦一七八三）七月十五日の、この日の夜更けに、お歌は臥床《ふしど》に身を

横たえたが、目が冴えて眠れなかった。

この日は、現代の八月中旬にあたる。

日暮れに〔大村〕へもどってから、お歌は、

（今日の、あのことを……）

忘れようとして、よくはたらいたし、はたらいている間は、たしかに忘れていたのである。

「今夜のお歌は、なんだか血相《けっそう》を変えて、女中たちを叱っていた」

と、平四郎が妻のお房へ、

「そうかとおもうと、帳場へやって来て、私に冗談をいって、大きな声で笑い出したり……」

「まあ……」

「ともかくも、今日のお歌は、どうかしていたよ」

「けれど、元気がいいのなら、結構じゃありませんか」

「そりゃまあ、そうだが……」

だが、いざ、床につくと、あのときのことが、まざまざと脳裡《のうり》に浮かんできて、躰は疲れ切っていても、お歌は寝つけなかった。

あの男の〔男〕が、いま尚《なお》、お歌の躰の中で、うごいているようなおもいがする。

「ああ……」

ためいきが出た。

悔しいようでもあるが、怒る気にもなれぬ。

男から、あのような愛撫を受けたのは、はじめてであった。

それにしても、女の髪の毛も夏の衣裳も乱さず、凝と膝の上に抱きかかえたまま、あのようになぐさみものにするなどとは、おもいおよばぬことであった。

あのときは、雷雨の響《とよ》みの中で得体《えたい》の知れぬ化けものに犯されていて、それが夢の中の出来事のようにおもわれたのだが、こうして床に入ってからも、まだ自分の躰の中に、あの男の愛撫が息づいている。

これは、どういうことなのだ。

男ならば……といっても、お歌は亡夫しか知らないが、あのような姿で女を愛撫するわけがない。

こちらの唇《くち》を吸ったり、襟を引きあけて、乳房をまさぐったりするはずではないのか……。

ところが、あの男は、まるで、初対面の男女が向い合って食膳につき、箸をうごかしてでもいるように、お歌を抱いたのである。

「ああ……」

また、ためいきを吐《つ》いて、お歌は我知らず、右の手で左の乳房をまさぐっていた。

夏も、間もなく過ぎ去ろうとしているが、まだ暑い。

青い蚊帳《かや》に包まれて、お歌は夏夜着も開け、肌《はだ》身を汗に濡らしている。

「ああ……ほんとうに、もう……」

うわごとのようにつぶやき、何故か狂おしげに、床の上で何度も寝返りを打った。

お歌は、ついに眠らぬまま、朝を迎えた。

空が白みはじめると、もう眠るのをあきらめ、部屋から出て湯殿へ行き、湯舟に張ってある水を何杯も浴びてから、身仕度にかかった。

そこへ、甥《おい》の幸太郎があらわれ、

「叔母さん。どうしたんです？」

「ああ、幸ちゃん……」

「水を浴びているんで、おどろいちゃった」

「見たの？」

「ええ、ちょっと……叔母さんの躰って、ずいぶん、白いねえ」

「ばかをおいいでない」

幸太郎が、朝も暗いうちに起き出すのは、めずらしいことではない。

十五歳の幸太郎だが、父親の平四郎は、

「私は不器用で庖丁がとれなかったので、幸太郎だけは何としても一人前にしたい」

そういって、いまから他の奉公人同様にあつかっているので、幸太郎は早朝から起きて板場から台所を、他の下ばたらきと一緒にやる。

来年からは、もっと早く起きて、日本橋の魚河岸へ行き、仕込みをおぼえるのだそうな。

(笹屋の福太郎なんか、幸ちゃんの爪の垢《あか》でも煎《せん》じてのめばいい)

かねがね、お歌は、そうおもっているほどだ。

少年ながら、自分が〔大村〕の跡とりだということを鼻にもかけず、父親のいいつけどおりに、素直にはたらく。

また一つには、

「たしかに幸太郎は、死んだ親父《おやじ》の血を引いている」

と、平四郎がいうように、料理には興味をおぼえているらしい。

なればこそ、骨身を惜しまずにはたらくのであろう。

「さ、幸ちゃん。今朝は叔母さんが、お前さんを手つだってあげるよ」

「おお、怖い」

　こうしてお歌は、この日も朝から、しなくともよいことまで手を出してはたらき出すし、

「何でも、幸太郎がいうには、朝も暗いうちに起きて水をかぶっていたそうだよ。いったい、どうしたのだろう？」

　瞠目《どうもく》した平四郎がお房にいった。

「そりゃ、きっと、うちへもどる決心をかためてくれたのでしょう」

「そうかね」

　午後になり、廻りの髪結《かみゆ》いに髪を結ってもらうと、暇ができたので、お歌は近くの白鬚明神社へお詣りに行くことにした。

　今日も、よく晴れあがっていて、暑い。

（ああ、ほんとうにもう、あの男ときたら……あんなに図々しい男なんて、見たことも聞いたこともない）

　その図々しい男を、間もなく我眼《わがめ》に見ようとは、おもってもいなかったお歌なのである。

# 西瓜提灯《すいかぢようちん》

一

白鬚明神の社《やしろ》は、大川の堤の下にある。

祭神は猿田彦命《さるたひこのみこと》で、別当《べつとう》は西蔵院《さいぞういん》（真言宗）である。

「天暦《てんりやく》五年辛亥、慈恵大師《じえだいし》関東下向《げこう》の頃、霊示《れいじ》によりて近江国志賀郡打下《うちおろし》より此地に勧請《かんじよう》し給うとなり。天正十九年に至り、神領《しんりよう》を付し給う」

と、物の本には、そう記してある。

堤の下の境内《けいだい》は松の木立に囲まれており、社も小さなものだが、それが、いかにも往古のころを偲《しの》ばせもするし、お歌にとっては、実家と目と鼻の先の神社であったし、子供のころから雨雪が降らぬかぎり、日に一度はお詣りに行き、遊び場所にもしていた。

堤の道から石段を十段ほども下ると、鳥居があり、松木立の彼方に社が見える。

その堤の道に、むかしから小さな茶店があった。お歌が子供のころの亭主夫婦は、すでにこの世の人ではないが、息子夫婦が茶店を引きついでいる。

息子の徳太郎は三十二歳で、お歌の幼なじみであった。

女房お金《きん》との間には子がない。

夫婦は、日が暮れると茶店を閉め、若宮村の家へ帰って行く。

「おや、お歌ちゃん。まだ、大村にいたのかい」

堤の道へあらわれたお歌へ、茶店の外へ水を打っていた徳太郎が声をかけた。

「いて、悪かったかえ」

「いつ、悪いといった」

「お前さんの指図《さしず》は受けないよ」

「へっ。相変らず口のへらねえ女だ」

幼なじみだけに、二人とも遠慮がない。

お歌は、茶店の縁台へ腰をかけて、

「お金さん。麦茶をひとつ下さいな」

と、笑いかけた。

「はい、はい」

よく肥《こ》えたお金が、冷えた麦茶に落雁をそえ、運んで来て、

「毎日、暑うござんすねえ」

「でも、お前さん方は、いつも大川の川風に吹かれて、汗も出やしますまい」

「そのかわり、冬が、ねえ……」

「そうそう。同じ川風でも、ずいぶんちがうものですねえ」

「二人で、つまらねえことばかり、いってやがる」

徳太郎が割って入って、そういったときであった。

堤の桜並木の向うの川岸から男が四人、突如、堤の道へ飛び出て来た。

「あっ……」

それを見て、お金が徳太郎へしがみつき、徳太郎は、お歌の腕をつかみ、

「危《あぶ》ねえ」

店の中へ引っ張り込んだ。

何故というなら、四人のうちの三人が大刀を抜きはらっていたからだ。

残る一人は両手に何も持たず、三人を見据えている。

茶店の葦簀《よしず》の陰から、これを見たお歌が、目をみはった。

白刃《はくじん》を抜きつれた三人の浪人者に、素手《すで》で向い合っている男は、まぎれもなく、昨日の夕暮れに、自分を犯した男だったからである。

夏の午後の強い日が照りつける堤の道を通る人影もない。

大川を荷船が一つ、ゆっくりと下って行くのが見えた。

「抜け。抜けよ、おい」

浪人者のひとりが、侮《あなど》りきった口調で、男にいった。

男は昨日と同じ姿で、小さな刀を腰にしているが、杖は持っていなかった。

男は黙っている。

その横顔が、お歌に見てとれた。

眼を半ば閉《なかと》じて、男は、

（ぼんやりと立っている……）

ように見えた。

徳太郎が、お歌に、

「喧嘩の巻きぞえを食っちゃあたまらねえ。裏へ逃げよう」

「徳ちゃん。悪いこともしていないのに、逃げることはないよ」

お歌は好奇心をそそられたかして、うごこうともせぬ。

およそ六間《けん》の向うに、四人は対峙《たいじ》していた。

三人の浪人者は、男を三方から包囲し、

「こやつ。抜かぬな」

「生意気なやつめ」

「腕一本、打ち落してくれる」

浪人どもは勝手なことをいいながら、刀を引提《ひっさ》げたまま、包囲をせばめてゆく。

お歌は昂奮し、面《おもて》に血をのぼせて、

(あんなやつ、やっつけられてしまえばいい)

おもうことはおもうのだが、どうも実感がわいてこない。

さりとて、男の無事を願う気持ちにもなれないのは、当然だったといえよう。

だれの目にも、男が無頼浪人どもの餌食《えじき》になるものと見えた。

「それ、それ……それ、行くぞ」

浪人の一人が、男の正面から迫って来て、

「それっ!!」

男の左の肩口へ、大刀を打ち込んだ。

男は、ほとんどうごかぬ……ように見えたが、わずかに身をひらいたのであろう。

それでなくては、斬られているはずだ。

斬りつけた浪人者と男の躰が、お歌の目には、もつれ合ったように映《うつ》ったが、転《てん》瞬《しゅん》、浪人の躰がくるりとまわって、

「うわ、わ……」

刀を落し、両手を顔にあてて、がっくりと両膝をついてしまったではないか。

何がどうなったのか、お歌にも徳太郎夫婦にもわからなかった。

男が、二歩、三歩と身を引いた。

顔を被《おお》った浪人の手指の間から、血がふきこぼれてきた。

「うぬ!!」

「覚悟!!」

二人の浪人が、猛然と地を蹴って、男へ斬ってかかった。

彼らが振りまわす刃《やいば》の光が乱れ飛ぶ中に、男の躰が低く沈んだ。

すると、

「わあっ……」

「ぎゃあっ……」

二人とも絶叫をあげ、まるで、投げ飛ばされたかのように、左右へ打ち倒れてしまったのである。

男は、桜並木の蔭へ身を引き、小刀《しょうとう》も抜かず、ぼんやりと立っている。

浪人どもは、愕然《がくぜん》としたらしい。

同時に、得体の知れぬ恐怖に抱きすくめられたらしく、這うようにして刀を拾い、じりじりと後退し、申し合わせたように、堤の道を北へ逃げ去った。

お歌の背すじに、寒気が疾《はし》った。

白鬚明神の木立で、法師蟬《つくつくぼうし》が鳴きはじめた。

男は、しばらくの間、逃げ去る浪人どもを見送っていたが、やがて背中《そびら》を返し、何事もなかったように堤の道を南へ歩みはじめた。

男は、茶店の前を通りすぎたときも視線を向けなかった。

もし、向けたとしても、徳太郎夫婦の姿は目に入ったろうが、その後ろに身を屈めていたお歌には気づかなかったろう。

男の横顔には、薄汗もにじんでいなかった。

「と、徳ちゃん」

お歌が、妙に上擦《うわず》った声をあげ、徳太郎の腕をつかんだ。

「ど、どうしたのだ?」

「たのむよ、ねえ……」

「何を?」

「あの男の後を尾《つ》けて、居所《いどころ》をたしかめておくれでないか?」

「あの男を、知っているのか?」

「いいから、たのむよ。たのみますよ」

「一体、どうしたっていうんだ」

「早く、後を尾けておくれよ。そのかわり、この茶店を明日いちにち、私が買いきるからさ。さ、早く、たのみますったら……」

二

一刻《いっとき》（二時間）あまりの後に、徳太郎がもどって来た。

そのとき、お歌は、実家の〔大村〕へ帰っていた。

お金が、

「お帰りになって、お待ちなさいまし」

そういってくれたからである。

「お歌ちゃん、わかったよ」

徳太郎は、子供のころから勝手知ったる帳場へ入って来て、

「押上《おしあげ》の最教寺《さいきょうじ》にいるよ」

「あんなところに……」

「寺の裏手の小屋に、独《ひと》りきりで住んでいるらしい」

「独りきり……」

「何か、気になることでもあるのかい？」

「別に……ありませんよ」

「どうも、先刻《さっき》から、お前は妙だよ」

「そんなに、妙かえ？」

「また、そんな、そんな目つきをする。お前の三白眼は、子供のときから気味が悪い」

「それじゃあ、あの男は、最教寺さんと知り合いなのかしら？」

「寺の小坊主が出て来たので、ちょいと小遣《こづか》いをやり、名前だけは聞き出して来たよ」

「何という名？」

「馬杉源吾《ますぎげんご》というのだそうだ」

「ますぎ、げんご……」

「なんでも、去年の秋ごろから、その小屋に住みついているらしい」

「ふうん……」

「ねえ、お歌ちゃん……」

いいかけたところへ、お歌の兄の平四郎が入って来て、

「おや、徳太郎さん。しばらく」

「ごぶさたをしておりまして……」

「おかみさんに変りはないかね？」

「へえ、おかげさまで」

お歌が、

「徳ちゃん、立てかえてくれた金《もの》は、いくらだえ？」

「そんなもの、いらねえよ」

「そう。それなら、ありがと」

軽く頭を下げて出て行きながら、お歌は兄の背中ごしに、徳太郎へ眴《めくば》せをした。

(いまのことは、兄さんに内緒だよ)

その眴せである。

お歌が廊下を去って行くと、平四郎が怪訝《けげん》そうに、

「お歌が、お前さんに何かたのんだのかね？」

「ええ……」

「何を、たのんだのだろう」

「いえ何、大したことではありません。それじゃあ日那、ごめん下さいまし」

あわてて、徳太郎は帳場から飛び出して行った。

平四郎が、よびとめる間もないほどの素早い身のこなしであった。

平四郎は頸《くび》をかしげて、立ちかけた腰をおろし、そこへ入って来たお房へ、

「お歌は、どうした？」

「何かあったのでしょうか？」

「どこにいる？」

「板場へ入っているようですけれど、何かあったのですか？」

「どうっていうこともないのだが……」

いいさして煙管《きせる》へ煙草をつめながら、平四郎が、

「今夜は、関口様がおいでになる日だったね」

「はい」

「何やら、この私に、折入ってのたのみごとがあるというのだが……」

「まあ、いったい、どんなことなのでしょう？」

「さて……？」

関口様というのは、越前《えちぜん》の大野四万石、土井能登守利貞《どいのとのかみとしさだ》の家来なのだ。

名を、関口理右衛門《りえもん》といい、江戸屋敷の留守居役《るすい》をつとめている。

〔留守居役〕というのは、大名家の江戸屋敷に勤務する藩士が、世襲《せしゅう》でつとめる一種の外交官のことだ。

いや、大名の家にとっては、外務大臣にも匹敵《ひってき》する重要な役目といってよい。

江戸留守居役は、絶えず、将軍や幕府のうごきに目をくばって、秘密の情報をあつめたり、他の大名家の家臣たちや幕臣との交際も、一手に引き受けねばならない。

このような役目柄、平常の交際が、いざというときに、

「物をいう」

ので、なればこそ、留守居役への入費は特別に多い。

当年五十歳になる関口理右衛門は、十年ほど前に亡父の跡をつぎ、大野藩の留守居役となったが、料理屋〔大村〕は、関口の亡父の代からのなじみであった。

関口は、よく〔大村〕へ諸藩の友人たちや、大身旗本を招く。

留守居役だけに、人柄もよく練《ね》れていて、このごろは、髪に白いものが増えてきたけれども、座敷女中たちは、今夜は関口理右衛門が来るというと、大さわぎをする。

老いたりといえども、なかなかの好男子だし、洒脱《しやだつ》な人物なので、

「飽《あ》きられたら、捨てられてもいいから、関口様に抱かれてみたい」

若い女中が、陰で口走るほどなのだ。

関口理右衛門が、この日の夕暮れに〔大村〕へあらわれたとき、若い侍をひとりともなって来た。

「客は一人……」

と、聞いていたが、それが、この若い侍なのであろうか。

それにしては、若侍が関口の後ろに附き従っているかたちで、関口が招いた客ともおもえぬ。

二人は、町駕籠《まちかご》でやって来た。

そもそも、関口理右衛門が、料理屋のあるじの平四郎に〔たのみごと〕をするなどということは、かつて一度もなかったことだ。

庭の奥の離れ屋へ入った関口理右衛門は、間もなく、

「あるじに来てもらってくれ」

と、女中にいった。

待機していた平四郎は、すぐさま、離れ屋へ向った。

兄の平四郎に代って帳場へ入ったお歌が、客の下足《げそく》を扱っている老爺の与吉《よきち》に、

「関口様のお客様は、どちらの?」

「さあ、それがわかりません。二十《はたち》をこえたばかりに見える若いお侍で……あれは江戸のお人ではありませんよ」

「では、お国許《くにもと》の?」

「そうかも知れません」

半刻(一時間)ほど後に、平四郎が帳場へもどって来た。

その兄の、むずかしい顔つきに気づいて、お歌が、

「兄さん。どうかなすったの?」

「お歌……」

いいさして、ためいきを吐《つ》いた平四郎が、

「そうだな……お前の耳だけには、入れておこうかね」

といった。

三

料理屋の〔大村〕へ、関口理右衛門がともなって来た若い侍の姿を、お歌はまだ見ていなかった。

二人が入って来たとき、自分の部屋へもどり、化粧を直していたからである。

「年齢《とし》は二十《はたち》で、前髪を落していなさるが、見たところは、まだ子供子供していてね」

と、平四郎が評した若い侍の名を、

「三沢又太郎《またたろう》と申してな」

関口理右衛門が、そのように告げたそうな。

そのとき、若い侍は両手をつき、平四郎へ向って深ぶかと頭を下げた。

「おぬしへのたのみ事と申すのは、この三沢又太郎についてのことなのだ。どうじゃ、引き受けてくれるか？」

「関口様のおおせでございますから、私めに出来るかぎりのことをさせていただくのに否《いな》やはございませんが……」

「何もいわずに引き受けてもらいたい。たのむ」

どうも、わからぬ。

「では関口様、私は何をいたしましたらよろしいので？」

「この男を、おぬしに匿《かくま》ってもらいたい」

「匿う……のでございますか？」

「さよう」

匿うということは、隠すということだ。

つまり、三沢又太郎の身柄を、この〔大村〕の内へ隠してくれということなのか？

「ところが、そうではなかったのだよ、お歌」

と、平四郎が、妹が出してくれた茶を一口のんでから、

「隠し場所を見つけて、陰ながら、いろいろと世話をしてもらいたいと、関口様はおっしゃるのだ」

「わけもわからずにですか、兄さん」

「そうなのだ。いまのところは、何も尋《き》かずにいてくれとおっしゃる」

「ですが、それは、ずいぶん……」

「わけを打ちあけて下されば、また、仕様《しよう》もあるのだがね」

「それで、引き受けたのですか？」

「仕方がない。相手が関口様だからねえ。明後日《あさって》の暮れ方に、あらためて此処へ連れておいでなさるということだ。お歌、いいかえ、このことをお房の耳へは入れないでおくれ。何しろ、お前も知ってのとおりの、あれは心配性なのだから」

「ええ、わかっていますけれど、その若いお侍を此処へ引き取るからには義姉《ねえ》さんにも……」

「そこは、うまく私からいっておく。ともかくも此処へ長くは置けないし、関口様も、それは私と同じ意見なのだから、早急に隠し場所を見つけなくてはならない」

「困りましたねえ」

「どこか、安心なところはないものかね？」

「そうですねえ……」

いいさした途端に、お歌の脳裡《のうり》へ閃《ひらめ》いたものがある。

「兄さん。徳ちゃんのところはどうでしょう？」

「あ……」

平四郎が膝を打って、

「お歌。いいところへ目をつけておくれだ」

「あの人なら、子供のころから、たがいに気心がわかっていますし、おかみさんのお金さんも、しっかりした女《ひと》ですものね」

「うむ、うむ」

そこへ、座敷女中のおみねが、関口理右衛門の帰りを告げに来たので、平四郎は帳場から出て行きかけたが、何をおもったかして、お歌の傍へもどり、顔を寄せ、

「いい忘れたがね、関口様の後についておいでなさる三沢又太郎というお侍を、そっと陰から見てごらん。びっくりするよ」

いいおいて、廊下へ出て行った。

関口と三沢又太郎は奥の離れ屋から庭づたいに外へ出て行った。

細道に面した柴垣《しばがき》の門の外に待っていた、二梃《ちょう》の町駕籠へ二人は乗った。

それを、お歌は柴垣の陰から見て、

(あっ……)

いささか、おどろいた。

兄の平四郎が手にした提灯《ちょうちん》の明《あか》りに浮かびあがった三沢又太郎の横顔は、お歌の亡夫の伊之助にそっくりだったからである。

それも、お歌が嫁《とつ》いだころの伊之助に、よく似ている。

瓜《うり》二つ、というわけではないが、色白で、すっきりとした目鼻だちといい、細身の躰つきといい、まるで、お歌の夢の中に、若き日の亡夫があらわれたかのように感じられた。

「どうだ、おどろいたろう」

関口理右衛門と三沢又太郎を乗せて去る町駕籠を見送ってから、庭へもどって来た兄の平四郎が、

「顔だちが似ているると、声まで似るというが、伊之助さんの声音《こわね》にそっくりだよ」

「まあ……」

「それにしても、いったい、あの三沢さんは、どのような身性《みじよう》のお人なのだろうか?」

浪人ではない。

関口と同じ大野藩の侍が、何かの事情で、身を隠さねばならないことになったのであろうか。

「それでは、お歌。徳太郎さんに、たのんでみてくれるね」

「ようござんす。けれど兄さん。徳ちゃんが何というか、それはわかりませんよ」

「いずれにしろ、私も顔を出して挨拶《あいさつ》をしなくてはならないし、御礼のこともきちんとさせてもらうつもりだから、何とか徳太郎さんに引き受けてもらいたいのだ」

「ええ……」

この夜、寝所《ねどこ》へ身を横たえても、お歌はなかなか寝つけなかった。

三沢又太郎の一件もそうだが、それよりも、大川の堤の道で、三人もの無頼浪人を叩きのめした、あの、ふしぎな男の姿が脳裡へ浮かびあがってきて、しきりに胸がさわぐ。

それも、徒《ただ》の乱闘ではなかった。

浪人どもが、どこをどのようにされて打ち倒されたのか、それは、お歌や徳太郎夫婦の、

「目にもとまらなかった……」

と、いってよい。

(あの男の名前を、徳ちゃんが教えてくれたけれど……ええと、何といったっけ……たしか、ますぎ何とかいっていた。どんな字を書くのだろう)

それにしても、

(ああいうのを、忍術つかいとでもいったらいいのだろうか。ただ、凝《じっ》と立っているように見えて、相手を三人もやっつけてしまったのだから……)

おもううちに、お歌の肌身が熱くなってきた。

ただ、凝と、自分を抱いているままで、あの男がおもうさま、自分の躰を犯して

いたときの感覚がよみがえってくる。

胸の内につぶやいてみても、さっぱり嫌悪感がわいてこないのだ。

（ああ嫌な……あんな嫌らしい男……）

四

翌朝になって、甥の幸太郎が、またも湯殿で水を浴びているお歌に気づき、

（叔母さん。どうかしているのじゃないか……）

しきりに頸《くび》を傾《かし》げていた。

お歌は、朝飯をすますと、すぐに白鬚神社前の堤へ出かけて行った。

今朝も晴れわたってい、大川の水が油をながしたように鈍く光っている。

徳太郎夫婦は、すでに茶店を開けていた。

夏は朝詣での客が来るので、暗いうちから仕度にかかるのだそうな。

「徳ちゃん。昨日はありがとう」

「お歌ちゃん。今日は、この店を買い切ってくれる約束だぜ」

「いいとも。そんなことは、いつでもできるけれど、今朝はね、徳ちゃん。別のことで、どうあってもお前さんにたのみたいことがあってねえ」

徳太郎が、にやりとして、

「おれに抱いてもらいてえのか？」

「ばかをいうんじゃないよ、お金さんの前で」

「だって、お前、笹屋の旦那が亡くなって……」

「うるさいねえ」

お金が割って入り、

「ほんとだよ。いいかげんにおし」

と、徳太郎の腕を叩いた。

「このはなしはね、徳ちゃん。お前さんだけじゃない。お金さんにも聞いてもらわなくてはならないんだよ」

「何だ、つまらねえ」

お歌とお金が同時に、

「ばか」

と、いった。

ちょうど、茶店には客の姿もなかった。

お歌は、兄から聞かされた関口理右衛門の依頼を包み隠さず、徳太郎へ告げた。

すると、意気込んでいたお歌が気落ちしたほどに、あっさりと、

「いいとも、引き受けよう」

　徳太郎がいった。

　お金も同意のうなずきを、お歌へしてよこした。

「ほんとうかい、徳ちゃん」

「こういうときでねえと、お前のところへ恩返しができねえ」

「な、何だい。妙なことをいうじゃあないか」

「あ……口がすべった」

「ばかだねえ」

　と、お金。

「今朝のおれは、ずいぶんとばかなんだなあ」

「徳ちゃん。いっておくれ、その恩返しがどうだとかいうのをさ」

「なに、むかし、死んだ親父が、お前のお父《とっ》つぁんに危ねえところを助けてもらったことがあるのだ。いや、こんなことは、いまの大村の旦那も知ってはいなさるまいよ。恩というものは着せるものではねえ、着るものだからね。亡くなった大村の先代は何もいわなかったにちがいないが……」

「私も、そんなこと、耳にしてはいない」

「そうだろうとも。そのとき、おれは生まれたばかりで何も知らなかったが、後になって、おふくろから聞いた。親父はね、博奕《ばくち》と酒に狂っちまって、土地《ところ》の悪い奴らと関わったりしたあげくに、この店までも手ばなさなくてはならなくなった、そのとき、大村の先代が助けておくんなすったのだよ」

「まあ……けれど徳ちゃん。私は何も知らなかったのだから、恩に着せたわけじゃない……」

「もう、何もいうなよ。ともかくも、大村の旦那の役に立てるのが、おれはうれしいのだからね」

「でもねえ。私も兄さんも、くわしい事情《わけ》を知らないのだから、もしやして、お前さん方に迷惑をかけるようなことになってはと……」

あまりにも、呆気《あっけ》なく、徳太郎が引き受けてくれたので、お歌は何やら気がかりになってきた。

「兄さんが、あらためて、お前さんに挨拶をするといっているけれど、今日のところは……」

「なあに、旦那がおいでなさるにはおよばねえよ」

礼金のことなども、こうなっては、うっかりといい出せぬ。

無欲な徳太郎だけに、

「そんな面倒なことをいうのだったら、引き受けねえぜ」

と、いいかねない。

〔大村〕へ帰って、兄へ告げると、

「そうかい。私も知らなかったよ。こうなると何だね、徳さんに恩を着せるかたちになって悪いねえ」

「もういいじゃありませんか。徳ちゃんの親切に甘えておきましょうよ」

「そうだな。このことは私も、決して忘れまいよ」

「たのみますよ」

「うむ」

そこへ、笹屋の番頭の長助《ちょうすけ》が、蒼《あお》い顔をしてあらわれた。

長助は三十をこえたばかりの番頭だが、上の老番頭たちが相次いで世を去ってしまったので、いまは、笹屋の〔大《おお》番頭〕ということになる。

しかし、何といっても貫禄《かんろく》が不足しているから、むかしからの職人への押えがきかない。

「どうも、困りましてございます」

と、長助は、お歌の部屋へ通されると両手をつき、

「どうか、おもどり下さいまし。このとおりでございます」

ほとんど、泣声になって、うったえた。

お歌が実家へ行ったきり、帰って来ないものだから、

「おかみさんがいない笹屋にいても、張り合いがない」

いい出した古い職人が二人、やめてしまったという。

当主の福太郎は威張っているばかりで、こうした菓子職人が、笹屋のような老舗にとって、いかに大切であるかをわきまえていないのである。

「お願い申します。このとおりでございます」

若い主人と職人たちの間にはさまって苦悩している長助を、無下《むげ》に捨ててもおけない。

お歌は、亡夫・伊之助への義理をわきまえぬ女ではなかった。

「わかりました。それでは、明日中に、ともかくも帰るから……」

こういって、お歌は長助を引き取らせた。

「きっとでございますよ。きっとでございますよ」

長助は必死の面持ちで、何度も念を押してから帰って行った。

「ほうっておきなさい。福太郎さんがいるかぎり、どうにもならないよ」

と、兄の平四郎は、お歌を笹屋へ帰さぬつもりだが、

「そうも行きませんしねえ」

お歌は、昼すぎになって、また、おたねを見舞いに出かけた。

おたねの意見も聞いてみようとおもった。

だが、聞くまでもない。おたねはあくまでも、お歌が義弟・福太郎の後見をして、笹屋を安泰《あんたい》にみちびくことを願っているのだ。

日傘をさして、横川沿いの小梅村へさしかかり、あのとき、あの男に犯された小屋が目に入ると、

(ああ、嫌な……)

お歌は顔に血の色をのぼせ、身をもむようにした。

(そうだ。あの男、最教寺さんの裏に住んでいると、徳ちゃんがいっていたけれど……)

われ知らず、お歌の足は最教寺を目ざして歩みはじめている。

五

天松山《てんしょうざん》・最教寺は押上村にあり、お歌が見舞いに行くおたねの家からも近い。

最教寺は日蓮宗で、本尊《ほんぞん》は釈迦如来《しゃかにょらい》。寛永年間に日境上人《にっきょうしょうにん》が開基《かいき》した寺だそうな。

境内《けいだい》に、大きな蓮池がある。

初秋のころ、池のまわりに咲く萩の花が美しいというので、お歌も少女のころに、二度ほど見に来たおぼえがある。

本堂も庫裏《くり》も藁《わら》屋根の、いかにも鄙《ひな》びた寺の佇《たたずま》いで、裏手は松林になっている。

あの男が住んでいるという小屋は、松林と本堂の裏手の間にあり、寺の物置小屋か何かを改造したものらしい。

馬杉源吾という男は、いま、小屋の外へ莚《むしろ》を敷きのべ、それへ坐り込み、しきりに手をうごかしている。

松林に、法師蟬が鳴き、鳴いたかとおもうと熄《や》み、しばらくすると、また鳴き出す。

お歌は、松林の北側から入って行き、足音を忍ばせ、馬杉源吾の小屋へ近づいて行った。

小暗い松林の向うに、小屋が見えた。

莚の上で何かしている源吾の姿を見出し、お歌は木蔭へ身を寄せた。

(あ……あの男が……)

息をつめて、お歌は、さらに近寄って見た。

源吾は、左手に西瓜を抱え、小さな刃物を右手につかみ、細工をしている。

(何をしているのだろう?)

お歌には、すぐわかった。

西瓜の身を刳《く》り貫《ぬ》き、厚い皮に目鼻や口を切りぬき、中に蠟燭《ろうそく》を立てる。

つまり、西瓜提灯をこしらえているのであった。

（まあ、いい年齢《とし》をして酔狂《すいきょう》な……）

だが、彼方に見える源吾は傍目《わきめ》もふらず、西瓜提灯に取り組んでいる。

その横顔が、とても中年男のものとはおもえなかった。

お歌は、源吾を四十二、三歳と見ていたが、西瓜提灯に夢中となっている源吾の横顔は、まるで少年そのものであった。

まことに無邪気《むじゃき》そのもので、むかし、お歌のために西瓜提灯をこしらえてくれたときの、少年のころの徳太郎を見ているかのようだ。

これが、あのとき、あのように、お歌へ怪しからぬことをしてのけた男なのか……。

大川の堤の道で、無頼浪人を叩きのめした男なのか……。

どうも、わからない。

馬杉源吾は細工に熱中しながら、何やら唄いはじめた。

はじめは、

（お経でもよんでいるのかしら？）

お歌が、そうおもったほど、妙な唄声なのだ。

どこかの、遠い国の民謡のようなものらしい。

細工も終りに近づいたのであろう。

（いま、私が、あいつの前へ出て行ったら、どんな顔をするだろう？）

そうおもうと、お歌の総身《そうみ》が、また汗ばんできた。

（このまま、すまそうといったって、そうはいかない!!）

胸の内に力《りき》み返ってはいるのだが、お歌の双眸《そうぼう》の妖《あや》しい輝きには、いささかも怒りの色がふくまれていない。

（あのときのことを、あいつに、あやまらせなくては気がすまない）

だが、あやまるかどうか知れたものではない。

（図々《ずうずう》しい、あいつのことだから……）

もしも、お歌が目の前へあらわれたなら、ふたたび、腕を伸ばしてお歌を抱きすくめてしまうであろう。

（そんなこと、させるものじゃあない。そんなことをしたら、これを、あいつの顔へ叩きつけてやる）

いつの間にか、お歌は石塊《いしくれ》を一つ、右手につかんでいた。

石塊の一つや二つ、お歌が持っていたところで、どうにもなるまい。

それは、お歌もわきまえているはずではないか。

無頼浪人を三人も、素手《すで》で打ち倒した馬杉源吾なのである。

源吾は、依然、細工をつづけていたが、どうやら西瓜提灯もできあがりかけている。

近くの子供にでもたのまれたのか、それとも日が暮れたら、自分が灯を入れてたのしむつもりなのだろうか。

もし、そうだとしたら、いよいよ、この男の正体が、

（わからない……）

ことになる。

（もう、黙ってはいられない。あいつが、もし、私にあやまらなかったら、ひどい目にあわせてやる）

お歌は、ふらふらと木蔭から出た。

むしろ、お歌は、自分のほうが先日のようなひどい目にあうことを、のぞんでいるのではあるまいか。

そのとき……。

馬杉源吾が、できあがった西瓜提灯を小脇に抱えて莚の上へ立ちあがった。

同時に、源吾の右手が颯《さっ》とあがった。

右手からはなれた切出しの小刀《こがたな》が、きらりと木洩れ日に光って松林の中へ疾《はし》ってきた。

「あっ……」

おもわず、お歌は叫んだ。

小刀が、お歌の頰をかすめ、松の幹へ突き刺さったからである。

源吾は、こちらを見ようともせず、ゆっくりと、小屋の中へ入って行った。

声もなく、お歌は、へなへなと其処へ坐り込んでしまった。

そのときの自分の姿を、後になっておもい浮かべると、くやしくもあり、なさけなくもあり、また、おかしくなってくる。

どれほどの時間を坐り込んでいたのか、よくおぼえていないが、しばらくは身うごきもできなかった。

(あいつは、こっちを一度も見なかった……それなのに、知っていた……)

このことであった。

知っていたからこそ、細工につかっていた切出しを投げつけてよこしたのだ。

馬杉源吾が、また、小屋から出て来て、お歌のところへ近寄って来たら、

(こ、殺されるかも……?)

お歌は、必死になり、這うようにして松林の中から逃げたわけだが、源吾は追って来なかった。

それから、おたねの家へ行くことも忘れ、お歌は本所の小梅にある南蔵院の門前の茶店へ入り、

「み、水を、下さい」

いったときには、尋常の顔色ではなかったらしい。

茶店の老婆が飛んで来て、お歌の躰を抱き、

「どこか、お悪いんでございますか？」

「いえ、何でもありませんから、水を一杯……」

「ようござんすとも」

痛むほどに乾き切った喉へ水を通すと、ようやく、お歌は落ちついてきて、あらためて熱いお茶をもらった。

松林の土が着物についているし、髪も乱れていたので、茶店の老婆は何とおもったろう。

（とんだ恥をかいてしまった……）

〔大村〕へもどって来て、すぐに自分の部屋へ走り込み、鏡を手に取った。

鏡の中の顔は、別の女のように見えた。

お歌は着替えをすますと、町駕籠をよばせにやり、座敷女中のおみねに、

「ちょいと笹屋へ行って来ますからね、あとで旦那に、そういっておいておくれ。今夜は向うへ泊り、明日の日暮れまでにはもどって来るつもりだから」

「承知いたしました」

兄や兄嫁の、姿が見えなかったのをさいわいに、お歌は庭から外へ出て、駕籠が来るのを待ち、浅草・駒形の笹屋へ向った。

「明日中に、ともかく帰るから……」

と、気乗りのしない顔つきをしていたお歌が、すぐに来てくれたので、番頭の長助が飛びつくように出迎えて、

「よく……よく、まあ、もどって来て下さいました」

「あとで、ちょっと奥へ来ておくれ」

「はい、はい」

女中たちも、

「もう、お帰りがないと、あきらめていましたのに……」

なつかしげに、うれしげに、お歌のまわりへあつまって来た。

# 告白

一

お歌が帰って来たときは、たしか、笹屋にいたはずの義弟・福太郎が、すぐに見えなくなってしまった。

番頭の長助が、お歌のところへ来て、

「困りました。まことにもって、困りました」

おろおろしているのへ、

「私に会いたくないのだろうから、放っておき」

「ですが、よく、お二人ではなし合っていただかないことには……」

「いま、それができるくらいなら、もっと前にしている」

福太郎の妻のお絹は、居間へ引きこもったまま、出て来ない。

「ああ、もう、こうなってしまっては、どうしようもない」

「そんなことを、おいいなすっては困ります」

「だって番頭さん。いまの私は、この笹屋の主人ではないのだよ。そこのところを、わかってくれなくては……」

「ともかくも、しばらくは、此処《ここ》に落ちついていて下さいまし。それだけでも奉公人は安心をいたします」

「それを、いつまでしつづけたら事がすむの。一時しのぎに、そんなことをしてもはじまらないいじゃないか」

長助も、お歌が義弟の福太郎の後見となり、商売のすべてを教え込んでもらいたいと、切に願っているわけだが、相手は、もうすぐに三十へ手がとどこうとしているのだ。

あまやかされて育ち、世間も知らぬままに大人になってしまった福太郎は、亡兄・伊之助の跡をつぎ、笹屋の当主となってから身につけたものは、まさに、

〔高慢〕

の二字のみであった。

そのくせ、内弁慶《うちべんけい》そのもので、大きな得意先へ出かけると口もきけない。

もてなされることを知っていても、もてなすことを知らぬ商家の主人になってし

まった。

これまでにも、お歌は、福太郎の顔を殴りつけてまで、

(何とかしようとおもった……)

のだが、いまとなっては、義弟を叱りつける気も起らぬ。

(ああ、こんなことになるのだったら、何としても、子を産んでおくのだった)

けれども、これぱかりは「さずかりもの」ゆえ、どうにもならなかったのである。

笹屋へもどってみても、手の打ちようもなかったが、

(明日になったら、せめて、職人たちとはなし合って、この上、店をやめる者が出ないようにしておかなくては……)

そうおもった。

仏壇の、亡夫の位牌《いはい》へ向って、

(すみません、旦那。この上は、もう、実家《さと》へもどるより仕方がありませんねえ)

胸の内によびかけていると、自分に優しく、商売にも打ち込んでいた伊之助の姿が想い出され、気の強いお歌の目が熱くなってきた。

病身ではあっても、亡夫の気性は明るかった。おそらく、人に気づかれぬところで、独り、病いと闘っていたのであろう。

実家「大村」の兄の手紙をもって、甥の幸太郎が「笹屋」へあらわれたのは、翌

朝であった。

兄の平四郎は、

「今夜、関口様が、あの若いお侍を連れておいでになるから、お前も帰って来ていてもらわないと困る。三沢又太郎さんは、今夜から私が引き取ることになっているし、事と次第によっては、明日にもお前に、徳太郎さんのところへ案内して行ってもらうことになるだろうから、かならず、日暮れまでにはもどって来ておくれ」

手紙で念を押してきている。

お歌は、ためいきを吐いた。

「叔母さん。どうしたのさ？」

「何でもない」

「親父に、何と返事をしておいたらいいのだい」

「ああ、帰りますよ。帰らなくちゃあ……」

「そうだとも。叔母さんは、もう大村の人なんだからって、おふくろもそういっていたよ」

「仕様がないねえ」

「それじゃあ、大丈夫だね、叔母さん」

「ええ……」

幸太郎が去った後、お歌は身仕度をととのえ、職人たちがいる仕事場へ行きかけたが、彼らをなだめるすべとてない。

一時は、それでおさまったとしても、福太郎が当主となった、この笹屋に自分が落ちつく場所はないのだ。

番頭の長助は、店の用事で朝から外へ出ている。

「七ツ（午後四時）ごろまでには、かならず帰ってまいりますから、何処へも、お出かけになっては困ります。お願い申します」

長助は必死の面持ちで、お歌にいい、出て行った。

日が暮れたら、長助は職人たちをあつめて、お歌とはなし合ってもらうつもりらしい。

（長助が帰って来たら、面倒なことになるばかりだ）

このことであった。

そもそも、自分は何をしに笹屋へもどって来たのだろう。何の意味もないではないか。

（こうなったら兄さんから、笹屋の親類方へ、きちんとはなしをつけてもらおう）

笹屋に置いてある衣類や道具を実家へ運ばぬことには、不便で仕方がない。

お歌は、廊下から台所へ出て行き、そこにいた若い女中に、

「ちょっと、観音《かんのん》さまへお詣りに行ってくる。すぐに帰るからね」

いいおいて、そこにあった女中の下駄をはき、裏手から出て行った。

女中は、うたがいもしなかったようだが、

(もう二度と、此処へもどるまい)

お歌は、肚《はら》を決めている。

浅草寺《せんそうじ》へ参詣をすませ、花川戸へ出たお歌は、そこの駕籠屋へ入って、

「白鬚さままで、たのみますよ」

と、声をかけた。

今夜から身柄をあずかる三沢又太郎のことを、茶店の徳太郎夫婦へ告げておかねばならぬ。

二

この夜。

約束のとおりに、関口理右衛門が、三沢又太郎をともなって〔大村〕へあらわれた。

いつもの離れ屋へ入った関口の許へ、挨拶に出た平四郎がもどって来て、

「お前も来ておくれ」

お歌をよんだ。

「おお、久しぶりじゃな」

関口が、お歌へ笑いかけ、

「笹屋の主人《あるじ》どのが亡くなってから三年になるそうな。さぞ、苦労が多いことであろう」

というのへ、平四郎が口をはさんだ。

「妹には子もございませぬし、私の手許へ引き取ることにいたしました」

「ほう……さようか、それは何よりじゃ」

うなずいた関口が、お歌に、

「この三沢又太郎を匿ってくれる家が見つかったそうな。礼を申す」

「いえ、あの、お役に立ちますなら、何よりでございますけれど……」

「お前さんの幼なじみの家と聞いた」

関口理右衛門は、江戸留守居役という役目柄か、さばけた物のいいようをする。

今日の昼すぎに、笹屋からもどって、お歌はすぐに白鬚明神前の茶店へ行き、

「徳ちゃん。あのことは、今夜からでもようござんすか？」

すると、徳太郎は即座に、

「いいとも。すっかり仕度をしてある」

と、いった。

若宮村の徳太郎の家は、間数が六つもあって、三沢又太郎の居住に不自由はない。およそ百年ほど前に建てられた百姓家だが、太い柱や梁《はり》が、そのころの世の中の余裕《ゆとり》を偲《しの》ばせてくれる。

若宮村の家は、徳太郎の亡父が買い取ったもので、

「つまらねえなあ。親父が、おれに遺《のこ》したのは、この家と白鬚さまの店だけだよ」

徳太郎がそういったとき、まだ嫁入り前だったお歌に、

「それだけのものをもらっておきながら、ぜいたくをいうのじゃない」

強く、たしなめられたことがあった。

三沢又太郎は、何やら急な事情があり、今夜から〔大村〕へ引き移って来るつもりで、身のまわりの仕度を小さな葛籠《つづら》一つに入れ、持参して来ている。

関口理右衛門は、この夜も、平四郎兄妹に事情を語らなかった。

ひとりで、町駕籠へ乗って帰って行く関口を、平四郎兄妹と三沢又太郎が、庭の柴垣の門まで見送った。

門の外へ出ようとする又太郎を、関口が、

「中へ入っておれ」

低いが、厳しい声で制した。

蒸し暑くたれこめた闇の中で、平四郎とお歌は顔を見合わせた。

お歌は、駕籠へ乗り込んだ関口理右衛門へ近寄り、

「三沢さまは、御家中《ごかちゅう》の方でございますか？」

ささやくように尋《き》いた。

関口は凝《じっ》と、お歌を見つめていたが、ややあって、うなずいて見せ、

「なれど、このことは、だれにも洩《も》らさぬよう。たのむぞ、お歌」

「はい」

関口を乗せて、駕籠は去った。

平四郎は、三沢又太郎を離れ屋へもどしておいてから、

「お歌。今夜は、うちへお泊めしなくてはなるまい」

「いえ、もう、そろそろ、徳ちゃんが迎えに来ることになってます」

「ひどく、手まわしがいいな」

「いけませんでしたか」

「いや、助かった。さすがはお歌だ。お房では、こうはいかない」

「義姉《ねえ》さんにいいつけますよ」

廊下でささやき合っている兄妹を、帳場から、お房が怪訝《けげん》そうに見ていた。

大座敷の方で、三味線がきこえている。

お歌が離れ屋へ行った後で、平四郎が帳場へ入ると、お房が、

「どうか、なすったので？」

「何でもない。関口様が、お歌のことをいろいろ、心配して下すったのだ」

「まあ、そうですか」

関口理右衛門は、お歌が子供のころから見知っていて、笹屋へ嫁ぐときも、立派な祝い物を贈ってよこしたほどだ。

「関口様は、まだ、離れに？」

お房が尋ねるのへ、平四郎は、

「ああ、まだ、おいでになる」

嘘をついておいた。

お歌が離れ屋へ行くと、三沢又太郎が畏《かしこ》まっていた。

「いかがでございますか？」

酒をすすめると、

「は……」

先刻は盃に手をつけなかった又太郎だが、素直に、お歌の酌《しゃく》を受けた。

たしかに、亡夫の伊之助に面ざしが似ている。しかし、細身ではあるが、躰つきもしっかりとしており、これは病身だった伊之助のものではない。

こうして、あらためて灯火のもとで見る三沢又太郎は、妙に大人びた甥の幸太郎よりも、むしろ年下に見えるほどであった。

顔かたちも物腰も、たしかに江戸の侍ではない。

顔が日灼けしているのは、長い旅をつづけて来たからではないのか。

「もう直《じ》きに、お迎えがまいりますから……」

三沢又太郎は深ぶかと頭を下げ、

「御造作《ごぞうさ》を、おかけします」

「何でも、お申しつけ下さいまし」

「かたじけのうござる」

お歌は、たちまちに、又太郎へ好感を抱いた。

といっても、それは自分の弟のようなおもいがしたのだ。

お歌は末の子で、上の姉ふたりは早世してしまい、兄の平四郎がいるだけで、兄とはいえ、老成《ろうせい》の気味がある平四郎は、まるで父親を見ているような気がする。

少女のころから、お歌は、

(よその家《うち》のように、私にも弟や妹がいたらいいのに……)

いつも、そう想っていたものである。

(どんな事情《わけ》があるのか知れないけれど、このお人のために、いくらでもちからに

なってあげよう)

このことであった。

そこへ、平四郎が庭づたいにあらわれた。後ろに徳太郎もいる。

「お歌。徳太郎さんがお迎えに来てくれたよ」

「私も、ついて行きましょう」

「そうしてくれるか。では、庭から、そっと、な」

早くも徳太郎は、三沢又太郎の荷物を背負っていた。

「義姉さんは、気がついていないのでしょうね?」

「大丈夫だ」

「今夜は私、徳ちゃんのところへ泊めてもらいますから、義姉さんには笹屋へ行ったと、そういって……」

「よし、わかった」

関口理右衛門から平四郎へ、

「かまえて、人目につかぬように」

との指示があったそうな。

もしやして、三沢又太郎は、

(お国許で、何やら、お咎《とが》めでも受けているのかしら?)

お歌は、ふと、そうおもった。

三

翌日になると、お歌は浅草まで出かけて行き、三沢又太郎の身のまわりの品々をととのえた。

前夜、関口理右衛門は、

「とりあえず、これを……」

と、金五十両を、平四郎へわたし、平四郎は、

「お前に、あずけておこう」

そのまま、お歌へわたしてよこした。

五十両といえば、大金である。

徳太郎お金の夫婦なら、楽に五年間を暮すことができよう。

あきらかに、三沢又太郎は旅をつづけて、最近に江戸へ到着をしたらしい。

又太郎の小さな葛籠の中の品物を見ても、それがよくわかった。

関口理右衛門は、お歌の問いに、又太郎が、自分と同じ越前の大野藩・土井能登守に仕える者であることを肯定《こうてい》した。

だが、そのことを、あくまでも秘密にしてくれという。

同じ大野藩の人びとの耳へ洩れてもいけないというのは、何やら、こみ入った事情があるに相違ない。

そうした三沢又太郎を、関口が陰ながら庇護《ひご》していることになる。

こうした又太郎を、匿うについては、いま少し、くわしい事情を、

(わきまえていないと、むずかしい……)

お歌は、そうおもった。

又太郎のためにととのえた品々は、とりあえず、〔大村〕にいる自分あてに届けてもらうように手配をし、お歌は帰って来た。

「そうかい、それは、いろいろとすまなかったね」

兄の平四郎は、お歌をねぎらって、

「まったく、お前のいうとおりだ。もう少し、私たちの耳へも事情《わけ》を洩らしてくれないと……もしやして、三沢さまは越前の国許で悪事をはたらき、関口様をたよって、江戸へ逃げてきたのじゃないだろうか?」

「悪事をはたらくような人には見えませんけれど……」

「人は、見かけによらないものだからね」

ともかくも、いまは、関口理右衛門を信じるよりほかはない。

「兄さん。あずかったお金のうち、十両を徳ちゃんへわたしておきました」

「十両でいいのかえ？」

「徳ちゃんが、どうしても受け取らないんですよ」

日が暮れないうちに、お歌は、徳太郎の家へ出かけてみた。

「ともかくも、二、三日は私が家にいるようにします」

徳太郎の女房お金は、昨夜、そういっていたが、若宮村の家へ行って見ると、表の戸が閉まって、中から心張棒《しんばりぼう》を支《か》ってあった。

「お金さん……もし、お金さん……」

戸口から声をかけてみたが、返事はなかった。

お歌は、不安になってきた。

おもわず、あたりに目をくばったが、人影もない。

徳太郎の家は、若宮八幡社の西側にあり、竹藪に囲まれていた。

このあたりの百姓家は、ごく少なかった。

日が、かたむきはじめ、吹きぬけて来る風が妙に冷んやりとしている。

縁側に面した雨戸も閉まっていて、家の中には人の気配もないようだ。

（どうしたのだろう？）

お金は、白鬚の茶店へ行ったのだろうか。

お歌は、足音を忍ばせるようにして、裏手へまわった。

表からの土間が裏までつづき、そこが台所になっている。

台所の窓は開いていた。

裏の戸へ手をかけると、するりと開いた。

引き込まれるように、台所の土間へ足を踏み入れて、お歌が、

「あっ……」

低く叫び、身を竦《すく》ませた。

突然、台所に接した薄暗い納戸《なんど》の陰から、黒い影が浮いて出たからである。

「お歌どのか……」

それは、三沢又太郎であった。

「み、三沢さま……」

「だれかと、おもいました」

と、又太郎は、喉に痰《たん》が絡《から》んだような声でいった。

又太郎が左手に、大刀をつかんでいるのを、お歌は見た。

「あの、おひとりで？」

「先刻《せんこく》、ここのお内儀《ないぎ》は、茶店の方へ出かけました。間もなく、もどるはずです」

「まあ……」

お金は、徳太郎と交替で、又太郎についていることにしたが、

「なに、それほどにしていただかなくとも、大丈夫です」

三沢又太郎から申し出たらしい。

そこで、お金は、茶店の店仕舞いを手つだうつもりで出て行ったのだ。

「つい、うとうととしていたのですが、裏へまわって来る足音に気づいたもので……」

と、又太郎は苦笑をし、左手の刀を背後へ隠すようにした。

「いや、此処ならば大丈夫なのに、私も、どうかしている」

又太郎がつぶやいたとき、お歌は、

(ああ、やはり、三沢さまは、だれかに命をねらわれているのだ)

直感したのである。

同時に、

(折をみて、うまく問いかけてみれば、三沢さまは事情を洩らしてくれるかも知れない)

と、おもった。

お歌が表から、お金の名をよんだとき、又太郎は眠りからさめなかったのであろう。しかし、裏手へまわって来るお歌の気配を感じ、刀をつかんで納戸の板戸の陰まで出て来た。

もしも、自分の命をねらう者が侵入して来たのなら、斬り合うつもりだったのであろう。

「いまのことは、この家《や》の夫婦には黙っていて下され」

「はい」

「あまりに気をつこうてもらうと、私も居にくくなる。なに、この家にいれば、表の戸を開け放しておいても大丈夫なのです。だれにも気づかれるはずもないのに、私としたことが……」

と、又太郎が、顔を赤らめていう。

「いま、風を入れますから……」

お歌は、表の戸を開けにかかった。

「かたじけない」

又太郎は、自分が寝起きすることになった、納戸の向うの奥の部屋へ入って行った。

土間につづいた板の間の、火鉢の鉄瓶《てつびん》の湯で、茶をいれ、お歌は又太郎の部屋へ向った。

三沢又太郎が大刀を抜きはなち、刀身を見つめている姿が目に入ったとき、お歌は、近寄って行けなくなった。

まるで、人がちがったような目の色になり、又太郎は刀身を凝視《ぎょうし》したまま、身じろぎもせぬ。

お歌は盆を持ったまま、板の間へ引き返した。

どこかで、しきりに鴉《からす》が鳴いている。

（お金さんも徳ちゃんも暖気《のんき》すぎる。三沢さまをひとりにしておくなんて……）

其処へ坐り込んだまま、お歌もうごかない。

四

それから三日ほど、お歌は、三沢又太郎に会わなかった。

駒形の笹屋から番頭の長助が駆けつけて来て、必死に掻《か》きくどくものだから、さすがに突き放すこともならず、

「もどってみたところで、仕方がないじゃあないか、長助さん」

ためいきまじりに、お歌が笹屋へ行くと、またしても当主の福太郎は何処かへ消えてしまっている。

「あれほど、店にいて下さるよう、お願いをいたしましたのに……」

と、長助はくやしがった。

「番頭さん、それごらん」

「ですが、このままでは、どうにもなりません。為吉《ためきち》もやめると申しておりますので……」

菓子職人の為吉は、四十そこその温厚な男である。

笹屋の職人の中でも年嵩《としかさ》の二人が、主人の福太郎と争って、

「もう、どうにも我慢ができない」

店をやめてしまったので、いまは為吉が、菓子製造の責任を負うことになった。

その為吉がやめてしまっては、

「笹屋が、立ち行かなくなってしまいます」

長助が、そういうのもむりはない。

先にやめた二人は、

「笹屋さんにいた、あの二人なら……」

というので、すぐさま同業の菓子舗から手がのび、一人は小網町の大坂屋、一人は本郷一丁目の丸屋へ入ったそうな。

彼らが、それぞれに入った店へ、笹屋名物の将棋落雁《しょうぎらくがん》や羽衣煎餅《はごろもせんべい》の製法をつたえることは、同業の道義の上からも先ずありえない。

けれども、笹屋伝来の菓子の製法については、二人とも身につけていることだから、大坂屋にしても丸屋にしても、彼らを雇い入れたことにより、自店の菓子に新

しい味が生まれることを期待しているにちがいない。

そのことを想うと、番頭の長助は、

「居ても立ってもいられませんでございます」

と、お歌にうったえた。

長助は小僧のころから、先々代に目をかけられ、お歌の亡夫の笹屋伊之助の代になってからも、信頼が厚く、

「長助には、暖簾《のれん》分けをせず、末長く店において、いずれは、私の片腕になってもらわなくては……」

と、伊之助が生前に、お歌へ洩らしたことがある。

「だから長助には充分に目をかけてやらないといけませんよ。これは、お前さんもいまから心得ていておくれ。そろそろ、女房をもたせ、店へ通って来るようにさせるつもりだ」

そういっているうちに、伊之助は急死してしまった。

二代つづいて、このような信頼を受けてきて、古参の番頭たちが相次いで死亡した後、まだ三十をこえたばかりの若さで〔大番頭〕の座についた長助だけに、

(なんとしても、お店を元のように繁昌《はんじよう》させなくては……)

焦《あせ》りぬいているのだ。

先代が病歿《びょうぼつ》してからの三年間に、兄に替って当主となった福太郎のわがままから、

（もう、取り返しがつかぬ……）

ほどに、老舗・笹屋の風格が崩《くず》れてしまったと、お歌は看《み》ている。

おもいきって、義弟・福太郎の顔を殴りつけてまで、お歌は笹屋の商法を教え、つたえようとしたわけだが、おもうようにまいらなかった。

何といっても、当主が実行してくれないのだから仕方がない。

その上、福太郎は、主人になったという気負いがあり、これまでの笹屋の菓子の味を新しくして、世間の評判をとろうなどと野心を起し、

「こうしろ、ああしろ」

やかましく、職人たちへ注文をつける。

職人も主人のいうことだから、聞かぬわけにはいかない。

「こんなものをこしらえていたら、いまに、お店《たな》はつぶれてしまうよ」

いいながらも職人たちが、福太郎のいうままに菓子をつくると、

「これでいい。これでなくてはいけないのだ」

福太郎は味をみて、上きげんになる。

そうなると奉公人や職人の中にも、福太郎へ取り入ろうとする者も出て来る。

そういう者の、

「おべっかばかり、よろこんで聞いているのだから、どうにもなりゃあしない」

お歌がなげくように、長年、笹屋についていた客も、

「どうも、ちかごろの笹屋はいけませんね。将棋落雁や羽衣煎餅まで、味が変ってしまった」

しだいに、足が遠退《とおの》いてしまう。

しかも、内では威張っていても、外の得意先へは顔も出さぬ福太郎なのだから、

「これでは、だめだ」

「ばかな奴のおべっかしか耳へ入らないのだから、私たちがいても仕方がない」

古参の二人の職人が、たまりかねて店をやめ、いままた、たよりにする為吉も、

「やめさせてもらいます」

いい出たものだから、長助は狼狽《ろうばい》の極に達した。

長助は、顔に残る薄い痘痕《あばた》も気にならぬほど、男らしい風貌で、躰も大きく丈夫だったのが、このごろはめっきりと憔悴《しょうすい》してしまい、顔の色も冴えない。

職人の為吉は、お歌がもどってくれるなら、店をやめないといっているらしい。

「もどったところで、私は、ここの主人《あるじ》ではないのだから。そうでしょう、番頭さん」

「ですが、為吉は、もどって下さるだけでいいと申しています。おかみさんが此処

にいて下さるなら、旦那もめったなことはおできになりませんし

「けどねえ、番頭さん。それが、いつまでつづくのか、考えてみたことがありますか？」

「……」

「たがいに、気まずいおもいをしながら、そんなことをつづけていても仕方がない。私だって、一生、ここにいるわけにはいかないのだから……」

「それじゃあ、いったい……」

いいさして、長助が泪声《なみだごえ》になり、

「どうしたら、いいのでございます？」

「そういわれても……困ったねえ」

「まったくもって、困りました……へえ、困りましてございます」

がっくりと肩を落す長助を見ると、さすがに見殺しにもできなくなり、二度と足を踏み入れまいと決心していた笹屋へ、お歌はもどって来たのである。

五

もどって来た夜、お歌は職人の為吉を仏間《ぶつま》へよび、語り合った。

為吉もまた、番頭の長助と同意見であった。

お歌が笹屋に永住できる、できないは別のことだと、為吉はいいきった。

「私も御当家には御恩があります。おかみさんも、御先代への義理というものがあるはずじゃあございませんか」

為吉は身を乗り出すようにして、

「ともかくも、せめて御菓子の味だけは元通りにいたしたいとおもいます」

「でも、為さん……」

「いいえ、そこまでやったら、後は旦那の肚《はら》ひとつでございましょう。ただ、このまま、旦那のいうなりにお店をまかせておいては、恩も義理も立ちませんし、御菓子の味がもどれば、世間の目も変ってきて、はなれていたお客さんも、もどってきてくれましょう。そうなれば、旦那の気持ちもちがってくるのではございませんか」

こういわれては、お歌も返す言葉がない。

為吉のいうことは、もっともである。

職人の為吉が、そこまで考えていてくれるのだから、

(私も、何とか、ちからを貸してやらなくては……)

おもうものの、兄の平四郎夫婦は妹が〔大村〕へ帰って来るものと決めているし、
それに、三沢又太郎の世話を陰ながらしなくてはならぬことになった。

又太郎については、関口理右衛門が平四郎へまかせ、平四郎はまた、お歌をたのみきっているのだ。

「むだかとおもうけれど、ともかくも福太郎さんが……いえ、旦那が帰って来たら、はなし合ってみましょう」

「いいえ、おかみさん。それにはおよびません」

「え……？」

「こうなれば、おかみさんが何も彼も、お指図をして下さいまし。旦那に申しあげてもむだでございますよ」

為吉は、いまの福太郎を見かぎっている。

「悪い種子《たね》を撒《ま》いてしまうと、悪い実が生《な》ります。これがわかったときには、もう遅いんでございます。こちらで、やるだけのことをやって見せて、何もいわずとも、旦那にわからせることだけが、たった一つ、残された道だとおもいます」

「お前さんは、そこまで肚を決めていなすったか……」

「はい」

「よくわかりましたよ、為さん」

「それじゃあ、ずっと、いて下さいますね？」

「ま、まあ、待っておくれよ」

お歌は、あわてた。

自分が実家へ帰ってしまえば、かならず為吉も笹屋を出て行く。

職人の彼が、これほどに笹屋のためをおもっているのだから、先代の妻だった自分が、

「私も勝手にするから、為さんも好きにするがいい」

とはいえなかった。

「為さん。もう少し、じっくりと考えさせておくれでないか」

「いえ、どう考えなすっても同じでございますよ。おかみさんが、これまでに、どれほど御苦労をなすったか、それはみんな、よくわかっております。ですから、どうしてもとは申しません。おかみさんがもう少し、残って下さるかどうか、それだけなんでございます」

為吉が引き取った後で、お歌は仏間のとなりの寝間へ入った。

奥向きの女中たちも、一人やめ二人やめして、いまは二人きりになってしまった。

福太郎の妻のお絹は、お歌のところへ顔も出さぬ。

(旦那。どうしたらいいのでしょうね?)

寝間に身を横たえ、あの世にいる伊之助へ胸の内で語りかけてみたが、こたえが返ってくるわけもない。

「ああ……もう、いやになってしまう」

つぶやいて、寝返りをくり返して、目が冴えるばかりであった。

福太郎は、ついに帰って来なかった。

(いったい、何処《どこ》へ行っているのだろう。自分の立場がわからないのかしら……)

お歌がもどって来なくとも、福太郎が外泊をすることは、めずらしくないという。

福太郎が亡兄・伊之助の跡をついで、笹屋の主人となったのは三年前である。

この三年の間に、お歌は一所懸命に後見をしてきたつもりだが、いつまでも変らぬ福太郎に愛想をつかしてしまった。

先ごろ、女の手で福太郎の顔を殴りつけたのも、義弟を立ち直らせようとするためではなく、激しい怒りを押えきれなくなったからだ。

一年ほど前から、お歌は絶望を感じ、実家の〔大村〕へ泊りがけで行くことが多くなり、その隙《すき》に、福太郎は勝手に店の経営と製品をいじりまわした。

そして、客がはなれて行くにつれ、福太郎は酒色にのめり込むようになったのであろう。

(ともかくも、明日は三倉屋《みくらや》さんへ行ってみよう)

ようやくに心を決め、お歌は浅い眠りへ入った。

この年、七十五歳の三倉屋治兵衛《じへえ》は、笹屋の親類の長老を自認している。福太郎にとって大叔父にあたる治兵衛は、本所・松坂町一丁目の紙問屋・三倉屋の大旦那だ。

息子の市兵衛は五十になっているのだが、まだ、跡をゆずろうとはしない。

笹屋の親類は多くないので、三倉屋治兵衛は福太郎の後見をしているつもりなのだろうが、畑ちがいの商売ゆえ、肝心の事は何もわからず、福太郎がいうことを信じきっていて、気の強いお歌を毛ぎらいするのは、先代の伊之助が存命中からのことであった。

笹屋の評判が悪くなったのを、三倉屋治兵衛は、何とおもっているのであろう。

(まさかに、知らぬわけではあるまいから、一応は、三倉屋さんの耳へ通しておかなくては後がうるさい)

お歌は、そうおもった。

そして、三沢又太郎を徳太郎夫婦にあずけておいて安心ならば、

(為さんとちからを合わせ、せめて、笹屋の味を取りもどしておいてから、実家《さと》へ帰ってもいい)

このことであった。

得意先へも顔を出し、今後の事をよくよくたのむ。店にもつめていて、客の応対もする。

（せめて、一年の……）

努力をしてみて、それでもだめというのなら、為吉のいうとおり、実家へ帰っても亡夫への義理が立つ。

そのかわり、福太郎には、たとえ鬼のような女とおもわれてもよい。

この気持ちをあますところなく三倉屋へ打ちあけておこうと、翌朝を迎えたときのお歌の決意が、ようやくにかたまってきた。

お歌は朝餉《あさげ》をすませてから、若い女中のお清《きよ》へ、

「番頭さんと為さんを呼んでおくれ」

と、命じた。

すぐに、二人があらわれると、

「これから三倉屋さんへ行って来ます。よかったら番頭さん、いっしょに来ておくれでないか」

「かしこまりました」

長助は為吉と顔を見合わせ、うなずき合った。

お歌の決意が面《おもて》にあらわれているのを、看《み》てとったのであろう。

しばらくして、お歌は長助をつれ、店の傍《そば》の通路から外へ出た。

今朝も、晴れわたっている。

日中の残暑のきびしさを想わせる強い日ざしが、大川に光っていた。

外へ出て、日傘をひろげかけ、お歌は目の前を行きすぎる人影へ目をやり、

「あ……」

おもわず、立ち竦《すく》んだ。

六

あの男……馬杉源吾《まますぎげんご》が、偶然に笹屋の前を通りかかったのである。
お歌の、おどろきの声に、源吾が振り向いた。
源吾は、お歌を見た瞬間にも、眉の毛一筋うごかさなかった。
あの日のあのときのあのことも、お歌の顔も、忘れてしまったとしかおもえぬ。
だが、立ちどまった源吾は、まじまじとお歌の顔に見入った。
源吾の、あの眼だ。
こちらの眼が、源吾の眼の中へ吸い込まれそうになってしまう、あの眼だ。
ふしぎな光りを底深くたたえた、馬杉源吾の双眸《そうぼう》に射竦《いすく》められて、われにもなく
お歌は御辞儀《おじぎ》をしてしまった。
番頭の長助が、お歌を庇《かば》うようにして前へ出た。
「おかみさん。どうなすったので？」

「いえ、何でも……」

お歌の躰が、かっと熱くなった。

うつむいた顔を日傘で隠すようにして、お歌は、浅草の広小路へ向って歩き出した。

自分では小走りになっているつもりなのだが、何となく腰のあたりがふわふわと浮きあがっているようで、うまく足が進まないのだ。

「どうなすったのでございます」

追いかけて来て尋ねる長助へ、

「な、何でもない……」

「あのお人を、御存知なので？」

「ええ……まあ……」

おもわず、お歌は振り返って見た。

駒形堂の前に立ち、こちらを見送っている源吾の姿を見て、お歌は、

（私を、見送っている……）

何となく、不愉快ではない気がしたけれども、お歌は同時に、

（なんで、あいつに、私は頭を下げてしまったのだろう。ばかばかしいったらありゃあしない。ほんとにもう、あんなやつに……）

悔しさがこみあげてくるのだが、まことに悔しいのだかどうか、自分でもわからぬ。

ただ、得体の知れぬ昂奮に包まれ、どうしようもない。

今日の馬杉源吾は、白い帷子《かたびら》に軽衫《かるさん》ふうの袴《はかま》をつけ、両刀を帯《たい》していたが、お歌には、

（あいつ、白い着物を着ていた……）

その程度しか、印象に残っていなかった。

ただもう、源吾の両眼が自分の眼から飛び込んで来て、躰中を駆けまわっているようなおもいがする。

そうしたお歌を見て、長助も、

（徒事《ただごと》ではない）

おもったのかして、

「どうなすったのでございます」

しきりに尋ねる。

広小路へ出たとき、お歌は、また振り返って見た。

しかし、このあたりは金竜山・浅草寺の門前だし浅草御門から蔵前を経て通じる往還には、朝から人馬の往来がはげしい。

荷車や人通りの波に隠れて、馬杉源吾の姿は、もう見えなかった。

お歌は、心配そうについて来る長助を振り切るようにしてにわかに足を速めた。

笹屋を出るときには、

（ついでに、観音さまへお詣りをして……）

そうおもっていたのだが、いまは上《うわ》の空で、お歌は広小路へ出ると右へ曲がり、大川橋（吾妻橋）へ向った。

このときの、お歌の足なみは相当に速かったらしい。

顔は日傘に隠れていたが、きっと、お歌の目は昂奮したときのくせで三白眼になっていい、顔には血がのぼっていたにちがいない。

長助が、お歌に追いついたのは、大川橋の中ほどであった。

お歌は其処で、長助が追いついて来るのを待っていたのだ。

「おかみさん……」

また、何かいいかける長助へ、

「番頭さん。私の足は速かったねえ」

と、笑いかけた、そのお歌の顔や口調は、これまでに長助の目と耳が知らなかったものである。

むろんのことに、お歌は気づいていないが、

（今日のおかみさんは、どうかしている……）

長助は、妖《あや》しく光るお歌の両眼にどぎまぎして、咄嗟《とっさ》に声も出なかった。

大川橋をわたって、二人は大川沿いの道を南へ行き、両国橋に近い松坂町一丁目の三倉屋へ向った。

（もしやして……？）

福太郎が三倉屋にいるのではないかとおもっていたが、

「このところ、顔を見せないがね」

と、三倉屋治兵衛は不快そうな顔色を露骨《ろこつ》にして、お歌が、まだ何もいわぬ先に、

「お前さんも、もう何だね。笹屋のあるじは福太郎なんだから、商《あきな》いの事には、口をさしはさまぬようにしたがいい」

いきなり、そういったものである。

これでは、はなしにならない。

途端に、お歌の血相が変って、

「それでは三倉屋さん。笹屋の店が潰《つぶ》れてもいいとおいいなさいますか。それならそれで何も申しあげることはございません。私もさっぱりと実家へ帰れます。そのかわり三倉屋さんが笹屋の後見人として、責任《せめ》を負って下さいますね」

切りつけるようにいった。

「いいとも」

三倉屋も後に引けなくなったのへ、

「それでは、そうさせていただきます」

お歌は、長助をかえりみて、

「番頭さん。お前さんが生き証人なのだから、いまの三倉屋さんの言葉を忘れないで下さいよ」

「お、おかみさん……」

顔面蒼白となった長助が、こうなれば、自分も黙ってはいられないと心を決めたかして、

「三倉屋さんの大旦那に申しあげます」

「何だ？」

「実は……」

と、それから長助が、近ごろの笹屋の状態を語りはじめるや、三倉屋治兵衛が意外の面持ちとなった。

そこまで、経営が悪くなっているとはおもわなかったらしい。

「客が、そんなに、はなれてしまったのかえ……」

「そうなんでございます」

「ふうむ……」

意外だったようだ。

いままで、福太郎が虚勢を張り、うまいことばかり三倉屋の耳へ入れていたに相違ない。

煙管《きせる》へつめた煙草へ火をつけるのも忘れて、三倉屋治兵衛は落ちつかなくなってきた。

「いや、それからが大変だったよ」

と、笹屋へもどって来てから、長助が職人の為吉を物陰へよび、

「うちのおかみさんの見幕《けんまく》の凄さに、三倉屋の大旦那も、度肝《どぎも》をぬかれてしまったらしい」

「ほう。そんなに……」

「おかみさんが気丈なことを知らぬわけではないが、いざとなると大したものだ」

「で、つまりは、どうなったのです？」

「為さん。おかみさんはね、当分、私たちといっしょに、店を立て直す気になってくれたらしい」

「そ、そりゃあよかった。ほんとうに、ようござんしたねえ」

お歌は三倉屋治兵衛に、

「奉公人や職人たちの望みもありますので、ともかくも向う一年は、私がおもうようにやらせていただきます」

すると、治兵衛は反駁《はんばく》の言葉もなく目を伏せてしまった。

文句があるときは、いつでも駒形へおいで下さいまし。そうなったときは、その場から、

「私は実家へ帰って、二度とふたたび、笹屋へはもどりません」

いいはなったのである。

「ところでねえ、為さん……」

番頭の長助は、今朝、店を出たときに出合った奇妙な男を思い出して、そのときの様子を告げ、

「どうもね、そのときのおかみさんの様子が気にかかるのだよ」

「ふうむ……ですが番頭さん。そんなに汚らしい男と、うちのおかみさんが、まさかに、妙な間柄だというわけでもないとおもいますがね」

「そりゃまあ、そうなのだが……」

「浪人者ですかえ？」

「さあ、両刀を腰にしていたがね。髪をね、髪をこうしてむすんでね、帷子を着て、変な袴のようなものをはいていたけれども、あれは、何としても得体の知れない男

だ」

「いくつぐらいに見えましたね?」

「さあ。まだ、五十にはなっていないだろうが、……」

いいさして、長助が、

「そうだね、為さん。あんなのと、うちのおかみさんが知り合うわけがない」

「そうですとも」

「だがねえ……」

いいかけて、長助は急に黙り込んでしまった。

お歌が、あの男を見て、びっくりして立ち竦んだことはたしかなのだ。

しかし、男のほうは気振《けぶ》りにも動じるところがなく、

(道端の石ころでも見ているように、おかみさんをながめていた……)

ように、長助には感じられた。

この夜、長助は寝床へ入ってから、あの男とお歌の顔が交互に脳裡へ浮かんできて、眠れなくなってしまった。

(おかしいな。いったい、どうしたというのだろう?)

寝床の中へ入ってからも、お歌の顔が思い出されるなどということは、これまでになかったことであった。

七

お歌が笹屋へもどってから三日目の午後に、番頭の長助と職人の為吉が奥へ来て、

「ひとつ、あがってみて下さいまし」

笹屋名物の将棋落雁と羽衣煎餅を差し出した。福太郎が好き勝手に味をこわしてしまったので、お歌は、むかしのままの製法でつくり直してみてくれと、命じておいたのである。

「御苦労さま」

二人に茶をいれてやり、お歌も一口のんでから、先ず将棋落雁を口へ入れてみて、

「うむ」

大きくうなずき、

「為さん。以前のままだよ」

たのもしげにいった。

「さようで……」

「安心をいたしました」

長助と為吉が、うれしげに、うなずき合った。

つぎに羽衣煎餅である。これも、むかしの味にもどっていた。

福太郎は昨日の朝、笹屋へもどって来たが、お歌がもどっていると聞いて、

「おお、怖い。鬼婆の面なんぞ見たくもない」

叫ぶや否や、妻や娘にも会わず、そのまま店先から何処かへ飛び出して行ったそうな。

(少しは、お絹さんのことも考えたらどうなのだろう)

自分とは、はじめから気の合わぬ義弟の嫁ながら、

(あんな亭主をもったら、たまったものじゃあない)

お歌は、別棟の奥の一間へ閉じこもったまま、顔も見せぬお絹が気の毒になって来た。

「長助さん。明日の朝までに、将棋落雁を箱へ詰めておいて下さいよ。そうだね、二組ほどね」

「どこかへ、お持ちになりますので？」

「ちょいと、人を訪ねるのだけれど、帰りに大村へ寄って来ます」

「お実家《さと》へ……」

たちまちに、長助の顔色が変った。

「まあ、番頭さん。そんな顔をしなくとも大丈夫。すぐに帰って来るから」

「嘘ではございませんでしょうね？」

「実家の兄さんにも、よくよくはなしておかなくては、ね。そうだろう、番頭さん」

「はい。そりゃあもう……」

「そして明日からは、久しぶりにお得意さまをまわるつもりですよ。そのときは、お前さんについて来てもらいますよ」

「はい、はい。お供をいたしますでございます」

この日の夜に入って……。

お歌は、奉公人・職人一同を店へよびあつめて、

「これまでのいきさつについては、お前さん方もよく知っていようからくどいことはいわない。私にしてみれば、子もない上に、先代と死別れたのだから、いつなんどき実家のほうへ帰ってもよいのだが、いまのままでは近いうちに、かならずお店は潰れてしまう。そうなっては、先代、先々代に申しわけもないことだから、私もあきらめずに、もう一踏張《ひとふんば》りしようとおもう」

子供のころから、おとなしいようでいて気が強く、男の子を相手にして遊ぶことの多かったお歌だけに、いうこともきびきびとしてむだがない。

奉公人も職人も、たのもしげに、お歌に見入った。

依然として顔を見せぬ、お絹にも一言《ひとこと》告げておこうかと思ったが、

（ええ、もう面倒な……）

お歌は、やめにして、仏間へ引き取り、亡夫・伊之助の位牌へ告げた。

翌朝。

番頭が用意しておいた将棋落雁の箱包みを手に、お歌は笹屋を出た。

先ず、若宮村へ行き、三沢又太郎の様子を見て、それから実家の〔大村〕へまわるつもりであった。

昨日は〔大村〕から、甥の幸太郎が、父・平四郎の手紙をとどけに笹屋へあらわれた。

平四郎は、例によって、お歌の帰りをうながしている。

三沢又太郎は変りなく、徳太郎夫婦の世話を受けていて、いまのところは落ちついているようだが、お歌がもどって来てくれぬと、

「こころもとない」

と、手紙に書いてよこした。

又太郎の一件については、お歌も気がかりであった。

自分が当分の間、笹屋へもどることになれば、又太郎をかまってやることができない。

兄の平四郎は〔大村〕から目をはなせぬ。

名の通った料理屋ともなれば、亡父や兄の口ぐせではないが、

「一日一日が勝負」

なのである。

長い間の常客でも、たった一日の粗相《そそう》で、

「もう、大村はやめにしよう」

と、いうことになる。

ゆえに、料理の味や接待に片時の油断もゆるされぬ。

三沢又太郎が、どのような事情で身を隠さねばならないのか、それをわきまえていないと、

(笹屋へもどっても、気が落ちつかない……)

ことになる。

次第によっては、徳太郎夫婦の家へ匿うことが適切ではないかも知れぬ。

この日、お歌は一つの決心をしていた。

自分が考えていることを包み隠さず、三沢又太郎へ打ちあけ、そのかわりに、又太郎にも自分の秘密を打ちあけてもらいたい。

それでなくては、

「お世話ができかねます」

と、いいきるつもりであった。

昨夜は、夜更けてから驟雨《しゅうう》があった所為《せい》か、風が涼しい。

空は薄く曇っていて、足早にしていても汗がにじまなかった。

番頭の長助は浅草寺の門前までついて来て、何度も「お早く、お帰りを」と、念を押してよこした。

八

徳太郎お金夫婦の家がある若宮村について、葛飾《かつしか》区史には、

「この地の由来は、若宮八幡の鎮座《ちんざ》するをもって地名としたもので(中略)いまは荒川放水路の敷地になり、わずかの土地が残っているのみである」

と、記してある。

当時は、むろんのことに江戸府内ではない。

武蔵の国・南葛飾郡の内で、現代の東京都・葛飾区四つ木ということになるが、当時の面影は地形・風物ともに消滅してしまっている。

若宮村の徳太郎の家から、白鬚明神の茶店まで、片道半里はなかったろう。

さて……。

お歌は花川戸へ出ると、いつもの駕籠屋で町駕籠をたのみ、若宮村へ向った。

この駕籠屋は〔駕籠由《かごよし》〕といって、笹屋では先々代からなじみの店であった。

若宮八幡の鳥居前で駕籠から下りて、

「あ、もう此処でようござんすよ」

お歌がいうと、駕籠舁《か》きが、

「へえ……こんなところまで御詣《おまい》りに？」

「ええ。子供のときから……」

「さようでござんしたか」

「少ないけれど、これで帰りに一杯やっておいでなさい」

「こりゃあ、どうも」

お歌からこころづけをもらい、駕籠は浅草へ帰って行く。

若宮八幡の参詣をすませてから、お歌は徳太郎の家へ向った。

道から前庭へ入って行くと、縁側の障子が一枚、開いているのが見えた。

(あ、今日は、お金さんがいるらしい)

ほっとして、近づいて行くと、障子の陰から大刀をつかんだ三沢又太郎があらわれ、

「お歌どのでしたか……」

笑いかけてきた。

「おひとりでございますか？」

「はあ……」

お歌が、あたりに目をくばるのを見て、又太郎がおのれを恥じるような口調になり、

「此処ならば、いささかも心配することはないのですが、やはり、その、癖《くせ》になってしまっているものですから……」

「癖でございますって？」

「そうです」

後でわかったことだが、三沢又太郎は徳太郎の家に匿われるようになって、嘘ではなく安心感をおぼえたらしい。

食欲もさかんで、

「拙者は、いくら食べても肥《ふと》りませせぬ」

と、お金にいったそうな。

そして、自分にはかまわず、夫婦して茶店へ行ってもらいたい。

「そのほうが、却《かえ》ってよいのです」

つまり、徳太郎やお金がこれまでと変った暮しになると、人の目に怪しまれるということなのであろう。

しきりに、又太郎がいうものだから、徳太郎夫婦もそうしている。

「いずれにしろ、なぜ、三沢さまが身を隠さなくてはならねえのか。たとえ少しでも、こっちの耳へ入れてもらわねえと、気のくばりようがねえ」

徳太郎も、お金にそう洩らしていたそうな。

「先ず、おあがり下さい」

又太郎は、この家に早くも暮しなれたかして、自分の家のようにふるまっている。

お歌が家の中へ入ると、又太郎は自分の部屋へ去った。

茶をいれて、みやげの将棋落雁と共に盆へ乗せ、お歌は又太郎の部屋へ行った。

笹屋名物の将棋落雁は、上質の糯米《もちごめ》を材料とし、王将から歩に至る将棋の駒の一揃えに模《かた》ったものが一組となっている。

「めずらしいものですな」

三沢又太郎は、すぐにつまみ取って口へ入れ、

「旨い」

と、いった。

その様子が、いかにも子供子供している。

十五歳になる甥の幸太郎は将棋落雁など、

「へっ、こんな甘いもの」

見むきもしない。

「あの、三沢さま……」

お歌は、かたちをあらため、

「ちょっと、申しあげたいことが……いえ、ぜひとも聞いていただきたいことがございます」

「何でしょう?」

又太郎は、二つめの落雁を口へ入れながら、

「御迷惑をかけて、相すまぬ」

と、いったが、顔には微笑が浮かんでいた。

「いいえ、それは、かまわないのでございます。私どもは、関口様には、ずっと以前から贔屓《ひいき》にしていただいておりまして……ですから、どのようにも、お役に立ちたいとおもっているのでございますよ」

「かたじけない」

「けれども三沢さま。私どもは、どのようにして、お役に立ったらよいのか、それが、よくのみこめていないのでございます」

「と、申されるのは……?」

そこで、お歌は、たとえ事情の一端なりと、こちらでわきまえていないことには、

「どのように、お匿いしたらよいのか、それが、のみこめません」

おもいきって、いい出たのである。

三沢又太郎は、このとき、はじめてかたちを正し、両手を膝に置いて、お歌を凝《じっ》と見つめた。

微笑が消えると、又太郎は人がちがったように大人びた顔つきになった。

「三沢さま。このようなことを申しあげて、よろしかったのか、どうか……」

「いや、かまいませぬ」

声音《こわね》までも重く沈んで、

「私も、小父様に口どめをされているのですが……」

「おじさま……？」

「関口の小父様です」

「ああ……」

「小父様は、亡き父上の親しい方なのです」

「まあ……さようでございましたか……」

「これは、やはり、お歌どのにはいうておかねばならぬ。小父様には内証にしておいて下され。たのみます」

「……………」

「よろしいか」

「は、はい」

「実は拙者……」

と、三沢又太郎は片苦しい言葉づかいになって、

「敵《かたき》を……」

いいかけたとき、お歌は、

(やはり、お国許で、人を殺《あや》め、江戸へ逃げておいでなすったのを、関口様が匿っておいでなさるのだ)

早合点《はやがてん》をしてしまったのだが、つぎの瞬間、それが自分のおもいちがいであることがわかって、胸がしめつけられるような気がした。

又太郎は、

「敵を討つ身なのでござる」

そういったのだ。

「あの……では、敵討ちを?」

「さようでござる」

「……?」

敵討ちならば、何も身を隠すことはないではないか。

身を隠していたのでは、敵を探すことも、討つこともできぬ。

その、お歌の不審を悟《さと》ったらしく、三沢又太郎が何やら哀しげな苦笑を口のあたりへただよわせて、

「いまの拙者には、父の敵が討てませぬ」

「え……？」

「強すぎるのでござる、相手が……」

「まあ……」

「なれど拙者、怖れてはおらぬ」

自分へいいきかせるように、又太郎が、

「死ぬることを怖れてはおりませぬが……さりとて、われ一人にて勝手もできぬ」

長い沈黙が来た。

ややあって、又太郎は三つめの落雁を口に入れ、ぬるくなった茶をのんでから、

「私は……」

「拙者」といっていたのが、また以前のよう「私」にもどり、

「私は、つけねらわれているのです」

「だれにでございます？」

「父の敵にです」

「まあ……」

こんなことがあるものだろうか。

敵討ちというものは、討つ方がつけねらうもので、討たれる方は逃げまわるものではないのか。

それほどの道理は、女のお歌でもわきまえている。

九

徳太郎の家を出たお歌は、実家の〔大村〕へ行く前に、白鬚明神の茶店へ立ち寄った。

客が三組ほどいたが、それはお金にまかせておいて、徳太郎は裏へまわって来た。

茶店の裏側は二坪の板敷きになっていて、薄縁《うすべり》が敷いてある。客がないときは、夫婦のどちらかが此処で躰をやすめるのであろう。

「徳ちゃん。いま、お前さんのところへ寄って来たよ」

「三沢さまは、いたろうね？」

「ああ、ちゃんといましたよ」

「お歌ちゃん。おれもね、あの人を放ったらかしにして、此処へ来ているのじゃあねえのだよ。あの人が大丈夫だから店へ行ってくれと、何度もそういうものだから

「……」

「何も、お前さんを責《せ》めているのじゃない」

「おれも、困るのだよ。どのように、あの人をあつかっていいのか。よくわからねえのだ」

「ま、聞いておくれよ。実はね……」

と、お歌が、三沢又太郎の告白を徳太郎へ打ちあけた。

これは、又太郎に許可を得てのことである。

徳太郎は、眼の色を変えて聞き入った。

又太郎の父・三沢惣兵衛《そうべえ》が、同じ家中《かちゅう》の中西郷右衛門《ごうえもん》に討たれた事情については、又太郎もくわしく語らなかった。

それは、お歌にとって、どちらでもよいことなのだ。

武士の世界のことは、いろいろと面倒なもので、お歌などが耳にしても、納得がゆかぬことが少くない。

つまりは、三沢又太郎が父の敵を討たねばならないということだ。

そして、その敵の中西郷右衛門は小野派一刀流の遣い手で、同じ大野藩の士《もの》から、

「とても、かなわぬ」

といわれているほどに、強い。

ゆえに、いかに又太郎が討とうとおもっても、到底、討つことはできないということなのだ。

「ふうん……」

唸《うな》った徳太郎が、

「困ったね、そいつは……」

と、いった。

「困っているのは三沢さまだよ、徳ちゃん」

「けれど、お歌ちゃん……」

「いえ、三沢さまはね、討たれて死ぬことはなんでもないとおっしゃる」

「ふうん。返り討ちか……」

「だから、関口理右衛門様が御苦労をなすっているらしいのだよ」

「その敵が、三沢さまをつけねらっていると、いったね」

「そうらしいよ」

「それじゃあ、敵の居所《いどころ》は知れているのかい？」

「いるような、いないような……」

「じれってえな。いったい、どっちなんだ」

「だって、三沢さまが、そういいなさるのだもの、仕方がない。どうもね、関口様は敵の居所を知っていなさるらしいけれど、いまのところは三沢さまの耳へも入れていないらしいの」

「三沢さまが一人で出かけて行って、返り討ちにあうからか……」

「関口様は、なんとしても、敵を討たせたいとおもっていなさるらしい」

「それで、江戸へ三沢さまをよんだのか」

「さあ……」

「それなら、敵も江戸にいるということじゃあねえか、そうだろう」

「あ、そうだねえ……」

「どうも、わからねえな」

「三沢さまも、まだ、隠していることがおありなさるようだけれど……」

「敵のほうは、三沢さまを返り討ちにしてしまえば、あとはもう、のうのうとしていられる。それで、つけねらっているのか……してみると何だね、お歌ちゃん。それだけ強い奴でも、敵持ちの身は、やはり枕を高くして眠れねえと見える」

「現に、関口様のようなお方が味方についておいでなのだから……」

「だが、どうも……」

「え？」

「腑《ふ》に落ちねえなあ」

「そりゃ、私もだよ、徳ちゃん」

「このことは、お金《きん》に打ちあけていいのかい？」

「そうしておくれ、お金さんなら大丈夫だし、三沢さまも、そうしてくれるようにといっていなすったよ」

「となると、こいつ、やっぱり、おれが三沢さまの傍《そば》についていたほうがいいかな」

「でもねえ、徳ちゃん。たとえば、敵のやつが嗅《か》ぎつけて打ち込んで来たら、お前さんが傍にいたところで、どうにもならないじゃないか、ちがうかえ？」

「そりゃまあ……三沢さまのお供をして、三途《さんず》の川をわたるだけのことだものな」

「それ、ごらんな」

「お金はよろこぶかな、悲しむかな」

「私に尋《き》いても、わかるはずがない」

「お前はどうだった？」

「うるさいねえ」

「へっ。悲しんだろう」

「そんなことはどうでもいい。あの三沢又太郎さんはね、そこまで考えていなさるのだよ」

「何を考えて……？」

「万一のとき、お前さんを死出の道づれにしたくはないということさ」

間もなくお歌は徳太郎夫婦に別れて〔大村〕へ向った。

兄の平四郎へは、今日の三沢又太郎の告白を洩らさぬことにし、徳太郎にもいいふくめておいた。

「ああ見えても、うちの兄さんは心配性だから」

と、お歌は徳太郎にいった。

（ああ、まったく、面倒なことばかり重なってしまって……）

竹藪にはさまれた小道を歩みつつ、お歌は、ためいきをついた。

これから〔大村〕へ行き、兄の平四郎へ、向う一年の間、笹屋へとどまることをつたえなくてはならない。

「この上、まだ、お前はばかを見たいのか」

と、兄はいうにきまっているし、いよいよ自分が三倉屋へ乗り込んで行き、妹と笹屋の関係を絶ち切ろうとするやも知れぬ。

（ああ、困った。困ったことだらけになってしまって……）

少し前に日が射してきたので、そのまま晴れあがるかとおもったが、いつの間にか頭上を黒雲が被い、稲妻が光った。

その瞬間に、

「あ……」

われにもなく小さく叫び、お歌の足がぴたりと停まった。

# 流星

## 一

そのとき、お歌の脳裡へ浮かびあがったのは、あの男……馬杉源吾の顔であった。

閃《ひらめ》いた稲妻が、連想をよんだのやも知れぬ。

昨日も今日も、笹屋と三沢又太郎一件のことで頭が一杯になっていて、源吾のことなど忘れてしまっていた。

まして、馬杉源吾と三沢又太郎を、むすびつけて考えてみるなどとは、おもいおよばなかった。

それが、いま、稲妻が疾《はし》った瞬間に、

(あの、馬杉源吾という男が、又太郎さまの助太刀をしたら、どうなるだろう)

はっと、おもいついたのである。

大川の堤の道で、三人の無頼浪人を叩きのめしたときの馬杉源吾を見ていた徳太郎が、
「ありゃあ、天狗《てんぐ》が人に化けていたにちげえねえ」
そういったほどだ。
お歌も、同感であった。
となると、天狗に自分の肌身をもてあそばれたことになる。
まさかに天狗だとはおもわないが、いずれにせよ、源吾の強さは、
(人間ばなれがしている……)
わけで、三沢又太郎の敵が、いかに武芸の達者であろうとも、源吾には、
(かなうわけがない……)
ではないか。
これは、又太郎が口にしたわけではなく、お歌の推測にすぎないのだけれども、
関口理右衛門《りえもん》は、敵の中西郷右衛門《ごうえもん》の居所を、
(知っているにちがいない)
それなればこそ、又太郎を江戸へ、自分の手許《てもと》へよび寄せたのであろう。
そして、関口は、
(又太郎さまへ、強い助太刀をつけるおつもりなのではあるまいか?)

その、たのみになるような助太刀の人を、

（いま、探しておいでになるのでは……？）

そのようにおもわれてならない。

女にしては、想像力の強いお歌であるが、もしも、お歌の勘のはたらきが適中しているならば、馬杉源吾こそ、三沢又太郎の助太刀に絶好の男といわねばならない。

（だって、あんなに強いのだから……）

妙に、うっとりとした眼《まな》ざしになっているお歌の頬へ、冷たいものが落ちてきた。

稲妻が光り、遠くで雷鳴がしている。

あわてて、お歌は足を速めた。

お歌が〔大村〕へ駆け込むのと同時に、雨が激しくなった。

ちょうど、兄の平四郎が帳場にいて、

「お歌。いったい、お前はどういうつもりなのだ。もう二度と笹屋へは足を向けないといったじゃあないか」

「ま、兄さん、ちょっと待って下さいよ。後でゆっくりとはなしますから……」

「ゆっくりも急ぐもない。もう、笹屋へ帰ってはいけません」

お歌はこたえず、自分の部屋へ入って、雨に打たれた髪を直し、着替えをすました。

そこへ、甥の幸太郎が、鱸《すずき》の塩焼に豆腐と蒟蒻《こんにゃく》の白あえ、茄子《なす》の香の物を盆に乗せてあらわれ、

「叔母さん、お昼は、まだなんだろう？」

「あれ、幸ちゃん。お前さんがやったの？」

「お父《と》つぁんが、お歌の口へ入れるものだから、おれでいいのだとさ」

「ひどいことを……でも、小ぎれいにできたねえ。不器用な兄さんの血をわけた子ともおもえない」

「いいのかい、親父《おやじ》にいいつけても」

「ああ、かまわないとも」

そこへ、お房が入って来たので、幸太郎は板場へ去った。

「義姉《ねえ》さん。幸ちゃんが、この白あえを即席につくりましたよ。十五の子がしたものとはおもえません。ほら、ちょっと、あがってごらんなさいよ」

「まあ、それよりもお歌さん。四日も笹屋へ行きっ切りで、どうしたのです。うちでは、お前さんをたよりにしているのですから、もう、きっぱりと肚《はら》を決めて下さいよ」

「え……それがねえ……」

「それがねえって、お前さん。まさか笹屋へもどるのじゃないでしょうね」

お房が躰が弱いだけに、義妹のお歌をたよりにしきっている。

「こんなことをいってはなんだけれども……お歌さんが子もないままに、笹屋の旦那と死別してしまい、うちへ帰って来てくれそうなので、ほんとうに、ありがたいとおもっているのですよ」

と、お房は夫の平四郎へ洩《そ》らしたことがあった。

このごろは特に体調を損ねているらしく、おもうように夫を助けてはたらくことができぬのを、心細くおもっているのだ。

「お歌さん。明日の昼すぎに、関口理右衛門様が、お忍びでお見えになると、昨日、お使いが来たようですよ。二、三日前にうちの旦那から、三沢さまのことを聞きました」

「まあ、そうですか……」

「何でも、三沢又太郎さまの様子をごらんになりたいとかで……」

「そういえば、関口様は、まだ、徳ちゃんの家をごらんになっていませんでしたねえ」

「だから、お歌さん。明日は此処《ここ》を離れてもらっては困るのですよ」

「困りましたねえ」

箸《はし》の手をとめて、お歌はためいきを吐《つ》いた。

汐《しお》が引くように、雨音が消えてゆく。

「お歌さん……」

「……」

「どうしたのですよ？」

「いえ、別に……」

神経質な義姉に、この上の心配をかけることはない。

お歌は強《し》いて笑顔をつくり、

「あれ、もう晴れてきましたよ」

と、いった。

二

お歌が遅い昼餉《ひるげ》をすませたところへ、兄の平四郎が入って来た。

このとき、すでに、お房は去っている。

平四郎は、

「これから、三倉屋へ行って、はっきりと、お前のはなしをつけてくる」

と、いう。

「まあ、兄さん。ちょっと……ちょっと、待って下さいよ」

「何を待つのだ？」

「いえ、あの、三倉屋へは、私がはなしをつけました」

「そうか……それなら、なぜ早く、それをいわないのだ。では今日から、お前は、この大村の女《ひと》になったのだね。それでいいのだね」

「いえ、あの……」

「じれったいね。いったい、どうした。三倉屋へ何とはなしをつけてきたのだ？」

「あと一年、笹屋の面倒を見ると……」

「ばか」

めったに声を荒げない平四郎が、満面へ血をのぼせて、

「お前ともあろうものが、何を血迷っている。あの笹屋の福太郎につける薬がないということは、わかりきっているじゃあないか」

「けれど兄さん、奉公人や職人を捨てておくわけには……」

「いずれにせよ、お前には子がないのだから、どうしようもないよ。よしんば一年、面倒を見たところで、その後はどうする。どうにもなりゃあしないじゃないか」

「ええ……」

「煮え切らない女になったねえ、お前は……」

お歌は、笹屋の番頭・長助や菓子職人の為吉のことなどを、くわしく語りはじめ

た。

平四郎は両腕を組み、苦《にが》り切っている。

となりの部屋から、お房も顔をのぞかせ、お歌のいいわけに聞き入った。

奥庭へ、かっと日が射し込んできた。

それでも平四郎は、お歌が半刻もかけて語り終えるまで、一言《ひとこと》もさしはさまず、聞いてくれたが、

「ねえ兄さん。一年だけ、私のわがままをゆるして下さい」

語り終えて、お歌が両手をつき、頭を下げたのへ、

「ゆるさないよ」

と、立ちあがるや、

「たとえ一年の間にせよ、どうしても、お前が笹屋へもどるというのなら、この兄とも大村とも縁を切るつもりでもどるがいい」

きっぱりといった。

「旦那。あの……」

お房が何やら口ぞえをしようとして、部屋へ入って来たのへ一瞥《いちべつ》をくれたが、平四郎は屹《きっ》となって、

「お歌」

「はい」

「いいか、お前が笹屋の福太郎や三倉屋をはじめ、向うの親類たちに虚仮《こけ》にされることは、取りも直さず私の顔に泥を塗ることになるのだよ。そこのところをよくよく考えるのだね」

いい捨てて、部屋から出て行った。

お歌とお房は顔を見合わせ、嘆息を洩《も》らした。

そこへ、笹屋の番頭・長助が町駕籠の仕度をしてあらわれた。

笹屋を出るとき、

「帰りに、実家《さと》へ寄って来ますからね」

と、お歌がいっておいたので、

（また、大村さんへ帰りきりになってしまっては……）

不安がつのり、たまらなくなって、長助は迎えに来たのだ。

「番頭さん。まだ、こんなに日が高いのに、どうしたのですよ」

「いえ、どうもその、心配で仕方がなく、為さんも、お迎えに行ってくれと、こう申しますものですから……」

「子供じゃあるまいし……」

もどるといったらもどりますよ、と、いいかけて、お歌は黙った。

兄の言葉は、まんざら威《おど》しともおもわれない。

温厚な平四郎だが、いざとなると一徹《いってつ》なところがあり、それは、お歌もよくわきまえている。

お歌の夫・笹屋伊之助が亡くなって後、跡をついだ義弟の福太郎によって、

(三年もの間、あれほどに、妹がちからをつくしたことが、みんなむだになってしまった……)

と、平四郎にしてみれば、これまで何度もお歌を引き取ろうとし、そのたびに、亡夫への義理立てから笹屋へもどって行く妹の姿を見ては、

(我慢に我慢をしてきた……)

だけに、今度こそ、お歌が笹屋へもどれば縁を切ると、本気で決心をしたのやも知れぬ。

(あれだけのことを、口先だけでいいなさる兄さんではない)

さすがのお歌も切羽《せっぱ》つまったおもいがしてきた。

「番頭さん、私は、まだ用事が残っているのですよ」

「えっ……ま、まさか？」

お房は部屋から出て行ったが、となりで耳をすませているにちがいない。

お歌は、長助を手招きして、

「かならず帰るから心配しないでいい。先へ帰っておくれ」

ささやくと、長助の不安は、さらに大きなものとなったらしく、

「それならば、たとえ、夜になろうとも、外で待っております」

「大丈夫だというのに」

「ですが、これはあの……」

「お帰り」

きびしい声で、お歌が、

「お前さんは、それほど私が信用できないのか」

「と、とんでもないことでございます」

「それなら、先に帰っておくれ」

「は、はい。あの……」

「私のいうことがきけないのか!!」

叱りつけた、そのお歌の声の強《きっ》さに、となりの部屋で聞き耳を立てていたお房が、びっくりして廊下へ逃げるように去った。

こうなると、女の手で福太郎の顔を殴りつけたほどのお歌だけに、長助が太刀打ちできるわけもない。

三十をこえた長助が、半ば泣き顔になり、しょんぼりと廊下へ出て行った。

それを坐ったまま見送って、お歌は石になったかのように動かぬ。

廊下の向うに奥庭の一部が見え、芙蓉《ふよう》が白い花を咲かせている。

午後の日が照っていても、驟雨の後だけに、ながれ込んでくる風は冷んやりとして、昂奮したお歌の肌の火照《ほて》りをしずめてくれた。

平四郎夫婦は、長助が帰って行ったので、どうやら安心をしたらしい。

「叔母さん。どうしたんです？」

冷えた麦茶を盆に乗せ、甥の幸太郎がそっと入って来た。

「なんでもない……」

「でも……」

麦茶を一気にのみほしてから、お歌が、

「ありがとうよ、幸ちゃん」

「叔母さんは、また、笹屋へもどるのかい？」

「そうねえ……」

「およしよ。もどったってつまらないよ」

「幸ちゃんは、私がうちへ帰って来たほうがいいかえ？」

「いうまでもないことだよ。おれも、親父もおふくろも叔母さんをたよりにしている」

「ほんとうかしら……」

「叔母さんに嘘をついても、はじまらないよ。ほんとうはね、うちの親父、ああ見えても躰のぐあいが、あまりよくないんだよ」

「えっ……」

これは、はじめて、お歌が耳にすることであった。

一昨年の夏ごろから、平四郎は時折、目眩《めまい》に襲われるようになり、だれにも知らさぬようにしているが、幸太郎は、

「おれはね、わかっているのだよ」

と、いう。

幸太郎は、父・平四郎の食膳を自分ひとりでととのえる。これは、まだ下働きの身ながら、父の舌によって、別個《べっこ》の修業をさせられているのであろう。

「親父はね、このごろ、食がすすまないのだよ、叔母さん」

「まあ……」

何かいいかけて、お歌は、つぎの言葉を失ってしまった。

お歌を見つめる幸太郎の眼に、真剣の光りがやどっている。

部屋を出て行くとき、幸太郎がこういった。

「たのむよ、叔母さん」

三

夜に入って、お歌の姿が〔大村〕から消えた。

お歌が、裏の道へ出たとき、

「ああ、よかった」

木蔭から飛び出して来たのは、番頭の長助である。

「あっ……おどろくじゃないか、番頭さん」

「相すみませんでございます、相すみ……」

「お前さん。あれからいままで、此処に待っていたのかえ?」

「はい」

「まあ……」

長助が、そこまで笹屋のために、ちからをつくそうと覚悟をきわめていることを、お歌はいまさらに、おもい知った。

何しろ、当主の座に福太郎がいるかぎり、お歌や長助たちの努力が空《むな》しいものになる可能性は、じゅうぶんにある。

つまり、成果を期待せずに、旧主の恩に、

(むくいたい)

と、長助は決意しているのだ。

ただ一つの希望は、笹屋の製品を元通りにし、はなれてしまった顧客《こきやく》を引きもどすことができれば、福太郎の考えも、

（あらたまるやも知れない……）

このことであった。

「さ、こちらへ……」

長助が、お歌をうながした。

なんと、駕籠由《かごよし》の町駕籠が木蔭に待っていたではないか。

「番頭さん、ずいぶんと念の入《い》ったことだねえ」

「さ、お乗りなすって下さいまし」

「ねえ、番頭さん。これで駒形へもどってしまうと、私は兄さんから勘当を受けるかも知れないのだよ」

「まさか……」

お歌は、苦笑と、ためいきを同時に洩らし、

「こうなったら、もう、仕方がないものねえ」

「は、はい……」

「やるだけは、やってみましょうよ」

　すると長助は、小道へ坐って両手をつかえ、

「お願い、申しますでございます」

　深く頭をたれた。

　駕籠由の駕籠舁《か》き二人が、びっくりしたように、こちらを見つめている。

「そんなことをしなさるな。さ、帰りましょう」

　あわてて、お歌は駕籠へ乗り込んだ。

　出て来る前に、お歌は兄の平四郎へ置き手紙をしておいた。

　ともかくも、一年だけ、笹屋へ帰り、やるだけのことはしてみたいと決意をのべ、

「明日の昼ごろに、関口理右衛門様がお見えになると、義姉《ねえ》さんから聞きましたので、私は昼前にもどり、関口様を徳太郎さんの家へ御案内するつもりでいます」

と、書いておいた。

　関口が、三沢又太郎の様子を見ておきたいというのなら、これはどうしても、お歌が案内をしなくてはならぬ。

　兄の平四郎は、きっと怒っているだろうが、三沢又太郎一件については、妹のお歌がいなくては困ることになる。

　しかし、平四郎としても、けじめをつけなくてはおさまるまい。

「それはそれ、これはこれ」

として、笹屋へもどった妹をゆるすまい。

（ああ、いろいろなことが重なってしまって……ほんとうに、もう、何も彼もいやになってしまう）

駕籠にゆられながら、お歌は頭痛がしてきた。

頭が痛むなどというのは、めったにないことなのである。

笹屋へもどってから、お歌は長助と職人の為吉を仏間へまねき、

「二人とも、よく聞いておくれ。私はね、一年の間、お前さんたちと一緒にやるのだから、今日のように番頭さんが心配をして、いちいち私の後を追いかけまわさなくとも大丈夫。わかりましたね」

「はい。申しわけもないことを……」

「あやまらなくともいい。私も、亡くなった旦那への義理があるのだから、最後に、もう一踏ん張りしてみるつもりですよ」

「ありがとう存じます」

「お願い申します」

長助と為吉が、そろって頭を下げた。

「そのかわり……よく聞いておくれ、よござんすか」

「はい」

「実はね、私の実家のほうに、いま、ちょっと取り込み事があって、私が知らぬ顔もできない。だから明日も大村へ出かけるけれども、かならず此処へはもどるのだから、お前さんたちも、しっかりと落ちついていてくれなくては困りますよ。わかりましたね、番頭さん」

「は、はい。よっく、わかりましてございます」

と、長助は、どういうわけか両眼に泪《なみだ》をためている。

よほどに、おもいつめているものか……。

間もなく、二人は仏間から出て行ったが、番頭・長助がすぐにもどって来た。

「今朝、おかみさんが出ておいでになって半刻ほどしてから、あの、妙な人がお店へまいりまして……」

「妙な人？」

「先日、お供をして三倉屋さんへまいりましたとき、お店の前で……」

「あ……」

それなら、馬杉源吾に相違ない。

「あの男が、何でまた、お店へ？」

われ知らず、お歌の声が昂《たか》ぶってきた。

「いえ、あの、将棋落雁を一組、お買いもとめに……」

「あの男が？」

「さようでございます」

お歌は、わずかに唸ったが、

「あの男は、口をきいたのかえ？」

「はい、ききました」

馬杉源吾は、応対に出た番頭・長助へこういったそうな。

「この店は、菓子屋か？」

「さようでございます」

先日のこともあって、長助の顔色は変っていたらしい。

「どのような菓子でもよい。一つ、くれい」

そこで長助が将棋落雁を出すと、

「うむ」

うなずいて代金をはらい、奥の様子を窺《うかが》う様子もなく、

「おとなしく、出て行きましてございます」

とのことである。

「そう……わかりました」

「あのお人は、いったい、どのような？」

「どのようなといわれても番頭さん……私が知るわけがない」

「へえ……」

その後で長助は、為吉のところへやって来て、

「知らないわけがないよ、あの様子では……」

不安そうに、目を瞬《しばたた》いた。

四

翌日の昼前に、お歌は駕籠で〔大村〕へ出向いた。

(毎日、駕籠を使って、もったいない)

そうおもうが、これも仕方がない。

笹屋を出る直前まで、お歌は菓子職人たちと打ち合わせをしたり、店へ出て、客の応対をしていたのである。

福太郎は、まだ、帰って来ない。

しかし、昨日の午後、福太郎の使いらしい者が、奥に引きこもっている妻のお絹のところへやって来たそうな。

そして、今朝、お絹は、二歳になるおみよを連れ、実家へ帰ってしまった。

お絹の実家は九段下の菓子舗〔高砂屋《たかさごや》〕で、当主の久兵衛はお絹の兄にあたる。

もしやすると、福太郎は妻の実家にいるのではあるまいか。

高砂屋久兵衛の耳へも、福太郎夫婦があることないことを、いいように吹きこんでいるのだろうから、お歌の評判も、よくないにきまっている。

(ま、一年先には、この笹屋の何も彼も福太郎夫婦にゆずりわたし、二度と口出しをしないつもりなのだから……いずれにしろ、それまでのことだ)

と、お歌は平気であった。

番頭の長助は、福太郎が何をたくらんでいるか、

「知れたものではございません」

と、お歌にいった。

「これ、番頭さん。何ということをいいなさる。一年先には、お前さんも福太郎さんに仕《つか》えなくてはならないのだよ」

「それは、まあ……」

「二、三日うちに、私が高砂屋さんへ行ってみよう」

「そうして下さいますか」

「三倉屋さんにいったとおりのことを、高砂屋さんへもいっておかなくてはなるまい。番頭さん、私はね……」

お歌は、かたちをあらためて、

「いざとなったら、証文《しょうもん》を書くつもりでいます」

「な、何の証文でございます？」

「一年先には、かならず、身を引きますという証文ですよ」

「……」

長助は、心細げに、お歌を見やったが言葉もない。

「ようござんすか、番頭さんも、よくわきまえていておくれ。そのつもりで、おたがいに一所懸命にやって、亡くなった先代に見てもらいましょうよ」

「わかりました。わかりましてございます」

「今日は、日暮れまでには帰るつもりだけれど、少し遅くなっても、さわいだりしてはいけませんよ」

「これから、毎日、大村さんへお出かけになるので……？」

「そんなことはない。このお店のことも、すぐに手をつけなくてはならないことがいくらもある」

さて……。

お歌が昼前に〔大村〕へ着くと、兄の平四郎は居間へ引っ込んでしまい、会おうとはしなかった。

「いったい、お歌さん。どうしたのです。昨夜は、眠れなくて眠れなくて……」

と、お房がやって来て、しきりに零《こぼ》すのへ、

「義姉さんも、うちの兄さんに、もし死なれたときのことを考えてみて下さい」

「縁起《えんぎ》でもないことを……」

「ごめんなさい」

やがて、幸太郎が、お歌のための簡単な昼餉《ひるげ》を盆に乗せて運んで来てくれた。

幸太郎は、

「親父が強情を張り出すと、なかなかしぶといからね」

そういいながらも、

「なあに、そのうちには、おれがうまくはからうよ」

十五の少年ともおもえぬ口をきく。

お房は少し前に、出て行った。

「やっぱり、私は義絶《ぎぜつ》をされたらしいね、幸ちゃん」

「心配をすることはないよ、叔母さん。やがては、このおれが大村の主人《あるじ》になるのだからね」

「お前さん、ずいぶんと、おもいきったことをおいいだねえ」

「だって、そのとおりだろう」

「そんなことを、だれにもいってはいけませんよ」

「へい、へい」

昼すぎになって、関口理右衛門が〔大村〕へあらわれた。

今日も微行《びこう》で、塗笠《ぬりがさ》をかぶっている。町駕籠も〔大村〕からはなれた場所で乗り捨てるという慎重さであった。

いつもの離れ屋で、ひとやすみした関口から、お歌へよび出しがかかった。

行ってみると、兄の平四郎もいたが、一言もお歌には口をきかぬ。

平四郎が、お歌のことを、関口に何といったか知れぬが、

「さ、それでは案内《あない》をたのむ」

と、関口理右衛門の態度は、いつもと少しも変らぬ。

「お歌。お前の兄も一緒に行ってくれるそうじゃ」

関口がそういったので、お歌が兄を見やると、平四郎は恐ろしい顔となって妹を睨《にら》みつけた。

「さ、まいろうか」

関口が取りなし顔にいった。

〔大村〕から徳太郎の家までは、徒歩で行くことにした。

お歌が案内のかたちで先に立ち、その後から関口と平四郎が、何かささやき合いながらつづいた。

今日は、よく晴れあがっているが暑くはない。
こころなしか、天が高くなっているようにおもえた。
微風も、何やら冷《ひ》んやりとして、
(もうすぐに、秋がくる……)
お歌が立ちどまって空を見上げると、後ろから平四郎が、
「お歌、何をしているのだ。さっさと行きなさい」
強《きつ》い声でいった。
(兄さん、怒っている……)
お歌は、二人に見えぬように、ぺろりと舌を出した。
徳太郎の家へ着くと、この前のときと同様、三沢又太郎が一人でいた。
関口理右衛門は又太郎と会う前に、平四郎をともない、家のまわりを見て歩いた。
時折、足を停めては、
「ふうむ……」
何度もうなずいたり、塗笠の縁《ふち》をあげて彼方《かなた》に見入ったりした。
〔大村〕の平四郎も、徳太郎の家を訪ねたのは、今日がはじめてである。
その間に、お歌は家の中へ入り、又太郎へ関口が見えたことを告げた。
関口理右衛門は、先ず又太郎へ、

「此処ならばよいな」

と、いった。

「はい」

「此処ならば、おぬし一人にても、外へ出ぬかぎり大丈夫じゃ」

「さようでございます」

と、関口を見る三沢又太郎の眼に、そこはかとなく、怨《うら》めしげな色がただよっているのに、お歌は気づいた。

「しばらく、又太郎と二人のみにてはなしたい」

こういって、関口は又太郎と共に奥の部屋へ入って行った。

お歌と平四郎は、土間に接した板の間に残った。

平四郎はお歌から目を逸《そ》らし、いつまでも黙っていて、たてつづけに煙草を吸った。

お歌も黙っている。

しばらくして、平四郎が煙管《きせる》の雁首《がんくび》を灰吹《はいふき》へ強く打ちあてるや、

「お歌」

「はい」

「これから先、三沢又太郎さんのことは、私が取り仕切るから、そのつもりでいる

がいい。関口様にも、先程、そのように申しあげておいた」

五

兄の平四郎から切口上《きりこうじょう》でいわれては、お歌も返す言葉がなかった。

平四郎は、うつむいている妹に、

「これで、私も徳太郎さんの家を見たわけだから、お前はもういい」

「え……？」

「もういいよ。さっさと、笹屋へ帰ったらどうなのだ」

平四郎が、そういったとき、奥の部屋から三沢又太郎の高声が聞こえた。

それを押えつけるような、関口理右衛門の重々《おもおも》しい声が、これもよく聞こえなかったけれども、

「……わしにまかせておけ」

その一言のみが、お歌の耳へ入った。

平四郎が、ふたたび、

「お歌、お帰り」

「兄さんは？」

「もう、お前とは兄でも妹でもない」

「兄さん、ずいぶんですねえ」

たまりかねて、お歌が平四郎へ向き直り、

「一年の間だけ、笹屋へもどるといったことが、それほど気にさわりましたか？」

「ああ、さわった。さわったとも」

こうなると、平常は温厚な平四郎が意地ずくになって、後へ引かなくなる。

（ああ、黙っていればよかった……）

悔《くや》んだが、もう遅い。

「帰れといったら、帰らないか!!」

怒鳴った自分の大声に、むしろ平四郎のほうが、びっくりしたような顔つきになった。

そのとき、兄妹がいい争っている声を、関口理右衛門が聞きつけて、

「いかがしたのじゃ？」

奥から板の間へあらわれ、

「平四郎。ゆるしてやれ」

「いえ、あの……これは、前々からのことでございまして」

関口が微笑した顔を、お歌へ向けて、

「よい隠《かく》れ家《が》を見つけてくれた。礼を申すぞ」

「此処で、よろしかったのでございましょうか？」

「申し分がない。安心いたした」

「それならようございますけれど……」

傍《そば》から平四郎が、

「お歌。お帰り」

顔も見たくないとでもいいたげな口ぶりであった。

仕方もなく、お歌は、

「関口様。ごめん下さいまし」

「うむ、うむ。御苦労であった」

お歌が、一礼して立ちかけたのへ、関口が、

「これより、駒形へ帰るのか？」

「はい」

「さようか。よし、わかった。わしは、いま少し、又太郎とはなしがあるゆえ
……」

「はい。それでは……」

お歌は振り返りもせず、徳太郎の家を出た。

これから白鬚明神へ立ち寄り、徳太郎夫婦に会って行こうかとおもったが、

(兄さんが、あれほどにいうのだから、勝手にしなさるがいい)

お歌も、意外な兄の怒りの激しさに、

(これは兄さん、本気で、私と縁を切るつもりなのかしら?)

気にかかりもしたし、どうして自分のいうことがわかってくれないのかと、苛立《いらだ》ちもした。

お歌は、若宮八幡の門前に客を待っていた駕籠を拾い、笹屋へ帰って行った。

番頭の長助が、店から通用口へ飛んで出て来て、

「お帰りなさいまし。ようございました」

と、いう。

「何が、よかったのだえ?」

「いえ、あの、お帰り下すったものですから?」

「しつっこいねえ、番頭さんも。帰るといったら帰って来ますよ」

気が立っている、お歌の見幕《けんまく》に長助は仰天し、店の方へ逃げてしまった。

お歌は先ず、湯殿へ入り、水を浴びて汗をながし、昂奮をしずめた。

湯殿から出て、着替えをし、髪を直し終えたところへ、

「お客様が、お見えでございます」

手代の直吉が告げに来た。

「どなた？」

「関口理右衛門様と、おっしゃってでございます」

「まあ……」

おどろいて、お歌は廊下へ出た。

通用口から入って来た関口を、長助が案内して来た。

〔大村〕とは縁が深い関口理右衛門の名は、長助もわきまえていたらしい。

「お歌。先程は……」

軽く頭を下げた関口へ、

「まあまあ、このようなところへ、わざわざお運び下さいまして……」

「いや、ちょいとな、お前さんにはなしておきたいことがあってのう」

「さ、こちらへ」

お歌は、亡夫・伊之助の居間だった部屋へ関口を招じ入れた。

「お歌も、このところ、大変なことらしいのう」

「兄が、何ぞ申しましてございましょうか？」

「うむ、聞いた」

「この笹屋へ、一年の間だけ、もどりたいと申しましたら、そりゃもう、ひどい怒り方で……」

「ま、心配いたすな。わしが、うまくはからってあげようよ」

「ほんとうでございますか？」

「安心をしているがよい」

「まあ、うれしゅうございます」

関口理右衛門の仲介《ちゅうかい》なら、兄の平四郎が拒《こば》むわけはない。

「お前さんの兄が、あれほどに怒るのは、な……」

いいさして、関口は口を噤《つぐ》んだ。

女中が、茶菓《さか》を運んで来たからである。

「いま、御酒《ごしゅ》を」

お歌が立ちかけるのへ、

「いや、酒はのまぬがよい。ま、そこへ坐ってくれい」

「はい」

「先日、三沢又太郎がお前さんに、おのれの身の上を語ったそうじゃな」

「三沢さまが、そのようにおっしゃったので？」

「さよう」

「それならば、たしかに……」

「お前さんが聞いてのとおり、又太郎は敵を討たねばならぬ」

「はあ。くわしいことは、よく存じあげませぬが……」

「又太郎が敵討つ身であることを、お前さんに打ちあけたからには、わしからもはなしておきたい。なれど、これは大村のあるじには内証にしておいてもらいたい。よけいな心配をかけて、病《やま》いを悪くさせてはならぬ」

「な、何とおっしゃいました？」

「これは、お歌のみに申すことだが、大村のあるじは、何ぞ病いをもっているように、わしには見える。しかるべき医者に診《み》せているのであろうか、どうじゃ？」

「さ、それは……」

「あのように、寝ついているわけでもなく、外見《そとみ》には格別のことはないように見えるが、どうも、な……」

「……？」

「つとめて気を張り、他人には気づかせまいとしているようじゃが、どこか悪いにちがいない。何やら息苦しげに見えるのだ。それもあって、一日も早く、お前さんが大村へもどって来てくれることを願うているのではあるまいか」

お歌は、言葉を失い、緊張したときの三白眼《さんぱくがん》を畳へ向けていた。

「お前さんのことについて、平四郎はわしにうったえたが、どうも、そのようにおもわれてならぬ。何ぞ、こころあたりはないか？」

だれにもわからないようにしていた。

「はあ……」

甥の幸太郎が、何だか目眩《めまい》を起すらしい。

「親父は、このごろ、何だか目眩を起すらしい。だれにもわからないようにしているけれど……食もすすまないのだよ、叔母さん」

そういったことが、関口理右衛門の観察を裏づけていることになる。

「どうじゃ、どうしても、大村へもどってはやれぬのか？」

「それが関口様……」

「いや、三沢又太郎については、さほど、気をつかってもらわぬでもよい。あの家ならば大丈夫じゃ。あれから、わしは平四郎に案内され、徳太郎夫婦にも会うてきた。あの夫婦なれば心強い」

「そのようにおっしゃっていただきますと、うれしゅうございます」

「かたじけない。又太郎は、わしと同家中の三沢惣兵衛と申す士のせがれなのだ。一人息子でのう」

六

「わしは三沢惣兵衛とは妙に気が合うて、親類同様につきあいをしてまいった」

「では、やはり、江戸に？」

「さよう、三沢惣兵衛も、若いころから江戸藩邸に詰めていたのだが、ゆえあって国許へもどされてな。その翌年に、中西郷右衛門と喧嘩沙汰となり、斬り合って討ちとられたのじゃ」

関口理右衛門は、お歌がいれ替えた熱い茶を啜《すす》ってから、

「喧嘩のわけは、この目でたしかめたわけではないから、わしは知らぬ。家中の人びとは、いろいろにうわさをしているが、そもそも、うわさと申すものほど、あてにならぬものはない」

これは、いまのお歌にとっても、身にしみる言葉であった。

「それゆえ、いかに親しき友であっても、三沢惣兵衛には非がなく、中西郷右衛門に非があるとはおもい込んではおらぬ。どちらがよく、どちらが悪いにせよ、喧嘩は喧嘩なのじゃ」

「はい」

「ま、それはよいとして、武士の喧嘩は両成敗《りょうせいばい》という掟《おきて》がある。このことは、お歌、お前さんも知っていよう」

「そのように、うけたまわっております」

「わしはな、つくづく、お前さん方がうらやましいとおもう。武士の世界は、まことに面倒なものよ」

関口が、深いためいきを吐いた。

「武士であるならば、人を殺害したとき、しかるべき覚悟がなくてはならぬ」

「それは、どういうことなのでございましょう」

「人を殺《あや》めたならば、ただちに、自分《おのれ》も自害することだ。それでなくてはならぬ」

日本は、たくさんの大名や武家によって領国が分れている。

その風土や風俗、言語が異なっているように、各大名の政治も異なる。

徳川将軍と幕府は、その上に君臨しているのだ。

これが、封建の世というものである。

したがって、たとえば、A大名の領国において人を殺し、B大名の国へ逃げ込んでしまうと、もはやA国の法律がおよばなくなる。

もしも、

「殺人犯人を捕えよ!!」

と、人数をさしむけてB国へ入れば、それは国境を侵《おか》すことになる。

そのようなことが、できるはずがない。

そこで、殺された者の子なり親族なりが、敵討ちの許可を正式に得て、いったんは浪人の身となり、犯人を追うことになる。

それは、一種の法律の代行といってよい。

ために、敵討ちの正式な許可を得るについては、さまざまな規則もあるわけだが、三沢又太郎の場合は長男で一人息子なのだから、父親の敵を討つのは、当然であった。

もっとも、当人が、

「討ちたくない」

というのなら、それでもよい。

そのかわり、亡父の跡をつぐこともできぬし、故郷へ帰ることもできぬ。

又太郎には、故郷の越前・大野に母親の里《さと》がいて、又太郎が首尾《しゅび》よく敵を討ち、帰る日を待ちかねている。

敵討ちにも、運不運があり、たちまちに目ざす敵と出遇《であ》って討ち取ってしまえば、それにこしたことはない。

また十年、二十年はおろか、三十年、四十年たっても、敵を探す旅をつづけ、故郷を出たときは二十歳の若者だったのが、六十になってもまだ、敵にめぐり遇うことができぬ者もいる。

いずれにせよ、敵討ちの苦労は非常なものといってよい。

のみならず、武士の殺人は、殺した方にも殺された方にも影響をおよぼす。

人を殺して他国へ逃げた者の家族・親族はむろんのこと、殺された方の家族・親族も苦しまねばならぬ。

そのとき、殺人者が、ただちに自害をしてしまえば、それこそ、「喧嘩両成敗」の掟を、みずから遂行《すいこう》したことになるのだから、双方の家族や親類にも害がおよばぬ。たとえ、主人の大名から咎《とが》めを受けたとしても、双方が受けるのだから、恨みが残らぬことになる。

中西郷右衛門が三沢惣兵衛を斬殺したとき、その場において腹を切り自決したとあれば、三沢又太郎は亡父の跡をつぎ、いまごろは越前・大野の藩士として、母と共に暮していたろう。

関口理右衛門が、

「人を殺《あや》めたなら、自分も自害せねばならぬ。それが武士だ」

と、お歌にいったのは、このことである。

「なれど、それが、なかなかにむずかしいのじゃ。武士とても人間ゆえ、な」

聞いていて、お歌は、なるほど敵討ちというものは、

（大変なものだ）

と、おもった。

中西郷右衛門は独身《ひとりみ》だそうな。

親類はいるだろうが、家族はいない。両親もすでに世を去っているらしい。

（それだから、腹を切らずに逃げて、又太郎さまを苦しめているのだろうか）

そのとおりなのだが、事態は、さらに悪い。

関口理右衛門がいうには、中西のほうで三沢又太郎を探しているのだそうな。

つまり、又太郎を返り討ちにしようというのだ。

又太郎を返り討ちにしてしまえば、もはや三沢家には、敵を討つ資格のある者がいなくなってしまう。

そうなれば、越前・大野へ帰らぬかぎり、中西郷右衛門は、

「枕を高くして、のびのびと世をわたることができる」

のである。

お歌は、憤激《ふんげき》した。

「関口様。そのようなことを、土井能登守《どいのとのかみ》様御家中では見すごしておられるのでございますか？」

「ふうむ……」

「その、中西なんとやらいう敵の居所を、関口様は御存知なのでございますか？」

「むう……」

と、関口は煮え切らぬ。

# 七

関口理右衛門は、中西郷右衛門の居所を、

（たしかに、御存知なのだ）

と、お歌は直感をしたけれども、何しろ、関口が三沢又太郎の耳へも入れていないことゆえ、お歌に打ちあけるはずもない。

「それがのう……」

関口は、微《かす》かに舌打ちをして、

「われらが家中で、三沢又太郎の味方になろうという者は、わし一人といってもよいのじゃ」

「御家中に、三沢さまの御親類など、おいでにならないのでございますか？」

「縁者たちが、いることはいるのだが……」

「では、なぜ……？」

「俗に、長いものには巻かれろと申すが……」

「え？」

「つまりな、又太郎の敵・中西郷右衛門は、われらが家中の、城代家老の甥にあたるのじゃ」

そういって、関口理右衛門は、口を噤《つぐ》んだ。

おもわず、

（口がすべってしまった……）

と、おもったらしい。

他にも何か、お歌にはなしたいことがあったらしい関口だが、

「では、お歌。いずれまた……」

急に、腰をあげたのである。

「何もございませんが、あの、御膳を……」

「いや、かまってくれるな。よいか、お前さんも気が強い女ゆえ、大村のあるじとの間を荒だててはならぬとおもい、一言、念を入れに立ち寄ったのじゃ」

「私どものことにまで、お気をつかわせてしまいまして、まことに申しわけもございません」

「なに、大名の留守居役などと申すものは、気をつかうのが商売じゃ。いずれにせよ、わしにまかせておくがよい」

「かたじけのうございます」

「それまでは、大村へ近寄らぬがよい。仲のよい兄妹の喧嘩は、いったん躓《つまず》くと取り返しがつかぬと申すではないか」

「はい」

「近いうちに、わしのほうから、また此処へ寄せてもらおう」

「お待ち申しあげておりますでございます」

通用口の外まで、お歌が見送って出ると、其処に町駕籠が待っていた。

すでに、夜に入っている。

関口が、待たせておいたのであろう。

関口理右衛門を乗せた駕籠は、浅草の広小路の方へ去った。

関口が留守居役として仕えている土井能登守の上屋敷は、筋違《すじかい》橋御門内にあり、その屋敷の中の長屋（住居）に関口は起居《ききょ》しているはずであった。

上屋敷へ帰るのならば、浅草橋の方へ行くのが順路のはずだ。しかし、その反対の方向へ去ったのは、

（まだ、これから、お立ち寄りなさるところがあるのかしら？）

お歌は、関口を乗せた町駕籠が見えなくなるまで、外に立ちつくしていた。


この夜。

お歌は寝間へ入ってからも、なかなかに寝つけなかった。

馬杉源吾の顔を、おもい出したからではない。

この夜は、三沢又太郎のことが気になってならぬ。

関口理右衛門が、あのように又太郎の面倒を見てやっているからには、

(何としても、又太郎に父の敵を討たせてやりたい)

このことに相違あるまい。

ところが、その敵の中西郷右衛門は、又太郎に討たれるどころか反対に、

「又太郎を返り討ちにしてくれよう」

と、又太郎の行方を探しているらしい。

つまり、それほど、腕に自信があるからなのであろう。

それならば何故に、三沢又太郎へ、

(助太刀をつけてあげないのか?)

そこが、わからない。

町人の家に生まれたお歌でも、それほどの考えはもっている。

むかし、伊賀の上野というところで、荒木又右衛門という侍は、義弟の助太刀をして、敵を討たせてやったそうな。

関口理右衛門がいうように、中西郷右衛門が土井家の領国で殺人を犯して逃げた犯罪人ならば、助太刀をしても討たせるべきではないのか。

まして、関口は中西の居所を、

(知っているらしい……)

のである。

それならば、一日も早く、

（助太刀をしておやりなされればいいのに……）

そうおもったので、三沢又太郎に助太刀をしてやるような親類はいないのかと、関口に尋ねたのだ。

すると、縁者がいないわけではないらしい。

いるが、しかし、その縁者たちは、

「長いものには巻かれろ……」

と、考えていて、又太郎を助けようともせぬ。

何故か。何故なのか……？

関口がいうには、敵・中西郷右衛門は土井家の城代家老の甥だそうな。

もしやすると、その「長いもの」というのは、城代家老のことではあるまいか。

土井家に家老が何人いるか知らないが、城代家老ともなれば、家老の中で最も権力の強い人物であろう。

家老といえば、大名の家臣の〔長〕であって、権勢があるのは当然といってよい。

その権勢を怖れて、だれも三沢又太郎を、

（助けようとはしない……）

のではあるまいか。

実家の〔大村〕へは、関口理右衛門のように重職についている諸家の侍たちが来るし、大身の旗本も微行《びこう》であらわれるだけに、兄の平四郎は武家の世界の裏面をもよくわきまえていて、

「武家方といっても、私たち町人と同じようなものだ。むかしのように立派なお武家は少い」

とか、

「上役《うわやく》に媚《こ》び諂《へつら》ったりしているところなぞは、むしろ、町人よりもひどいものだよ」

などと、お歌にもそっと聞かせてくれたことが何度もあった。

土井能登守の家中といえども、同じようなものなのであろうか。

親の敵を討とうとしている若者が、人目を避け、当の敵は逃げ隠れているどころか、若者を返り討ちにしようと狙《ねら》っている。

ただ一人、若者を助けようとしている関口理右衛門ですら、表立ったふるまいができぬというのは、関口がいう「長いもの」の権力が江戸屋敷にも及んでいるわけか……。

（そうだ。明日は高砂屋さんへ行ってみよう）

お歌は、われに返った。

九段下の菓子舗・高砂屋久兵衛は、福太郎の妻お絹の兄にあたる。

おそらく、お絹は実家にいるのだろうし、福太郎も高砂屋にいて、お絹を呼び出したのにちがいない。

いずれにせよ、自分が笹屋にいて采配《さいはい》をふるうのは、これより一年間で、その後は実家の「大村」へ帰ることを、高砂屋へはっきりとつたえておきたい。

そうすれば、福太郎夫婦の耳へ届くにきまっている……と、そこまで考えてきて、

（でも、兄さんが私を実家へ入れてくれなかったら、どうしよう……）

ひとりきりになれば、気の強いお歌も、そこは女であった。

先行きの我身が心細くなってきて、お歌は、いよいよ眠れなくなってしまった。

八

翌朝というよりも、翌日の昼近くなって、お歌は目ざめた。

明け方近くになり、ようやく眠りに落ちたのだが、やはり疲れがたまっていたらしい。

番頭の長助は、お歌が店へあらわれないので、

（また、大村さんへ帰ってしまったのか……）

あわてたらしいが、女中たちから、お歌が寝間から出て来ないと聞くや、

「それならいい。きっと、疲れておいでなのだろう。ゆっくりとやすんでいただこう」

ほっとして、店へもどって行った。

もしも、この日、お歌が朝早く目ざめていたなら、昼前に九段下の高砂屋久兵衛方へ姿を見せていたろう。

そうなると、お歌の命運《めいうん》も変っていたやも知れぬ。

いや、変っていたにちがいない。

朝の目ざめが遅れたために、女ひとりの命運が変ることもあるのだ。

「まあ、お前さんたちは、なぜ、もっと早く、私を起こさなかったのだえ」

寝間から出て、お歌は女中たちを叱った。

湯殿で水を浴びてから、お歌は、女中のお清《きよ》に髪を直させた。

お清は十七歳の少女で、笹屋へ奉公にあがってから二年ほどになる。

母親が女髪結をしているだけあって、お歌の髪をととのえる手つきも、堂に入ったものだ。

お歌は、お清を重宝《ちょうほう》にしており、

(私が実家へ帰るとき、お清だけは連れて行こう)

ひそかに考えていたし、お清もお歌を慕い、骨身を惜しまずにはたらく。

「お清。番頭さんを呼んでおくれ」

「はい」

すぐに、番頭の長助が居間へあらわれた。

「番頭さん。これから高砂屋へ行きますよ」

「さ、さようで……」

「お前さんも一緒に来て下さい。高砂屋には福太郎夫婦がいるだろうし、私のいうことを、お前さんが傍にいて、耳へしっかりと入れておいて下さいよ。いいかえ、お前さんは生き証人なのだから……」

「よ、ようございます」

長助の顔色《がんしょく》があらたまった。

「すぐに、仕度をいたします」

「あ、それから、羽衣と落雁を箱にしておいて下さいよ。福太郎がいたら、味を見させてやるのだからね」

「承知いたしました」

お歌は、軽く腹ごしらえをし、着替えにかかった。

そこへ、長助が来て、

「旦那からの使いの者が、これを」

と、手紙を差し出した。

「福太郎から？」

「そう申しておりましたが……」

「番頭さんも知らない人が、使いに来たのかえ？」

「はい。亀戸《かめいど》の玉屋の半天《はんてん》を着ておりましたが……」

「ふうむ……」

亀戸天神社の門前にある〔玉屋〕は、よく知られた料理屋で、笹屋の親類・三倉屋治兵衛がなじみの店である。

お歌は、夫の伊之助が生きていたころ、夫婦して三倉屋に招かれ、三度ほど玉屋へ行ったこともある。

（すると、福太郎は玉屋にいるのかしら。それなら、三倉屋さんも一緒なのか、どうか……？）

手紙の字は、まさに福太郎の筆であった。

福太郎という男は、

（あれほどに、だらしのない……）

男なのだが、ふしぎに文字を書くことは大好きで、子供のころから手習いをさせておくと、いつまでもおとなしくしていたそうな。

福太郎は、手紙で、こういってきた。

「このように、いつまでも、たがいに啀《いが》み合っていたのでは仕方がありませんから、今日は、三倉屋と高砂屋に玉屋へ来てもらい、お前さんのいうことを聞き、私の言分も聞いてもらいたいとおもいます」

お歌は、かっとなった。

（啀み合うとは、何ということを……）

福太郎は、

「番頭の長助も一緒に来てもらいたい。長助にも、いい聞かすことがあります」

などと、書いている。

「番頭さん。ちょうどいい。これから玉屋へ行きますよ」

「えっ。向うに旦那がいなさるので？」

「この手紙を読んでごらん」

「よろしいのでございますか？」

「ああ、かまわない」

二度三度と読んだ長助が、

「旦那も、ずいぶんと勝手なことをおっしゃいます」

おもわず、いった。

「ま、いいよ。こっちは、やるだけのことをやればいい。いずれにしろ、この店を乗っ取るつもりはないのだから……」

「では、すぐに……」

いったん、出て行った長助が小走りにもどって来て、

「お迎えの駕籠を待たせてあるそうでございます」

「おや、福太郎にしては気がきいている。それでは、行きましょうか」

「お供をいたします」

「では、お清。後をたのむよ」

「はい」

「あの……」

と、長助が、

「申し遅れましたが、この前の、あの妙な侍が先程、また、店へやって来まして、今日は羽衣煎餅を……」

「買ったのかえ？」

「はい」

「まあ……」

いったい、これはどういうことなのか。

「すぐに、帰ったの？」

「はい」

どうも、ちかごろは、あまりに血がさわぐことが多すぎる。

（あんな男に、いまの私は、かまっていられるものか）

廊下から通用口へ出て行く、お歌の足音が高い。

通用口から外へ出たとき、お歌はわれにもなく、あたりを見まわしたが、馬杉源吾の姿は見えなかった。

少し、はなれたところに町駕籠が一つ、お歌を待っていた。

玉屋の半天を着た中年の男が走り寄って来て、

「御苦労さまでございます。さ、お乗りなすって下さいまし」

ていねいにいった。

お歌を乗せた駕籠の先へ、玉屋の男が立ち、長助は駕籠の傍《わき》へつきそった。

九

駒形の笹屋から、亀戸天神・門前の玉屋までは、ゆっくりと歩いても小半刻で着く。

この日は薄曇りで、冷んやりとした微風がながれ、垂《た》れを下《おろ》した駕籠の中にゆられていて、汗ばむこともない。

町駕籠の中で、お歌は、さすがに緊張していた。

こちらに疚《やま》しいところは少しもないのだし、誠意をつくして説けば、三倉屋も高砂屋も、

(もしやすると、わかってくれるのではあるまいか……いえ、わからせてみせる)

この二人がわかってくれれば、福太郎などは何でもない。

つまるところは、先代までの笹屋の繁昌を取りもどし、これを、福太郎にあたえてやるのだから、

(文句をいわれる筋はない……)

のである。

けれども、このような、お歌や番頭・長助の真意が、当の福太郎をはじめ親類たちにわかってもらえるかどうかというと、長助は笹屋に居残るのだからよいとしても、

(気の強いお歌が、自分の手で立ち直らせた笹屋を、さっぱりと福太郎へわたすはずがない)

と、彼らはおもいかねない。

彼らは商人だけに、男にしろ女にしろ、人間という生きものが無償のはたらきを、

(するはずがない)

と、おもいきわめているにちがいなかった。

「ああ……」

お歌は、ためいきを洩らした。

やはり、説きふせることは、むずかしいのではあるまいか……。

福太郎は三倉屋と高砂屋をたのみ、お歌を笹屋から出してしまおうとしているのだから、お歌が亡夫・伊之助への義理と、これからの自分が悔いを残さぬように、一年の間だけ、無償のはたらきをするという心が、わかるまい。

お歌が説けば説くほど、彼らのうたがいは、深まるばかりとなるのではないか……。

また、それが当然なのやも知れぬ。

「出て行ってくれ」

と、彼らにいわれれば、

「出ません」

とはいえない。

何故なら、お歌は先夫との間に、跡つぎとなるべき子を生んでいないし、すでに

笹屋の当主は福太郎と決まっているのだ。

外から見れば、強引《ごういん》に、お歌が居すわっていて、うごかぬように見える。

去年の秋ごろだったか、親類の長老ともいうべき三倉屋治兵衛から、お歌が実家へもどるについては、しかるべき金を出すつもりゆえ、

「その相談をしたい」

と申し入れてきたことがあった。

そのとき、お歌は、きっぱりと断わっている。

兄の平四郎も、

「笹屋からは一文も受け取ってはいけない。そんな金はいらないから、大手を振ってうちへもどっておいで」

と、念を入れてきた。

これがまた、福太郎や三倉屋たちに、

(どうも、お歌のすることは怪しい。女だてらに、笹屋を乗っ取るつもりなのだろう)

かえって、疑惑を植えつけてしまったようなところがある。

そのとき、お歌は、よほど笹屋を出てしまおうかとおもったのだが、福太郎の経営の仕方を見ていると、どうにも危くて、

（このままでは、笹屋は潰れてしまう）

ように、おもえてならなかった。

ために、けむたがられるのを承知で、福太郎を叱りながら、身を引かなかったのだ。

そして、お歌の杞憂《きゆう》が現実となってあらわれはじめた。

売る菓子の質が落ち、客が急に減りはじめた。

福太郎は職人や番頭たちへ、

「こうしろ、ああしろ」

と、もっともらしく指図をするが、それは、つまり、

「手をぬく」

ことなのである。

手をぬくことは、手間と材料に充分な金をかけないことで、品質が落ちるのは当然であった。

こうして浮いた金を、福太郎は、みんな自分のふところへ入れてしまうらしい。

番頭の長助にいわせると、金の出し入れが、

「ちかごろは、滅茶《めちゃ》滅茶でございます」

ということだ。

いやしくも福太郎は当主なのだからと、お歌が金のことに口を出すのをつつしんでいたのがいけなかった。

帳面も福太郎が、すべて管理しており、番頭の長助の帳面とは、

「別になっているのでございます」

という。

熱した頭で、いろいろと思案をつづけていたお歌は、駕籠が、どの辺を通っているのかも知らなかった。

はっと我に返ったのは、駕籠の後方で、番頭・長助の叫び声を聴いたからであった。

それは、叫びというよりも、悲鳴に近かった。

長助は駕籠傍につきそっているとばかりおもっていたのに、その徒《ただ》ならぬ叫び声は駕籠から、かなり離れているところで起った。

瞬間、駕籠が地へ落ち、男たちの怒号の声がきこえた。

お歌の躰が駕籠の中から、外へほうり出された。

十

お歌が、先ず、おどろいたのは、いつの間にか深い木立《こだち》の中へ駕籠ごとに連れ込

まれていたことである。

何が何やらわからず、半身を起したお歌を目がけて、白刃《はくじん》を振りかざした男が走り寄って来た。

「ああっ……」

これには、気丈なお歌も驚愕《きょうがく》せざるを得ない。

悲鳴を発し、逃げようとしたが、腰がぬけたようになって躰も手足もうごかなかった。

(こ、殺される……)

お歌が身を竦《すく》め、両眼を閉じた、そのときであった。

お歌の目の前にまで迫って来た浪人体《ろうにんてい》の曲者《くせもの》の躰が宙に浮いたかとおもうと、横ざまに叩きつけられた。

これは、曲者の背後から別の男が走り寄って来て、曲者をほうり投げたのだ。

その男は、お歌を庇《かば》うようにして立った。

二人の駕籠舁きは、木立の奥へ逃げてしまっている。

浪人の曲者は、木の根元へ叩きつけられ、大刀を落してしまった。

お歌に背を向けて立った男は、馬杉源吾だ。

源吾が、どうして、この場にあらわれたのか……。

浪人は、すぐに片膝を立て、差し添えの脇差を引き抜き、

「うぬ!!」

怒声を発して立ちあがり、源吾へ立ち向って来るのかとおもうと、いきなり、脇差を源吾へ投げつけた。

低く身を沈めた源吾の頭上を、脇差が疾《はし》り抜け、木立の中へ吸い込まれて行った。

途端に浪人は、身をひるがえして逃げた。

源吾は、これを追わんとしておもいとどまり、あたりへ目をくばった。

お歌が、自分を助けてくれた男が馬杉源吾とわかったのは、このときである。

「怪我《けが》は?」

と、源吾が尋ねた。

お歌が、源吾の言葉を……いや、声を耳にしたのは、これがはじめてなのだ。

この前に、自分の躰を犯したときも、源吾は声を洩らさなかった。

お歌は、咄嗟に声が出ず、二度三度と、うなずいて見せた。

「うむ」

源吾が、うなずき返したとき、木立の中を泳ぐような恰好で番頭の長助が近づいて来た。

長助の顔の左半面が血に染まっている。

「ば、番頭さん……」

「いえ、私は……私は大丈夫でございます」

ふるえ声でいった長助が、傷も受けずに立ちあがったお歌を見て、

「ああ、よかった……御無事でよかった、ようございました」

泣き声になり、くたくたと其処へ坐り込んでしまった。

お歌は何がどうしたのか、さっぱりわからなかった。

ところで……。

先にものべておいたけれども、お歌が笹屋を出る少し前に、馬杉源吾は笹屋へあらわれ、羽衣煎餅を一包み買いもとめて去った。

源吾は店を出たとき、笹屋の通用口の前に出駕籠が一梃《ちょう》、待機しているのを見た。

それだけなら、源吾も気にかけなかったろうが、ちょうどそのとき、人相《にんそう》のよくない三十がらみの浪人者が近寄って来て、駕籠舁きとひそひそばなしをしていた半天の男へ何かささやいた。

半天の男がささやき返した、その様子が何やら意味ありげに見える。

源吾は通りを向う側へわたって、それとなく目をつけていると、半天の男へ浪人がうなずき、浅草広小路の方へ急ぎ足で去って行く。

（妙な……？）

馬杉源吾は、紅雲堂《こううんどう》という文房具屋の路地へ入って尚も見ていると、通用口から、お歌と長助があらわれ、お歌を乗せた駕籠も広小路の方へ去って行く。

ここに至って、源吾は、

(どうも、おかしい……?)

胸さわぎをおぼえた。

どうせ、暇な躰なのである。

源吾は町駕籠の後を尾《つ》けることにした。

駕籠は大川橋をわたり、はじめは大川の水を引き入れた堀川(源森川)に沿った道を、あきらかに亀戸へ向っていたのだが、そのうちに、ひょいと堀川の橋を北へわたった。

このとき、駕籠の中のお歌は思案にふけっていて、まったく気づかなかったが、番頭の長助は半天の男にはなしかけられ、相槌《あいづち》を打っているうち、駕籠に遅れがちとなっていたのだ。

「いえ、あの男が、うちの旦那や三倉屋の大旦那のことを、いろいろとはなすものですから、つい、こちらも耳をそばだてているうちに……」

お歌を乗せた駕籠は、向うの木立の中へ走り込んでしまった。

このあたりには、日中でも通行の人が少い。

「あっ……」

ようやくに気づいた長助が、半天の男へ、

「ちょっと、これはあの、方角がちがうのではありませんか」

そういうと、

「ほんとだ。駕籠舁きめ、何を勘ちがいしているのだろう」

半天の男も、長助と一緒になって、橋を駆けわたり、駕籠を追った。

「あっ。あっ、これはおかしい」

木立の中へ吸い込まれて行く駕籠を見て、番頭・長助は、

「もう、びっくりいたしまして……」

全速力で追いかけた。

その後から半天の男も、

「いったい、これは、どうしたのだ」

などと口走りつつ、長助の背後について走って来た。

息を切らせて、長助が木立の中へ駆け込んだとき、半天の男がふところから短刀《あいくち》を引きぬき、

「番頭さん、番頭さん」

よびかけたので、おもわず足を停め、振り向いた長助へ、

「野郎‼」

　喚（わめ）きざま、いきなり、短刀を突きかけて来た。

「うわ……」

よろめいて、腰が崩れた長助の頰を、半天の男の短刀が浅く切り裂いた。

馬杉源吾が、一陣の風のごとく追いついたのは、そのときであった。

源吾は、半天の男が、

「て、てめえは何だ？」

短刀を振りまわすのを軽くあしらい、男の胸下へ拳《こぶし》を突き入れた。

「むうん……」

唸って気を失った男にはかまわず、源吾が長助へ、

「早く、まいれ」

声をかけておいて、木立の奥へ走った。

すると、先刻、笹屋の前で半天の男と何やらささやき合っていた浪人が木蔭から突如あらわれ、いましも、駕籠から転げ出たお歌へ斬りつけようとしているではないか。

馬杉源吾にしても、まさかに、このような異変が起ろうとは予期していなかったにちがいない。

いま一足、源吾が遅かったなら、お歌は浪人の刀を受け、血まみれとなって息絶えていたろう。

源吾は、半天の男が倒れていたところへ引き返した。

半天の男の姿が消えている。

もしやすると、お歌へ斬りつけた無頼浪人が担《かつ》いで逃げたのやも知れぬ。

「逃げ足の早いやつどもだ」

と、馬杉源吾がつぶやいた。

お歌は、源吾へ礼をのべる余裕《ゆとり》もなく、長助の顔の血を手ぬぐいで拭きとり、

「番頭さん。傷は、ここだけかえ？」

「はい。もう大丈夫でございます」

「血が止るまで、こうやって、この手ぬぐいを押えておいでよ」

傷は浅かったが、源吾が追いついてくれなかったら、長助の一命とて、どうなっていたか知れたものではない。

たとえ、半天の男の短刀を防いでも、浪人者が引き返して来たら、

（ひとたまりもなかった……）

ことであろう。

素早く逃げ去った二人の駕籠舁きも、彼らの一味と看《み》てよい。

十一

馬杉源吾が、どうして、この場にあらわれたのか、お歌にはわからなかった。

源吾は依然として、無口な男である。

「ちょうど、通りかかって……」

と、洩らしたのみだ。

だが、笹屋を出て来る前に、源吾が羽衣煎餅を買いもとめに来たことを、お歌は長助から聞いていた。

その源吾が、最教寺の小屋へ帰りつつあったとなれば、

「ちょうど、通りかかって……」

ということにもなろう。

お歌は、仕方もなく、

「ありがとうございました。おかげさまで、いのち拾いを……」

頭を下げた。

下げながらも、

(この人に、何も礼をいうことなぞ、ありゃあしないのに……)

とか、

（この人こそ、私に詫びを入れるのがほんとうなのに……）

などと、おもいながらも、くやしさはおぼえぬのが、われながら、ふしぎであった。

源吾は、ぼんやりとした眼つきで、お歌をながめた。

お歌を抱いたときの、あの眼とは別の男の眼になっている。

「これから、どうする？」

と、源吾が尋ねた。

「亀戸までまいります。まいらなければなりませんので」

「ほう……」

「いずれ、あらためまして……」

「ふむ……」

「急がなくてはなりませんので、今日は、これで、ごかんべん下さいまし」

お歌は、長助をうながして木立から出て行った。

長助は何度も、源吾へ頭を下げていたようだが、お歌について歩みながら、

「あの、お方の、お名前を尋《き》いておかなくてよいのでございますか？」

「そんなことは、どうでもいいのだよ」

「どうでもいいなぞと、そんなことを……あのお方の、お住居《すまい》を知っておかなくて

は、御礼もできませんでございます」

まさに、馬杉源吾は二人にとって、

「命の恩人」

なのだ。

お歌が源吾のことを、以前から、どうやら知っているらしいようにも思えるが、それにしても、いのちを助けてくれた相手に対して、お歌が切口上で礼をのべ、さっさと歩みはじめたので、長助は気がかりになったのであろう。

「これから、玉屋へ行って、福太郎がいるかいないかを、たしかめなくては……」

お歌は、面上に血をのぼせて、

「これは、もしやすると福太郎がたくらんだことかも知れない」

「ええっ……まさか……」

二人は、橋をわたった。

「だって番頭さん。この手紙は、たしかに福太郎の筆《て》なのだもの」

お歌は、胸もとから福太郎がよこした手紙を、あらためて長助へわたした。

長助は立ちどまり、先刻も見た手紙へ目を移した。

お歌が木立の方を見ると、木立から出て来た馬杉源吾が、ゆっくりと、こちらへ歩いて来る。

「番頭さん。さ、急がなくては……」

「ね、たしかに、福太郎の筆にちがいないだろう？」

「はい。ですが、まさかに、このような……もしも、私たちが殺害されなかったら、すぐにわかってしまうことではございませんか」

「それなら、私たちをおびき出し、殺そうとしたのは、いったい、だれなのだえ？」

「さあ……？」

「あの連中に、私たちは恨《うら》みを買うおぼえはない」

「そのとおりでございますが……」

「福太郎のようなばかは、血迷《ちまよ》うと、何をするか知れたものじゃあない」

「それにしても……」

長助には信じられぬことだといってよい。

「番頭さん。血は止ったかえ？」

「止りました。あのとき、私がびっくりして、よろけたのが却ってよかったのでございます。そうでなかったら、まともに一突きで殺されていたにちがいございません」

「よかったねえ」

「あの、お方のおかげでございます」

長助が振り返って見たとき、馬杉源吾の姿は消えていた。

長助は心細くなったが、町筋を歩いていれば人通りはあるし、まだ日中なのだ。

ここへ、刀を抜いて襲って来ることもあるまい。

亀戸天神前の料理屋・玉屋《たまや》平七《へいしち》方へ着くと、お歌は店先へ立ったままで、

「相すみませんが、こちらの旦那へお目にかかりたい。私は駒形の笹屋のものです」

と、いった。

すぐに、玉屋平七があらわれ、

「おや、これはこれは。お久しぶりでございます。すっかり御無沙汰をいたしておりまして……」

「私を、おぼえておいでですか？」

「何をおっしゃいます、御先代がお亡くなりになったときも、三倉屋の大旦那のお供をして、そちらへおくやみにあがりました」

「はい。よく、おぼえております。ときに玉屋さん」

「はい？」

「笹屋のあるじ、福太郎がこちらにまいっておりましょうか？」

「いいえ」

怪訝《けげん》そうにかぶりを振った玉屋平七の顔に、偽《いつわ》りの色はなかった。

手ぬぐいで、まだ頰を押えている番頭の長助と顔を見合わせたお歌が、

「では三倉屋さんか、高砂屋さんが、こちらに……？」

「いいえ、お見えではございません」

「さようで……」

「あの、どうかなすったのでございますか？」

「いいえ、よくわかりました。おいそがしいところを相すみません」

お歌は一礼し、長助をうながして玉屋をはなれた。

ふと、気がつくと、亀戸天神の一ノ鳥居の陰に、馬杉源吾が佇《たたず》んでいるのが、お歌の目に入った。

再び、曲者に襲われることがないでもないと、お歌と長助を陰ながら警護して来たのであろうか……。

十二

お歌は、亀戸天神の門前にいた辻駕籠を拾って、本所・松坂町の三倉屋へ向った。

お歌は、しきりに遠慮をする長助を、

「番頭さんは怪我をしているのだから、乗っておいでなさい」

別の辻駕籠へ乗せてやった。

二人が三倉屋へ着いたとき、空を被《おお》っていた灰色の雲の間から日がさしてきはじめた。

紙問屋・三倉屋の大旦那の治兵衛が、血相を変えて居間へあらわれたお歌に、

「いったい、どうしたのだ？」

「殺されかけました」

「な、何だって……」

「もしやすると、私と番頭を殺そうとしたのは福太郎さんかも知れません」

「じょ、冗談もほどほどにしておくれ」

「ま、これを、ごらん下さいまし」

「何だい、この手紙は？」

「福太郎さんが私によこした手紙でございますよ」

「何で、また、手紙なんかを？」

「このところ、福太郎さんは笹屋におりません」

「ふうむ……」

手紙を読み終えた三倉屋治兵衛に、お歌と長助が、交々《こもごも》、今日の異変を語るうち、治兵衛の顔色が変ってきた。

治兵衛は廊下へ出て、あたりを見まわした。

女中の耳へでも、お歌の声が入っては大変だとおもったにちがいない。

「お歌。もう少し、低い声で……低い声でたのみますよ」

いいながら、よろめくようにして坐った三倉屋治兵衛が、

「こりゃあ、とんだことになってしまった……」

と、呻《うめ》いたものである。

「店のお客の、おさむらいさまが助けて下さらなければ、私も番頭も、いまごろは三途《さんず》の川をわたっているところでございます」

「う、うう……」

「まさか、此処に、福太郎さんが隠れているのでは……」

「と、とんでもないことをいっては困る。この前に、お前さんが見えてから後、福太郎は一度も顔を見せてはいない」

「でも、その手紙には、三倉屋さんと高砂屋さんを、亀戸の玉屋へよんであると書いてございます」

「まったくもって、私の知らないことだ。福太郎は何で、こんなことを……」

いいながらも治兵衛は、再び手紙を読み直して、

「たしかに、これは福太郎の筆にちがいない」

「ちょっと、その手紙を……」

と、お歌は福太郎の手紙を治兵衛から取りもどしてから、長助に、

「番頭さん。いまの三倉屋さんの大旦那がおいいなすったのを、しっかりと聞きましたね」

「はい」

「大旦那も、この手紙は、たしかに福太郎が書いたものといっていなさる。いいかえ、お前さんが、この場の生き証人ですよ」

「はい。うけたまわりましてございます」

はっきりとこたえた長助が、頬にあてていた手ぬぐいを外《はず》した。

浅いが、なまなましい傷痕《きずあと》を見て、三倉屋治兵衛は固唾《かたず》をのみ、

「いや、その、お歌さん……」

いつもは、呼び捨てにしていたのが、急にさんをつけて、

「生き証人なぞと、物騒《ぶっそう》なことを……」

「物騒なのは福太郎でございますよ」

今度は、お歌が福太郎を呼び捨てにして、

「これはもう、お上《かみ》へも届けておかなくてはなりません」

「えっ……」

三倉屋治兵衛は愕然《がくぜん》として、

「そ、そんなことをしたら、笹屋はおろか、私の方も火をかぶらなくてはならない」

「はい」

「はいといって、お前さん。落ちついていられては困る」

「困るのは私どもでございますよ。こんなことをやられたのでは、命がいくつあっても足りません」

三倉屋治兵衛の狼狽《ろうばい》は、その極に達した。

「それでは大旦那。この手紙については何も御存知なかったのでございますね？」

「いうまでもないことだ。知っていれば、私も高砂屋も玉屋にいたはずじゃあないか」

いつもとは人がちがったように、三倉屋治兵衛は弱々しく、うったえた。

「ともかくも、私が福太郎へ意見をする。それまでは、今日のことを胸におさめて……」

「人の命に関わることでございますよ」

「わ、わかっている。わかっているとも。だからこうして……」

と、治兵衛は両手を合わせ、お歌を拝むかたちになり、

「こうして、たのんでいるのじゃあないか」

「福太郎は、人の意見なぞ、聞くような男ではありません。だからこそ、こんなばかなまねをするのでございますよ」

「ま、まったく、あいつは、何というやつだ」

三倉屋治兵衛が、今日の事に加担していないことは、お歌にも長助にもよくわかった。

また、治兵衛は、そこまで愚《おろ》かな老人ではない。

「それでは大旦那。これから一緒に、高砂屋さんへ行って下さいますか？」

「おお、行きましょう。行って、たしかめなくてはならない」

治兵衛は手を打って女中をよび、町駕籠を三梃、いいつけて身仕度にかかった。

封建の当時は、何事も連帯の責任によって社会が成り立っていた。

大名も武家も、町人も農民も、みな、そうである。

身内の中から一人の犯罪者が出ると、その一人だけの事ではすまなくなる。

「福太郎のばかめ。な、何ということを……」

三倉屋治兵衛は何度も、くやしげなつぶやきを洩らした。

福太郎の妻お絹の実家で、九段下の高砂屋久兵衛方へ、三人が到着すると、あるじの久兵衛は、お歌に敵意のこもった視線を向けながら、ともかくも客間へ通した。

三倉屋治兵衛が、

「高砂屋さん。こちらに福太郎が来ておりましょうか？」

「いいえ、福太郎さんは三日ほど前に、ちょいと見えましたが、すぐに帰って行きましたよ」

これまた、嘘をついている様子もない。

福太郎の妻子が高砂屋にとどまっていることは、お歌も承知している。

「実はねえ、高砂屋さん……」

と、三倉屋治兵衛が今日の事件を語り、福太郎の手紙を見せるにおよんで、

「そ、そんなことが、あなた、あっていいものでございましょうか。そりゃあ、何かの間ちがいで……」

「いや、高砂屋さん。これは、まぎれもなく、福太郎が書いた手紙ですよ」

「う……」

「あなたと私が、亀戸の玉屋で、お歌を待っていることになっています」

「ふうむ……」

高砂屋久兵衛《きゅうべえ》は、顔面蒼白となった。

これは、福太郎が自分の妹聟《いもとむこ》なのだから、むしろ三倉屋よりも衝撃が大きかったろう。

「さて、困った」

三倉屋治兵衛が、あぐねきった顔をお歌に向けて、

「福太郎は、何処にいるのだろう……」

「わかりません」

高砂屋久兵衛は、げっそりと肩を落している。

十三

結局、お歌は、三倉屋と高砂屋の請《こ》いを受け入れた。

一時は、奉行所へ訴え出ないまでも、福太郎のことを、同じ駒形に住む御用聞の三次郎の耳へ、入れておこうかとおもったのである。

御用聞は、町奉行所の手先（刑事・探偵）となってはたらくものだが、奉行所に属しているわけではない。

奉行所の、与力・同心の下について、自在の活動をする。

それゆえ、

「おれは、お上の御用をつとめているのだ」

十手《じって》に物をいわせて、陰へまわると悪辣《あくらつ》なことをする者も少くない。

だが、駒形の三次郎は祖父の代から土地《ところ》の御用聞で、女房おしんは近くの並木町で〔十一屋〕という蕎麦屋《そばや》を、三次郎の代りに経営している。

だから、暮しには困らない。

ために、お上からあたえられる少い手当などを気にすることなく、それこそ、

「躰を張って……」

御用をつとめることができるのだ。

土地の人びとは、三次郎のことを、

「十一屋の親分」

などと、よんでいて、人望が厚い。

（あの親分ならば、何とか、うまくはからってもらえるのではないか……）

と、お歌は考えた。

このまま、黙っていると、福太郎がまた、悪事をたくらむのではあるまいか。

今日のようなことをされては、たまったものではない。

「ばかなまね」

だと笑っていられるものではない。

「ばかだから怖い……」

のである。

もしも、馬杉源吾が駆けつけてくれなかったら、自分も長助も殺されてしまうところであった。

(それにしても……)

源吾が、よくも気づいてくれたものだ。

三倉屋治兵衛と高砂屋久兵衛は、犯罪者の親類になってしまうことを、極度に恐れている。

福太郎への責任もさることながら、そうしたうわさが世間にひろまれば、商売に影響してくる。

これは、お歌にしても同様なのだ。

お歌は被害者なのだけれども、義弟の福太郎に、

「殺されかかった」

となれば、世間があらぬうわさをたてかねない。

これは、笹屋の商売にも累《るい》がおよびかねないのだ。

御用聞の三次郎ならば、事を表立てずに、自分の身の安全をはかってくれるだろうとおもわれもするが、さりとて、お歌は三次郎と親しいわけでもない。

世間の、よい評判だけを耳にしているわけだから、いざとなったとき、三次郎が

どのような処置をするか、それはわからなかった。

（でも、これからは、三次郎親分が、どのような人柄なのか、長助にでもしらべてもらわなくては……）

夜に入ってから、お歌と長助は笹屋へもどった。

三倉屋治兵衛も途中まで一緒だったが、三人を乗せた町駕籠へ、高砂屋久兵衛が三人の若い者をつけてよこした。

この上、さらに面倒なことでも起ったら、一大事と思案したのであろう。

お歌が高砂屋を出て、町駕籠へ乗ろうとしたとき、夕闇がただよう向い側の町角に、まぎれもない馬杉源吾の姿が見えた。

（ま……こんなところまで、ついて来て下すったのかしら……）

わざと知らぬ顔をして、駕籠に乗ってしまったけれども、これまでとはちがった感動が、お歌の胸へ込みあげてきた。

笹屋へ帰り着いて、駕籠から出たとき、お歌はあたりを見まわしたが、夕闇が夜の闇となっていたので、源吾を見出すことはできなかった。

（でも……でも、きっと、此処まで、ついて来て下すったにちがいない）

もし、そうなら、

（あのお方は、何という、気のくばりの細やかなお方なのだろう）

われにもなく、躰が熱くなり、なかなか動悸《どうき》がしずまってくれなかった。

笹屋の奉公人たちは、二人の帰りが遅いので、寄りあつまって心配をしていた。

職人の為吉も出て来て、

「番頭さん。どうしたのです？」

「いや、何でもない」

「あっ。その顔の傷は？」

「悪いやつどもに難《なん》くせをつけられてしまって……」

と、長助は、お歌と打ち合わせておいたとおりに、

「そこへ、折よく、見知らぬお侍が通りかかって、助けていただいた」

「そりゃあ、まあ、大変なことで……」

「さいわい、傷が浅かったので、そのまま三倉屋さんへまわり、一緒に高砂屋さんまで行ったものだから、つい、遅くなってしまった。心配をかけてすまなかったね」

「旦那は、高砂屋さんにおいでになりましたか？」

「いや、いませんでしたよ」

「何処へ行っているのだか……」

「困ったねえ、為さん」

福太郎の妻のお絹が高砂屋にいたことはたしかだが、ついに、お歌の前へ顔を見せなかった。

お絹も、おもえば気の毒な女だ。

「為さん。ちょっと、こっちへ……」

番頭・長助が、為吉を物陰へよんで、

「今日はね、三倉屋さんと高砂屋さんに、うちのおかみさんがよくよく申しあげて、納得をしてもらいましたよ」

「ほんとうですか？」

「ほんとうだよ、為さん」

「そ、そりゃあ、何よりのことだ。これで、みんなも安心して仕事に打ち込めます。笹屋の味を、以前のようにしてみせますよ、番頭さん」

十四

お歌の、眠れない夜がつづいている。

すでに蚊帳《かや》もいらぬ涼しい夜になったというのに、つぎからつぎへ、さまざまな新しい事態が起ってきて、思案をはじめたら留処《とめど》がなくなってしまうのだ。

（それにしても、今日という日は、何という一日だったろう）

おもえば、ぞっとする。

白刃を振りかぶって、自分へ迫って来た無頼浪人の顔はよくおぼえていないが、殺気にみちみちた白い眼の光りは、いまも、お歌の胸に突き刺さっている。

だが、この夜、それにも増して、お歌の脳裡から消えなかったのは馬杉源吾の姿であった。

(あのお人は、いったい、どのようなお人なのだろう?)

わからない。

それはさておいて、源吾のところへは、やはり、礼におもむかねばならないだろう。

では、どのようなかたちをとって、礼をのべたらよいのか。

二人の命を助けられたのだから、百両の大金を包んでもよい。

しかし、源吾はそのような金を受け取らぬに、

(きまっている……)

のである。

となれば、誠意をこめた礼の言葉をのべるより仕方がない。

(あのような、お方にたのんで、この身を守ってもらったら、どんなにか安心だろう……)

突然、このおもいが浮かんできて、お歌は火照《ほて》った躰に寝返りを打たせた。

　はじめは、

「あの男」

　とか、

「あんなやつ」

　とか、胸の中で言っていた馬杉源吾を、今夜は「あのお人」とか「あのお方」などと、声にはならぬ言葉でよんでいる自分に、お歌は気づいてはいない。

（もしも、そうして下さるなら、毎月の御礼のお金をさしあげて、そうして……そうして、この家へ寝泊りしていただいて……）

　と、想念が、それこそ留処もなくなってくるのを、どうしようもない。

　またも、お歌は寝返りを打った。

　打ったかとおもうと、

「ああ……」

　ためいきを吐き、寝返りを繰り返す。

　暑い夜でもないのに、お歌の肌身へ汗がにじんでいる。

（ああ、寝そびれてしまった……）

　寝間の窓の雨戸と障子を開けると、晴れた夜空が、まるで夢の中のもののように見えた。

まだ、朝を迎えるには、かなりの時間がある。

お歌は枕元の水差の水をのんでから、また、空をながめた。

星が一つ、尾を引いて流れて行った。


翌日になって……。

お歌は、下谷の池《いけ》ノ端《はた》仲町の呉服屋・中屋文蔵方へおもむいた。

自分の店の菓子の箱だけでは、何としても、

(心をこめた御礼にはならない)

そこで、馬杉源吾が身につけるものを、

(私がえらんで……)

と、おもいたった。

中屋は、店構えこそ小さいが、高級な呉服をあつかっていて、お歌は実家にいるころからのなじみの店である。

主人の中屋文蔵へ、馬杉源吾の風貌《ふうぼう》をつたえ、

「お侍といっても、ほんとうに飾り気《かぎけ》のないお人ですから、それにふさわしいものを……」

「なるほど、なるほど」

そこで、お歌と中屋がえらんだのは、いま流行の薩摩絣《さつまがすり》であった。

紺地に細かい絣文を織り出した、この木綿絣は何でも海の向うの琉球《りゅうきゅう》（沖縄）という島でつくられるそうな。

それが、いまでは薩摩の国でも織られるようになったとかで、品数も少いだけに値も高い。

（あ……これならば、あの方に似合うだろう）

と、お歌はおもった。

小柄な馬杉源吾は、お歌よりも背が低い。

けれども、無頼《ぶらい》の男どもを、刀を抜かずに追いはらった源吾を二度も見ているだけに、お歌の脳裡に浮かぶ源吾の姿は、大きくてたくましい。

「いかがでございますか？」

「ええ。これがよいとおもいます」

お歌は薩摩絣の反物をえらび、

「この品は御礼にさしあげるのですから、そのお方が好きなように仕立ててあげて下さいまし」

「よろしゅうございます」

と、中屋が、現代の仕立券のようなものを出してくれた。

それを反物と共に桐《きり》の箱へ納めてもらい、お歌は中屋を出て、待たせておいた町駕籠で笹屋へもどった。

この日。

笹屋は、いそがしかった。

買いに来る客も多かったし、注文がたてつづけにあった。

「むかしに、もどったようでございますね」

と、番頭の長助がうれしそうにいう。

「傷は痛まないかえ？」

「もう、何でもありません」

「ところで、番頭さん。昨日の、あの方へ御礼にうかがうつもりなのだけれど……」

「一日も早く、そうなすって下さいまし。私も、お供をいたします」

「いえ、私ひとりでいい」

「ですが、私も、この命を……」

「そりゃあ、よくわかっているけれど、これからは私か番頭さんか、どちらか一人、店に残っていないといけない。たとえば今日のように、いそがしいときのことを考えてごらん」

「はい」

「これからは、片時も商売に油断はなりませんよ」

「ごもっともでございます。ですが、おひとりで大丈夫でございましょうか？」

「何が？」

「また、昨日のように、恐ろしいことが起りましては」

「今度からは、駕籠由の駕籠で、町中《まちなか》を通って行くから心配はない」

「さようでございますか……」

「とりあえず、中屋へ行って御礼の品を買って来たけれど、そのほかに、落雁と羽衣煎餅を箱へ詰めておいておくれ」

「承知いたしました。ですが、それだけでよろしゅうございましょうか？」

「こちらで妙に気をつかったりしても、あのお方は受け取るまい」

「つかぬことを、お尋ねいたしますが……」

「何のこと？」

「あの、お侍さまを御存知なのでございますか？」

「ええ、二度ばかり……」

「へえ？」

「実家《さと》の大村へほら、お前さんも知っている関口理右衛門様が、お連れになって見えたことがある」

と、お歌はすらすらと嘘をついてしまい、そのような嘘が咄嗟《とっさ》に自分の口から出たことに、われながらおどろきもし、呆《あき》れもした。

ずっと以前の、これは、お歌が笹屋へ嫁《とつ》ぐ前のことであったが、兄の平四郎が、

「女という生きものは、平気で嘘をつく。いえ、それがさ、男は自分の嘘をわきまえてもいるが、女というのは、嘘をついているうちに、その嘘をほんとうのことだとおもいこんでしまうのだ」

などと、苦笑まじりに語っていたことをおもい出した。

そのときは義姉と二人で、

「そんなことがあるはずはありませんよ。女は正直です」

平四郎に反撥《はんぱつ》をしたものだったが、いま、自分が長助へ何の苦もなく嘘をならべたてて平気でいられたのをふりかえってみて、

(なるほど、兄さんのいいなさることは、ほんとうかも知れない)

このことであった。

この夜、お歌は久しぶりで、ぐっすりと眠った。

# 小屋の中

## 一

翌日は、去って行った夏の盛りが、物忘れをして引き返して来たような暑さになった。

お歌は目ざめると、湯殿で水を浴び、入念に身仕舞をした。

女中のお清に髪をととのえさせるときも、あれこれとうるさく注文をしたものだから、

（いつもは、私にまかせて何もいわないのに、今日は、どうなすったのだろう？）

櫛《くし》を手にしたお清は緊張し、顔を真赤にしている。

やがて、花川戸の〔駕籠由《かごよし》〕へたのんでおいた駕籠が来た。

お歌は、店の者や女中たちに見送られ、薩摩絣の反物と菓子の箱を抱くようにし

て、駕籠へ乗った。

「お早く、お帰りなさいまし」

「お早く……」

口ぐちに、店の者が声をかけるのへ軽くうなずき、お歌が長助に、

「番頭さん、たのみましたよ」

「どうか、一刻《いっとき》も早く、お帰りなすって下さいまし」

長助は、先日のことがあるだけに、まだ不安が消えていない。

それに、あの得体の知れぬ浪人者と、お歌との関わり合いについて、いま一つ、納得がゆかぬところがあったからだろう。

暑かったが、お歌は駕籠の垂れを半分ほど下《おろ》してもらった。

別に理由はないのだが、なんとなく、自分の上気《じょうき》した顔を外目《そとめ》にさらしたくなかったのだ。

「え、もし……」

と、先棒の駕籠舁きが、

「押上へおいでになると聞きましたが……」

「ええ、そう」

「押上の、どちらへおいでなさいます？」

「最教寺へ」

「合点《がってん》でござんす」

大川橋を東へわたりきると、お歌の動悸《どうき》が激しくなってきて、

（まあ、いやな……いったい、どうしたのだろう？）

自分で自分に問いかけてみるのだが、なに、そのわけは、お歌自身がよくわかっているのである。

（あのお方、最教寺の小屋に、今日はおいでになるだろうか？）

もしも、馬杉源吾が不在だったなら、

（お目にかかるまでは、何度でも……）

源吾の小屋を訪ねようと、お歌はおもいきわめていた。

お歌を乗せた駕籠が、押上村の最教寺・門前に着いたとき、四ツ（午前十時）を少しまわっていたろう。

門前で、駕籠を降り、

「ここで、ようござんす」

お歌が、いうと、駕籠舁きが、

「待っていなくていいのでござんすか？」

「ええ、帰って下さい」

「へい。それでは、お気をつけなすって」

　町駕籠が道の向うの木立の蔭に見えなくなるまで、お歌は佇《たたず》んでいた。

押上の最教寺は日蓮宗で、寛永年間に開基された古刹《こさつ》ではあるが、多勢の参詣の人びとが、遊山《ゆさん》がてらにあらわれるような寺ではない。

門前に茶店一つあるではなし、松の木立と竹藪と田圃《たんぼ》に囲まれた小さな寺だ。

本堂も藁屋根である。

小さな門の前に立ち、お歌は境内をながめまわした。

初秋の強い日ざしがみちわたった境内には、小坊主の姿さえも見えなかった。

ややあって、お歌は一歩二歩と境内へ足を踏み入れたが、また、おもい直したかのように外の道へ出て行った。

はじめは、最教寺を通じて、馬杉源吾の小屋へ案内をしてもらうつもりだった。

しかし、気が変ったと見え、練塀《ねりべい》に沿った道を歩み出した。

以前、ひそかに源吾の小屋の様子を見に来たときと同様、裏手の木立の方から小屋を訪れるつもりなのか……。

果して、お歌は、松林の北側から入って行った。

この前に来たとき、松林で法師蟬が鳴いていたが、いまは、その声もなく、いったん木蔭へ入ると、暑い日ざしが嘘のような冷気がただよっている。

そろそろと、お歌は小屋へ近づいて行った。

今日は、先日の礼をのべに来たのだから、何も臆《おく》することはないのに、われ知らず忍び足になっている自分に気づかぬ。

樹間の彼方に、ちらりと人影がうごいたので、お歌はあわてて木蔭へ身を寄せた。

（馬杉さまらしい……）

それならば、さっさと近寄って行けばよいものを、松の幹の蔭から、おそるおそる顔をのぞかせているのだ。

人影は、やはり、馬杉源吾であった。

源吾は白い筒袖の肌着に軽衫《かるさん》ふうの袴のようなものをつけ、何やら、躰をうごかしている。

（あれ……？）

はじめは、源吾が踊りでも踊っているのかとおもい、びっくりしたのだが、

（どうも、そうではないような……）

妙なことを、源吾はしている。

それは実に、緩慢《かんまん》そのものといってよいほどに両手を大きくひろげたかとおもうと、今度は右手だけを前へ突き出し、右脚を高くあげたりする。

そうかとおもうと両腕を胸のあたりに組み、深く息を吸ったり吐いたりしているのであった。

（あれは、何をしていなさるのだろう？）

お歌には、さっぱりわからない。

強《し》いていうなら、やはり、何処か知らぬが自分の故郷の、

（盆踊りのようなものを、踊っていなさるのかしら……）

それとしか、おもえない。

どれほどの時間《とき》がすぎたろう。

お歌は、源吾の奇妙な動作から目がはなせなくなっていた。

わけがわからなくとも、ゆったりとした馬杉源吾の手足のうごきが何ともいえずに、よい形なので、

（あれは、たしかに踊っていなさるのだ）

お歌は、きめこんでしまった。

やがて、源吾は小屋の中へ入って行った。

うっとりと、彼方の源吾を見やっていたお歌が、はっと髪へ手をやった。

お歌の面《おもて》に、血がのぼってきた。

それから、お歌が馬杉源吾の小屋の前へ立つまでには、かなりの時間を要したと

いってよい。

夫亡き後、女手に笹屋の経営を切りまわしている二十九歳の気が強いお歌なのに、このときはまるで少女のようにおどおどとして、顔を赤らめ、

「あの、もし……」

と、小屋の中の人へ、蚊が鳴くような声をかけた。

二

馬杉源吾は、訪れた女がお歌とわかると、何やら口の中でぶつぶついっていたようだが、

「ま、お入り」

「よろしゅうございますか？」

「あ、いい」

「では、ごめん下さいまし」

入ると、土間が三坪に、四坪ほどの板の間があったが、畳は敷いてなかった。

小さな机が一つ。そのまわりに書物がつまった箱が四つほどならんでいるきりであった。

土間には竈《かまど》があり、鍋や釜もあるところを見ると、源吾は自炊もするらしい。

おもいのほかに、小屋の中はさっぱりとして、清げである。

お歌は両手をつき、

「先日は、まことにありがとう存じました。おかげさまで、命拾いをいたしましてございます」

しとやかに、丁重に、礼をのべながら、その自分の声を、お歌は別の女の口から出ているようなおもいで聴いた。

馬杉源吾は「ふむ、ふむ……」と、うなずいていたが、

「ま、手をおあげ」

やさしげにいう。

「はい」

お歌は、反物と菓子の箱を源吾の前へ差し出し、

「このようなものを、お召し下さいますでございましょうか？」

「ふうむ……」

目の前の薩摩絣の濃紺の色を、凝《じっ》と見つめていた源吾が、

「よい色合いだなあ……」

感嘆の声をあげたものだから、お歌は、わくわくしてきて、

「あの、お気に召しましたか？」

「まことに、よい色合いだ」

「お気に入っていただけまして……」

うれしゅうございますといいかけたのだが、何やら急にはずかしくなり、お歌はうつむいてしまった。

「これを、私に下さるのか？」

「このようなもので、おはずかしゅうございます」

すると、馬杉源吾は、

「ありがとう」

素直に、反物を両手に取り、ちょっと押しいただくようにした。

それは、少年が母親から好きな菓子でも貰ったときのように、素直であった。

（よかった……このお方は、ほんとうに、よろこんで下すっている）

ようやく落ちついて、お歌は源吾を見ることができるようになった。

大柄なお歌にくらべると、源吾の躰は、男としていかにも小柄だし、髪には、わずかながら白いものが混じっている。

源吾は、小さな火鉢にかかっていた鉄瓶の湯で茶をいれ、お歌の前へ置いた。

「さ、おあがり」

と、父親が娘にでもいうような口調なのだ。

「はい」

何しろ、相手の馬杉源吾が素直に受け、こたえてくれるものだから、お歌も自然に素直となり、変哲《へんてつ》もないが、きれいに洗い、拭き清められた白い茶わんを手にした。

なかなかに、うまい茶だ。

「あれから、怪しげなやつどもはあらわれぬか？」

「はい。おかげさまで……」

「ならば、よい」

源吾は、それ以上のことを、深く尋ねようとはせぬ。

お歌が持参した菓子の箱をひらき、将棋落雁を口へ運び、茶をのむ。

せまい小屋の中だが、戸も障子も窓も開けはなっているので、松林の方から冷んやりとした微風がながれ込んでくる。

「御馳走さまでございました」

茶わんを置き、顔をあげたお歌の目と源吾の目が、ぴたりと合った。

源吾の眼に、光りが凝《こ》っている。

（あ……）

お歌が、わずかに唇《くち》をひらいたまま、釘づけとなり、身じろぎもできなくなった。

あの眼だ。

あのとき、雷雨の日に、小梅村の小屋へ入って来て、自分を見つめたときの、馬杉源吾の眼の光りと同じである。

お歌は顔をそむけることもならず、自分の眼も躰も、源吾の眼球の中へ吸い込まれて行くようで、微《かす》かに目眩《めまい》がしてきはじめた。

お歌の額《ひたい》に、じっとりと汗が浮き、しだいに喘《あえ》ぎが高まってくるのを、どうしようもない。

少しずつ、少しずつ、坐ったままの源吾の体が、お歌へ近寄って来る。

わずかに、お歌がためいきのような声を発した。

「ああ……」

そして、両眼を閉じた。

源吾の両腕が、お歌の両腋へ差し込まれた。

ふわりと、お歌の躰が浮いた。

ぐったりとなって、お歌の躰は源吾の両膝の上へ乗せられてしまっている。

最教寺の境内の方から、近辺の子供たちのさわぎまわる声が、風に乗ってきこえてきた。

その声も、いまは、お歌の耳へ入らなかった。

戸も障子も開け放したままの小屋の中で、お歌は、ふたたび、源吾に犯されようとしていた。

いや、この前のときとちがって、このときのお歌の顔には、はじめから、あきらかに陶酔の色が浮かんでいる。

お歌の双腕《もろうで》は、源吾の頸《くび》すじへ、しっかりと巻きついていた。

源吾の右の掌《て》が、お歌の乳房をゆっくりと撫でまわしはじめた。

この前のときは、こうしたまねをしなかった源吾なのだが、さらに顔を寄せてきて、お歌の唇を吸った。

それからの、お歌にとっては忘我《ぼうが》の時間が、どのようにすぎたか、後になっても、よくおもい出せなかった。

気がつくと、お歌は板敷きに、うつぶせとなり、袂《たもと》で顔を隠していた。

耳元で、源吾が、

「駕籠を呼んで来てあげよう」

と、ささやいた。

「か、ご……」

「うむ。柳島に駕籠屋がある。その駕籠が来るまでに半刻はかかろうよ」

「……」

馬杉源吾は、小屋の外へ出て行った。

半刻といえば、現代の一時間に相当する。

その間に、身仕舞をしておくがよいということなのであろうか。

半身を起したとき、お歌の目の前に手鏡が置いてあるのに気づいた。

前にはなかったのだから、源吾が何処からか出して来たのだ。

（ま、こんなものが……）

男ひとりの住居に、よくあるものだとおもったが、源吾が自分の手で髪をととのえるのであれば、手鏡があってもふしぎはない。

お歌は、ふるえる手で鏡を取り、顔を映《うつ》して見た。

わずかではあるが、髪も、襟元も乱れている。

立ちあがろうとしたけれども、躰中のちからというちからが抜けてしまっていた。

三

馬杉源吾が小屋へもどって来たとき、お歌は、髪や衣裳のくずれを直し、気も落ちついていた。

落ちついてはいるが、はずかしい。

お歌は、うつむいたままで、中屋が出した仕立券について説明し、

「中屋が仕立てた上で、こちらへ、お届けいたすようにしておきました」

仕立券は、長さ四寸、幅二寸ほどの丈夫な紙へ〔御仕立　中屋文蔵〕と、しるしてあり、その下へ、中屋の四角い判《はん》が捺《お》してあった。

「なるほど」

源吾は、仕立券をつくづくとながめていたが、

「おぬしの名は？」

「お歌と申します」

「わしの名は、馬杉源吾」

はじめて名乗り合ったわけだが、すでに、お歌は源吾の名を知っている。

それにしても、たがいの名も知らぬのに、この男が二度もお歌を抱いたのである。

（あつかましいお方……）

そうはおもっても、いまは、微苦笑《びくしょう》が浮かぶのみだ。

「お歌どの」

「はい？」

こたえる声も、何やら甘えかかるような口調になっていて、

（ま……なんで、私は、こんな声を出すのだろう）

小娘でもあるまいしと、お歌は自分で呆《あき》れている。

「この着物なのだが、な……」

「はい？」

「おぬしが、縫うてくれぬか？」

「私が……」

「さよう」

またも、あつかましいとおもったが、うれしくないこともない。

「私で、あの……よろしいのでございますか？」

「たのむ」

「はい」

「では、寸法を取ってもらおうか」

立ちあがった源吾が、戸棚の中から物差《ものさし》を出してきた。

（まあ、この家《うち》には、無いようでいて、何でもある……）

お歌も立ちあがり、物差を受け取って、源吾の躰の寸法を取りはじめると、源吾は矢立《やたて》から筆を出し、お歌がいう寸法を、ふところから出した紙へ書き取った。

いやはや、行きとどいたことではある。

（この人は、前にも、どこかの女に寸法を取らせて、紙に書いてやったりしたことがあるのだろうか……）

今度は、何となく、源吾が憎らしくなってきた。

寸法を取り終ると、

「さて、駕籠がまいっていよう」

と、源吾が土間へ出た。

(この人は、前に、私が木の蔭に隠れていたとき、刃物を投げつけてきたことを、おぼえておいでなのかしら?)

尋《き》こうとおもったが、やめにした。

町駕籠は、最教寺の門前に待っていた。

源吾の小屋の前の細い道を右へ行くと、本堂の裏手に出る。

お歌を駕籠に乗せてから、馬杉源吾が駕籠舁きへ、

「浅草の駒形までじゃ。よいな」

「へい」

「お歌どの」

と、顔を寄せ、

「仕立てたならば、お届け下されよ」

ささやいたものである。

お歌は、顔を赤らめ、うなずいて見せた。

「うむ」

うなずき返した源吾が、

「よし、やれ」

駕籠舁きへ、声をかけた。

ゆらりと、駕籠が地をはなれた。

最教寺の塀の角を曲がるとき、お歌は頸《くび》を伸ばし、振り返って見た。

馬杉源吾は寺の門前に佇《たたず》み、まだ、こちらを見送っていた。


お歌が笹屋へもどったとき、番頭の長助は常客の応対をしていた。

ゆえに、お歌は長助と顔を合わせることなく、居間へ入り、すぐさま、かの薩摩絣の反物を箪笥《たんす》の中へ仕舞い込み、ほっとなった。

長助は、お歌と馬杉源吾の関係を不審に感じているらしい。

それは、長助の目つきで、よくわかる。

だからといって、まさかに、自分と源吾が今日のように小屋の中で抱き合ったとは、おもいつくまい。

笹屋を出て、帰って来るまでの時間から見ても、二人の間に、

（まさか、あのようなことが……）

あったとは、おもえぬ。

けれども、この日のお歌が長助の目をはばかっていたことはたしかだ。

反物を人の目にふれぬようにしてから、お歌は、ゆっくりと茶をのんだ。

そこへ、長助があらわれて、

「お帰りなさいまし」

「はい、はい」

「いかがでございました？」

「こころよく、受け取って下すったよ」

「あの、反物も？」

「ええ。どうやら気に入っていただけたようだけれど……」

「そりゃあ、ようございました」

長助は、お歌の帰りが早かったので、すっかり安心をしている。

「お留守の間に、あの……」

いいさして、長助は口ごもった。

「何か、あったのかえ？」

「え……あの、お実家《さと》の幸太郎さんが、お見えになりまして……」

「幸ちゃんが、何の用で？」

「それがその、また、出直して来ると……」

「そう……」

「また、何かあったのでございましょうか？」

長助が不安そうにいう。

「番頭さん。心配するにはおよばない」

「へえ……」

「私も、こころを決めたのだから、向う一年の間は、笹屋を立て直すことに変りはありませんよ」

「ほ、ほんとうでございますね？」

「お前さんも、少し、しつっこいねえ」

「恐れ入ります」

「幸ちゃんは、通りかかったついでに寄ったのだろう」

「それが、おかみさん……」

「どうしたえ？」

「なんとなく、その……」

「だから、どうしたというのですよ」

「こころなしか、幸太郎さんの様子が……」

「何か、心配事でもあるようだったと、おいいなのかえ？」

「はい」

「……………」

お歌は、眉をひそめた。

（兄さんの躰のぐあいが、よくないのだろうか？）

その、お歌の顔色を長助は窺《うかが》うように見やって、

「また、お実家へ、お出かけになるのでございますか？」

「番頭さん。私はね、実家の兄さんから、いま、勘当されているのですよ」

「えっ……」

おどろきの声を発した長助だが、声と肚《はら》とは、まったくちがう。

お歌が勘当されたのなら、実家の〔大村〕へもどることはできない。

それならば、笹屋の面倒を、いつまでも見てくれることになるではないか。

「番頭さん」

「はい？」

「お前さん。私が兄さんに勘当されたと聞いて、なんだか、うれしそうじゃあないか」

「と、と、とんでもございません」

四

お歌は、この夜から、馬杉源吾の着物を縫いはじめた。

この時代の女で、男女の着物が縫えないという女は、先ずいなかった。例外はあるにしてもだ。

お歌は、十歳のとき、はじめて亡母から針を持たされた。

むろんのことに、専門の仕立屋にはおよばないが、一通りのことはできる。男の袴を縫いあげることもできた。

気の早いお歌が縫い物になると、念を入れた上にも念を入れるので、いまは亡き夫の伊之助が、単衣物《ひとえもの》を縫っているお歌に、

「お歌。もうじきに、夏がすぎてしまうよ」

などと、たわむれにいったこともある。

しかし、今度のお歌は、はじめから大変な意気込みで取りかかった。

一日も早く、縫いあげてしまいたいらしい。

縫いあげてしまえば、これを馬杉源吾の小屋へ届けることを約束した。

となれば、一日も早く、源吾に届けたいという気持ちが、お歌を急《せ》かすのであろう。

日中は、店のこともあるし、奉公人たちの目もある。

「この着物は、実家の兄さんのものなのだよ」

そういっても、信じてはくれまい。

かつて、これまでに一度も、兄の平四郎はお歌に縫い物をたのんだことはないし、実家には義姉もいるし、縫い物が上手な女中たちもいるのだ。

お歌は、奉公人たちが寝しずまった後で、簞笥の底から薩摩絣を出し、寝間へ運んだ。

そのときはじめて、着物の裏地などの用意をしていないことに気づいた。

源吾が、中屋呉服店へ行ってくれるものとばかり、おもい込んでいたからである。

(ああ、いけない。今日、帰りに本所《ほんじょ》あたりで買ってくればよかったのに……)

だが、それは明日でもじゅうぶん間に合うことであった。

お歌は、源吾の筆でしたためられた寸法書きにしたがい、篦《へら》をつかいはじめた。

翌朝になって……。

居間へ挨拶に来た番頭・長助が、

「どうなさいました？」

「何が？」

「目のあたりが腫《は》れておいでになります。お寝《やす》みになれなかったのでございますか？」

「ええ……」

「そりゃあ、いけません。何かと、御苦労をおかけいたしまして……」

「番頭さん。心配をしなくとも大丈夫ですよ」

「さようでございますか……」

「あとで、ちょっと、買い物に出るけれど、すぐに帰りますからね」

「それなら、店の者を使いに出して……」

「まあ、番頭さん。何も福太郎のように消えてなくなるわけではなし……私が見なくてはわからない買い物だってあるのだから」

「はい、はい」

例によって湯殿へ入り、お歌は水を浴びたが、今朝は胴ぶるいが出た。

（ああ、もう水を浴びることなど、やめにしよう）

秋が来たのだ。

あわてて、躰を拭きながら、お歌はためいきを吐いた。

われ知らず、お歌は双の乳房を手につかんで、また、ためいきを吐く。

昨日、小屋の中で、自分の着物の八ツ口から源吾の掌《て》が差し込まれてきて、やわらかく、乳房をつかんだ、その感触があざやかによみがえってきた。

「あの、御膳の仕度ができました」

湯殿の外から、お清の声がした。

「あ……いま出る。いま、出ますよ」

あたふたと、お歌は身仕舞にかかった。

朝餉をすませ、しばらく店へ出てから、お歌は浅草の広小路まで買い物に出た。

馬杉源吾の着物を縫うために必要な買い物であったが、これは、わけもなくすんだので、そのまま、笹屋へ引き返した。

駒形堂の前を通りすぎると、向うから番頭の長助が、やや顔色を変えて走って来るのが見えた。

（また何か……？）

変事でも起ったかと、お歌も足を速めて近寄り、

「何か、あったのかえ？」

「それが、おかみさん。いま、十一屋の親分が見えておりますので」

「うちへ？」

「はい」

十一屋の親分というなら、同じ駒形に住む御用聞の三次郎にきまっている。

先日は、福太郎一件について、こちらから三次郎へ、密《ひそ》かに相談をしようと思案

したこともあったわけだが、その三次郎のほうから訪ねて来ようとは、おもいもかけなかったことだ。

「で、親分は、私に御用がおありなさるのかえ？」

「そうなので。すぐもどりますと申しましたら、それでは待たせていただきましょうといいなすって……」

御用聞の三次郎は、通用口から入って石畳の通路を台所へ突き当る手前の、右側の縁側に腰をかけていた。

後で聞いたところによると、長助や女中たちが、

「どうぞ、おあがりなすって……」

いくらすすめても、

「いえ、此処で結構ですよ」

と、三次郎は、あくまでもつつましい態度をくずさなかった。

こういうところが、いわゆる親分風を吹かしがちな、他の御用聞とはちがうのである。

「これはまあ、親分。こんなところで、申しわけございません。さ、どうか、おあがりなすって下さいまし」

お歌にすすめられて、

「さようですか。それでは、ちょっと……」

三次郎は、お歌について、居間へ入って来た。

これまでは、通路の縁側にいた三次郎が、お歌のすすめを辞退することなく、すぐにあがって来たのは、やはり内密のはなしがあったからと看《み》てよい。

三次郎は、五十に三つ四つは間がある齢《とし》ごろで、すっきりとした細身の、おだやかな面貌をしていて、左の小鼻のあたりに大きな黒子《ほくろ》がある。

お歌も三次郎も、たとえば路上で出合ったときなど、目礼をかわすことはあったけれども、こうして、口をきき合うのは、はじめてのことであった。

茶菓《さか》を運んで来た女中のお清が去った後、その茶を一口のんだ三次郎が、

「今日、突然にうかがいましたのは、こちらの旦那のことなので……」

「福太郎のことでございますか？」

「さようで」

五

「義弟《おとうと》が、何か……？」

「こちらの旦那は、このところ、お店においでではないようですね」

そういった三次郎の口調には、まったく感情がこもっていないようにおもわれた。

自分と福太郎夫婦の間が、うまく行っていないことは、近辺の人びとの耳へも入っているに相違ない。

笹屋の奉公人の口から外へ洩れることは、充分に想像できた。

となれば、自分の縄張りである土地《ところ》に注意をおこたらぬ御用聞の三次郎が、笹屋の内紛と評判をわきまえていても、ふしぎはない。

お歌は、うなずくよりほかに、仕方がなかった。

「さし出がましいようですが、私を信用なすって、旦那がお店にいないわけを、お聞かせ願えませんか」

お歌は、すぐにこたえることができなかった。

「実は、ここの旦那のことについて、あまりよくないうわさが耳へ入って来ましたのでね」

「それは、あの、どんなことなので？」

三次郎は、煙管を出して煙草をつめながら、沈黙していたが、

「では、申しあげましょう」

「はい」

「旦那は、このごろ、あまり質《たち》のよくない連中と、つき合いをしているようで」

「まあ……」

「これは、私の手先になってはたらいている連中が、ほかの事で探りを入れているうちにわかったのですが、ここの旦那は、あちこちの博奕場《ばくちば》へ出入りをしているらしい」

「博奕を……ほんとうでございますか？」

「ええ、これは間ちがいありませんよ。手先の者が、押上の西尾様の下屋敷や、目黒の松平様の中間《ちゅうげん》部屋で、何度も見かけているのです」

「ま、目黒にまで……」

「そうなので」

大名の下屋敷（別邸）の中間部屋が、夜になると博奕場に変るというはなしは、かねて、お歌も耳にしていた。

中間というのは、苗字《みょうじ》もなければ、刀も腰にせぬ給金ばたらきの奉公人である。むかしは、こうした奉公人と主家とのむすびつきが深く、親子二代にわたって奉公をつづけることもめずらしくはなかったけれども、いまは、そうした例がきわめて少い。

大名のみか、旗本屋敷へも、いわゆる〔わたり奉公〕をする中間が多くなっている。

つまり、奉公先が気に入らなければ、さっさと暇をとり、口入屋《くちいれや》を通じて別の屋敷へ奉公替えをするという……ゆえに、素性も知れぬ男が多くなる一方で、裏へまわれば、飲む打つ買うのあばれほうだいというのが少くない。

そこで、夜になると、彼らの居住区になっている〔中間部屋〕で博奕場をひらき、屋敷内の者ばかりか、外からも人を引き入れ、遊びにふける。

むろんのことに、これはいけないことなのだが、

「そんなことをいったら、いまどき、中間奉公をする者なぞ、いなくなってしまうよ」

ずっと前に、実家の兄がそういうのを、お歌は耳にしたことがあった。

町奉行所でも、大名屋敷は管轄《かんかつ》のうちに入らぬので、

「見て見ぬふりを……」

しているのだという。

大名の下屋敷には、殿様が居住しているわけではなく、詰めている家来も少い。

そうした家来たちへも、中間部屋から相当の黙認料《もくにんりょう》をわたすものだから、

「下屋敷づとめをのぞむ家来が、跡を絶たぬわ」

と、あの関口理右衛門が苦笑と共に、お歌の兄へ洩らしたことがあるそうな。

義弟の福太郎が、そうした場所へ出入りをしているだろうことは、うすうす、お歌も考えていないわけではなかった。

だが、御用聞の三次郎の口から、あらためて言われてみると、やはり衝撃を感じぬわけにはいかなかった。

福太郎は、何といっても老舗・笹屋の主人なのである。

その主人が所在不明の上に、夜な夜な博奕場へあらわれるというのでは、笹屋の信用に関わる。

そうなれば、お歌が奉公人とちからを合わせ、店の信用を取りもどし、笹屋に以前の繁栄を得てから、福太郎に返してやろうという目的もあぶなくなってくるのではないか。

お歌は、

「ちょっと、ごめんを……」

三次郎へ一礼し、自分から茶をいれ替えに廊下へ出て行った。

気をしずめ、こころを決めるためであったのだろう。

お歌が、いれ替えた茶を運んで来るまでには、やや時間がかかった。

茶を、三次郎の前へ置き、お歌はかたちをあらためて、

「聞いていただきたいことがございます」

「はい」

と、三次郎が律義《りちぎ》なこたえ方をして、これも坐り直し、

「どうか、おかみさん。御懸念《ごけねん》なく、何でもいってみて下さい」

そういった口調には、あきらかに感情がこもっていた。

お歌や笹屋のためにならぬことは、決してしないという誓いと、お歌が女手ひとつで笹屋を切りまわしていることへの同情がこもっている声であった。

「では、申しあげます」

自分と福太郎のことを、お歌が語りはじめた。

福太郎が、お歌をさそい出したかとおもわれる、あのときの手紙も見せ、無頼浪人に襲われたことも、包み隠さずに語った。

聞き終えて、三次郎が、

「よく、おはなし下すった」

「恥をさらして、おはずかしい」

「そうおもいなすって、われから口を閉《とざ》しているために、大事《おおごと》になってしまい、取り返しがつかないことになってしまうのですよ」

「あの、親分……」

「いえ、御心配にはおよびません。万が一にも、こちらの旦那へ御縄《おなわ》をかけるようなことはいたしません」

「ほんとうでございましょうね。ほんとうに、あの……」

「大丈夫ですとも」

三次郎は、お歌の眼を見つめて、うなずいて見せ、

「なるほど。それで、のみこめてまいりました」

「私は、向う一年の間、笹屋のためにはたらきますが、これは亡くなった先代への義理をおもってのことなのでございます。いずれにせよ、一年たったなら、きっぱりと身を引いて、福太郎へ店をわたすつもりですから、親分も、これをよくよくおふくみおき下さいまし」

「よく、わかりました」

「もしも、福太郎が御縄を受けるようなことになれば、先代に顔向けがなりません」

「お見あげ申します」

「とんでもないことでございます」

「そこで、お願いがあります」

「はい。どんなことで？」

「これからは、困ったことがおありなすったら、どうか遠慮なく、私の耳へ入れて下さい。自分が受けもつところに、さわぎが起るのをふせぐ。これが私の役目なのですから」

「はい」

「このお店にも、おかみさんにも迷惑がかかるようなことは、決していたしませんよ」

三次郎は、たしかに、徒《ただ》の御用聞ではなかった。

すべてを三次郎に告げてから、むしろ、お歌の気持ちが楽になったほどだ。

御用聞に世話をかけるときは、相当の礼金を紙に包み、そっとわたすのだと、かねてから耳にしていたが、お歌はそれをしなかった。

わたしても、

(この親分は受け取るまい。いえ、受け取らないにきまっている)

と、おもいきわめたからだ。

三次郎は帰るときに、見送って出たお歌へ、

「それでは、万事に気をつけなすって、しっかりと、おやりなさい」

はげましの言葉を、かけてくれた。

## 六

御用聞の三次郎のはなしによると、三次郎と、その手先たちが探りをかけているのは、どうやら別の犯罪についてであるらしい。

お歌は、番頭の長助を居間へよんで、

「私も、男のようには世の中のことに気がまわらない。福太郎が、いま、何処で何をしているのか……それを考えると空恐ろしくなってくる。どうか番頭さん、しっかりして下さいよ」

「これは何としても、旦那の居所《いどころ》を知っておかなくてはなりません」

「それは、十一屋の親分が、つきとめておくんなさるそうだけれど……」

「あの親分なら、大丈夫だとおもいますが……」

さすがに長助は、不安を押えきれなくなって、

「こんなことが世間に知れますと、お店の商売にさしつかえます」

「それは、親分も、よく心得ていて下さるようだけれど……」

三次郎は、万一の場合にそなえ、自分の手先にも笹屋から目をはなさぬようにさせるといってくれた。

先日のことをおもえば、無頼の者たちが夜更けに、笹屋を襲うこともないとはいえぬ。

この夜は、お歌も、縫いものに手をつける気になれなかった。

甥の幸太郎が笹屋へあらわれたのは、翌日の昼すぎであった。

待ちかねていたお歌が、

「幸ちゃん。兄さんのぐあいでも悪いのかえ？」

「ええ。急に悪くなって、寝ついてしまったのだよ、叔母さん」

「まあ……困ったねえ」

「おふくろがね、どうしても叔母さんに帰って来てもらわないと困るといっている」

「けれど、私は、兄さんから出入りをさしとめられてしまったのだもの」

「そんなことはかまわないよ。口先だけだ」

事もなげに、幸太郎は、

「親父だって、叔母さんに帰ってもらいたくて仕方がないにきまっている」

「でも、いまは、ちょっと、私も此処をうごけないのだよ、幸ちゃん」

「どうして？」

「お前さんに、いってみてもはじまらない。ともかくも、二、三日のうちに、そっと大村へ行ってみよう。ほかにも、いろいろと用事があるし……」

「いまから、一緒に帰ろう」

「そんなむりなことをいってはいけない。いいかえ、お前さんも、いざとなったら大村の跡をついで、立派にやってもらわなくてはならないのだから、気を張っていておくれよ。たのみますよ」

ようやくに幸太郎をなだめて帰してから、お歌は長助をよび、金蔵《かなぐら》へ入ったり、帳面をしらべたりしはじめた。

笹屋の金蔵は、居間の奥にある。

小廊下をへだてて、その金蔵だけが土蔵造りになっており、二重の扉に錠前がかかっていた。

福太郎が持ち出した金は、いまのところ、よくわからぬが、四、五百両になるのではあるまいか。

先々代も先代も、笹屋の主人は、

「儲《もう》けは、お客様へ還《かえ》さなくてはならない。つまり、それだけ元手をかけ、よい菓子を売らなくては、この商売は長つづきがするものではない」

というのが信念であったから、現金での財産は、世間が想像しているほどのものではないのだ。

金蔵に残っている現金は、百五十両ほどしかない。

それはさておいて、行方不明の福太郎が、見当もつかぬところから大きな借金を背負い込んでいたりしたら、これは大変なことになる。

先日、お歌と長助を襲った連中にしても、福太郎が少からぬ金をあたえて仕掛けたものだとすれば、

（福太郎は、どんなところへ金をふりまいているか知れたものではない……）

のである。

しかし、不安がつのればつのるほど、

（いまこそ、私がしっかりと笹屋をまもらなくては、どうしようもない）

いよいよ決意が、かたくなってきた。

また一つには、

（私も、福太郎をきらいぬいて、強いことをいいすぎたのかも知れない……）

その反省も起きてきた。

それが、お歌の美点だといってよい。

今年に入って、つぎつぎにむずかしい事が起り、ことに、この夏からは実家のことや、関口理右衛門に三沢又太郎の身柄をあずけられたりして、お歌の頭の中は苦《く》渋《じゅう》の糸がもつれ合い、からみあったままだ。

そこへまた、馬杉源吾という不可解な男があらわれ、これはいまや、苦渋とはいえないが、お歌の心身を掻き乱している。

女という生きものは、いくつもの事態を手ぎわよくさばけないようにできている。女の躰が、そのようにできているのだ。躰は心とむすびついているにちがいないのだから、やたらに取り乱したり、癇《かん》を立てたりして、前後の見さかいもなくなってしまう。

そうしたときに、福太郎へ対する自分の態度に反省を起したというのは、まさに、お歌という女の、

「よいところ」

なのだろう。

なればこそ、関口理右衛門のような世故《せこ》に長《た》けた人物からも信頼をされているのだ。

そもそも、お歌が笹屋へ嫁いで来たころの福太郎は、本を読んだり習字に熱中したりしていて、しごく、おとなしい若者だった。

「義姉《ねえ》さん、義姉さん」

と、お歌を親しげによび、いろいろと世話をしてくれたものだ。

それが、兄の伊之助が死んで、笹屋の主人となってから、義姉のお歌に、

(この店を、乗っ取られるのではないか……?)

その疑念が生じ、性格が、がらりと変ってしまった。

それには、自分に至らぬところがあったのやも知れぬと、お歌は、いまさらにおもいおよんだのである。

八ツ(午前二時)ごろになって、人びとが寝しずまった頃あいに、笹屋の通用口

の戸を叩く者があった。

七

そのとき、お歌は、馬杉源吾の着物を縫っていたので、眠っている奉公人たちより先に、戸を叩く音に気づいた。

寝間の襖《ふすま》を閉め、居間から廊下へ出て、お歌は手を打ち鳴らし、

「だれか、起きておくれ。起きておくれ」

高声によんだ。

番頭の長助も飛んで来た。

お歌は長助のほかに、若い店の者を二人ほど連れ、通用口へ出て行った。

こういうときに、女ひとりで戸を開けるのは危険きわまりない。

「まだ、おやすみではなかったので？」

と、長助。

うなずいたお歌が、通用口へ近寄り、

「どなたでございますか？」

声をかけると、御用聞の三次郎の声が返ってきた。

「おかみさん。ちょっと、開けて下さいませんか」

「はい、はい」

戸締りを外《はず》しつつ、お歌が長助へ、

「十一屋の親分だから心配はない。みんな、やすんでおくれ」

若い者は去って行ったが、長助は其処《そこ》へ残った。

三次郎が、通用口から入って来て、

「おかみさん。こちらの旦那が怪我をなさいましてね」

低い声で告げた。

「それは、あの……？」

「悪い奴に、斬られなすったので」

「えっ……」

「いま、手当をしていますがね。傷が、ちょいと重いようなので、お知らせにあがりました」

お歌は長助と、顔を見合わせた。

この夜。

福太郎は、三《み》ノ輪《わ》・西側の、百姓地の中にある石川日向守《ひゅうがのかみ》下屋敷の中間部屋へ姿を見せたという。

そのうちに、一緒にいた男と喧嘩になり、男が強引《ごういん》に福太郎を外へ連れ出した。

これを、三次郎の手先をつとめている彦八というのが見ていたのである。

彦八は、元鳥越《もととりごえ》で、女房に小さな煙草屋をやらせていて、自分は三次郎の手先となって、はたらいている。

親分の三次郎に命じられて、彦八が見張っていたのは、福太郎と喧嘩をした相手の男だったらしい。

彦八も博奕をしながら、その男を見張っていると、そこへ福太郎があらわれた。

福太郎のほうでは知らなくとも、彦八は福太郎をよそながら見知っている。

かねてから、三次郎は手先たちに、

「いいか。土地《ところ》の人たちの顔は、みんな、見おぼえておけ」

と、いいわたしてある。

これも、自分の縄張りに、

「悪い事件《こと》が起きねえように……」

という責任感が、あったからだ。

彦八が（おや……？）と、おもううちに、福太郎と、その男が何やら二言《ふたこと》三言《みこと》いい合って、男が福太郎の胸倉をつかみ、

「いいから外へ出ろ。此処《ここ》では、みなさんが迷惑をするぜ」

と、外へ連れ出した。

こうした場面は、博奕場ではめずらしくない。

他の連中は、出て行く二人には目もくれず、博奕に熱中していたが、彦八は、

「すぐにもどる」

いいおいて、二人の後から石川家下屋敷を出た。

出ると、道の向うが竹藪になってい、男が福太郎を竹藪の中へ連れ込んだので、

(こいつは、いけねえ)

彦八は、すぐに後から竹藪へ飛び込んだ。

福太郎の悲鳴があがったのは、そのときであった。

(斬《や》られた……)

と、感じた彦八は、咄嗟《とっさ》に、

「人殺し!!」

大声で叫んだ。

男は、びっくりして、短刀を持ったまま、竹藪の奥へ逃げ去った。

彦八は、これを追いかけようとしたが、斬られて倒れたのが笹屋の福太郎とあっては、見捨てるわけにもいかず、

「しっかりしなせえ」

抱き起すと、福太郎の顔から左の肩先へかけて、血がふきこぼれているのが、闇

の中でも手ざわりでわかった。

彦八は、気を失っている福太郎を背負い、表通りにある知り合いの居酒屋の裏口から担《かつ》ぎ込んだ。

三ノ輪の通りは、上野・山下から千住を経て、奥州・日光両街道をむすぶ往還だけに、夜通しで店を開けている飯屋や居酒屋が少くない。

「すぐに、近くの医者をたのみ、手当をさせているようですが、おかみさん、これは、どうしたらいいものでしょうかね？」

「私、すぐに、まいります」

「そうして下さると、いちばんいい」

長助が、

「私もまいります。いま仕度を……」

いいかけるのへ、三次郎が、

「なに、私が、おかみさんについて行くから大丈夫だ。それよりも番頭さん。このことは、いまのところ、店《たな》の人たちに口外をしないほうがようござんす」

「は、はい」

「おかみさんの留守の間は、お前さんが店をまもらなくてはいけませんよ」

「そうしておくれ、番頭さん」

と、お歌。

「わかりましてございます」

仕方なく、長助が承知をした。

お歌は三次郎へ、

「申しわけございません。では、お連れ下さいまし」

「ようござんす。さ、まいりましょうか」

「あの、ちょっと、お待ち下さいまし」

お歌は、寝間へ走りもどった。

縫いかけの着物を箪笥へ仕舞い、取りあえず五両ほどの金を持ち、着替えもせずに、通用口へ出て行った。

奥の女中たちも、さすがに異変を感じたらしく、台所にかたまり合い、蒼《あお》ざめている。

お歌は、女中たちへ、声を投げた。

「そんなところで何をしている。さあ、早く寝ておしまい」

八

福太郎が斬られた場所から程近いところに、手先の彦八の知り合いの店があったのは、福太郎のためには何よりだったといえよう。

上野・山下から金杉、三ノ輪へかけて、彦八は顔がひろい。

彦八が、金杉下町の生まれだったからでもある。

福太郎が運び込まれた居酒屋は三州屋といって、あるじ夫婦も、こんな事件には慣れていた。

駆けつけて来てくれた町医者は、近くの通新町に住む滑川勝庵《なめかわしょうあん》といい、内科もやれば外科もやるという、町医者として、まことに便利な人物であった。

福太郎の傷は、左の頰から肩先へかけてで、顔のほうは浅かったが、肩から胸のあたりが深く斬られてい、滑川勝庵は傷口を縫いながら、

「かなり出血をしているから、あぶないかも知れぬよ」

と、いったそうな。

お歌が駆けつけて来たとき、福太郎は勝庵があたえた薬湯をのみ、眠り込んでいた。

「この人は気が小さいねえ。傷口を縫っているときなぞ、泣きわめいて大変だったよ」

「まことに先生、ありがとうございました」

「当分、此処から、うごかしてはいけませんよ」

「はい」

と、こたえたが、三州屋では何というか……。

三州屋には、屋根裏のような二階がついてい、その一間で福太郎は手当を受けていた。

お歌は、金五両を三次郎へわたし、

「後は、明日にでも持ってまいります。これで、三州屋さんへおたのみしていただけませんでしょうか？」

「こんなにはいりませんが、ともかくも、おあずかりしておきましょう」

「よろしく、お願いをいたします」

御用聞の三次郎は、三州屋と親しい彦八と相談をした。

三州屋では、即座に、

「うちはかまいませんよ。いいように、二階をおつかいなさい」

お歌は、朝になると、町駕籠をよんでもらい、九段の高砂屋へ急行した。

自分よりも、妻のお絹をつきそわせたほうがよいとおもったからだ。

お絹の兄の高砂屋久兵衛は、事件をきいて、驚愕《きょうがく》し、

「そ、そんなところを、御用聞に見つけられたのでは、どうしても表沙汰になってしまう。これは困った。ああ、どうしたらいいものか……」

「高砂屋さん。まあ、落ちついて下さいまし」

「ですが、お歌さん……」

「そのほうは、私がうまく取りはからって、表へ出ないようにいたします」

「そんなことが、あなた、できるので？」

「御用聞の三次郎さんに、よく、おたのみしてみますから……」

「このさい、お金ですむことなら、どのようにも……」

と、高砂屋は、自分の店に傷がつくことを、何よりも恐れている。

お歌は、久兵衛とお絹と共に、駕籠で三州屋へ引き返した。中年の番頭が一人、これにつきそった。

笹屋の方へは、三次郎が行ってくれて、番頭の長助へ、

「おかみさんのことは、これこれだから心配をしないように」

と、つたえてくれたはずだ。

三州屋の夫婦に、高砂屋久兵衛とお絹を引き合わせておいて、

「お絹さん。ちょいと、こっちへ来て下さいな」

お歌は物陰へ、お絹を呼び、

「ようござんすか。福太郎さんは、あなたへおまかせしますよ」

「は、はい……」

お絹は、おろおろしている。

笹屋にいるときにくらべると、お絹の憔悴《しょうすい》は、だれの目にもあきらかであった。

「それから、福太郎さんのぐあいがよいときに、私のことを、よくつたえておあげなさい。私はねえ、笹屋を乗っ取るつもりなど、みじんもありませんよ」

「……………」

「ただ、いまの笹屋は評判が悪くなってしまって、以前の信用を取りもどすまでには、いろいろと手を打たなくてはならない。それを福太郎さんがしてくれないものだから、こういうことになってしまった。私と長助が悪い奴どもに斬り殺されかかったことは、あなたの兄さんから聞きましたか？」

お絹は、微かにうなずき、目を伏せたままである。

「ともかくも、向う一年の間、私は笹屋のためにはたらいて、それから、店《たな》は福太郎さんに返します。このことは書きつけにして、三倉屋さんと、あなたの兄さんへわたすつもりでいるのですよ。そうなれば、いくら私が笹屋にいたくとも、いられるわけのものではないのだから、福太郎さんにも、よくよくつたえておいて下さいよ。わかりましたね」

どうやら、お絹にもわかったようだ。

お絹は、おとなしい性質なのだが、福太郎を助けて、笹屋のためになるような女ではない。

それが心配といえば心配だけれども、いまは、それよりも先に、しておかねばならぬことがいくらもある。

お歌の躰が、二つあっても足りない。

後を高砂屋久兵衛にまかせ、お歌が笹屋へもどったとき、八ツ（午後二時）をまわっていたろう。

居間へ入ると、お歌は茶漬けを三碗も食べた。

（こんなときに、よくもまあ、食べられるものだ）

われながら、お歌は呆《あき》れたが、女中のお清に、

「少し早いけれど、お湯を沸《わ》かしておくれ」

と、いいつけ、番頭の長助をよび、後の始末について相談をした。

長助が去ってから、入浴をし、お歌は硯《すずり》箱を引き寄せ、筆を把《と》った。

向う一年がすぎたなら、いかなることがあっても、

「笹屋から身を引く」

ことを、書きつけたのである。

これを、長助に無断で書いた。長助にいうと、また、不安になるだろうと考えたのだ。

そして、この書きつけを持ち、羽衣煎餅と将棋落雁を立派な箱包みにして、お歌は三次郎宅へ向った。

三次郎の家は、通りの向う側の道を西へ入ったところにある。

三次郎の女房おしんがやっている〔十一屋〕という蕎麦屋は小さな店だが、近辺の評判もよく、繁昌をしている。

裏手へまわって、お歌が、

「笹屋でございますが、親分はおいでになりましょうか？」

尋ねると、すぐに、おしんがあらわれて、

「さあ、さあ、おあがりなさいまし」

階下の奥の一間へ案内をしてくれた。

三次郎は、ちょうど、出先からもどったところらしく、

「おかみさん。今日は大変でしたね」

「おかげさまで、どうやら……ほんとうに、ありがとう存じました」

「なあに、これが、私のすることですから……」

「ですが、親分の御親切がなかったら……そうおもいますと、ぞっといたします」

「まあ、よかった。後は旦那の傷が、うまく癒《なお》ってくれることだ」

お歌は半刻《はんとき》（一時間）ほど、三次郎と相談をしてから、笹屋へもどった。

三次郎は、こころよく、お歌が持って行った菓子の箱を受け取ってくれた。

お歌から、このことを聞いた長助が、

「ですが、おかみさん。これだけ、土地《ところ》の御用聞に世話をかけたのでございますから、やはりこれは……」

「お金かえ？」

「はい」

「そうなのだよ、番頭さん。お金を受けて下さるなら、いちばんいいのだけれど、あの親分は受けて下さるまい」

「さようでございましょうか？」

「そんな気がしてならない。ま、御礼のことは、ゆっくり考えてみましょうよ」

「こういうことは、早いほうがいいと存じますが……」

「いえ、あの親分は、御礼の早い遅いで、親切が濃くなったり薄くなったりするようなお人ではありませんよ」

「さようでございましょうか？」

「お前さんは、何につけ、うたがい深いのだねえ」

「申しわけございません」

「何も、私に、あやまることはない」

九

翌朝、お歌は、まだ暗いうちに起き、馬杉源吾のための縫い物をし、朝餉《あさげ》をすませてから、駕籠由の駕籠で、実家の〔大村〕へ向った。

なんといっても、兄・平四郎の病状が気にかかってならなかったのだ。

〔大村〕の裏口から、そっと甥の幸太郎をよび出そうかと考えたが、駕籠の中で気が変り、先ず、白鬚明神前の、徳太郎の茶店へ駕籠を着けさせた。

「ちょっと、此処で待っていておくんなさいよ」

駕籠舁きに言い置き、お歌は茶店の中へ入って行った。客は一人もいなかった。

「どうしたのだい、お歌ちゃん。顔も見せないで……」

「まあ、徳ちゃん。かんべんしておくんなさいよ」

徳太郎夫婦と共に、茶店の裏へまわってから、お歌が、

「三沢又太郎さまは、どうしていなさる?」

「どうしてって、お前……どうしようもねえやな。隠れているのだから外へは出られず、あの若い躰をもてあまして、まったく気の毒でならねえよ」

すると、徳太郎の女房お金が、

「でもねえ、お歌さん。あのお方は、お若いのに、よくできていなさいますよ。落

ちついて、そりゃもう、しずかにしておいでなさいます」

「そうですか。それならいいけれど……」

お歌は徳太郎にたのみ、甥の幸太郎を、此処へ、よんで来てもらうことにした。

「そうかい。お歌ちゃんは大村の旦那から勘当されちまったのか、お前も何かと大変だねえ」

徳太郎は、心得て出て行き、間もなく、幸太郎と共に引き返して来た。

〔大村〕の平四郎は、いくらか元気が出て来たようで、かかりつけの医者も、

「まだまだ、大丈夫」

妻のお房に請け合ってくれたそうな。

平四郎もむりをせず、臥床《ふしど》へ身を横たえたまま、店の指図をしており、食欲も出てきたらしい。

「何だねえ、幸ちゃん。あまり私をおどろかすのじゃあないよ」

「だって、あのときは、ほんとうに……」

「でもまあ、そういうことなら一《ひと》安心だねえ」

お房も、平四郎が病んでいる上に、お歌も帰って来ないというので、

（私も、しっかりしなくては……）

おもいきわめたらしく、幸太郎にいわせると、それこそ、

「人が変ったようになって……」

帳場へ詰めきっているし、女中たちへの指図も、てきぱきとするようになり、

「おふくろの血相が変っているし、叔母さん」

と、幸太郎が、お歌に告げた。

傍で聞いていた徳太郎が、

「女という生きものは、身の上や暮しが変ると、それに応じて、いくらでも変ることができるのさ。そこへゆくと男なんてものは、早々と、うまく変りきれねえ。だから女は魔物だというのだよ」

「知ったかぶりをするのだねえ、徳ちゃんは……」

「だってそうじゃねえか。その見本のようなのが、おれの前にもいる」

「私のことかえ」

「きまっていらあ」

「そんなに私は、変ったかねえ」

「小娘のころにくらべたら変りも変った。静御前《しずかごぜん》が巴御前《ともえごぜん》になっちまった」

「ばかなことをいうと、承知しないよ」

「それ見や」

と、徳太郎が幸太郎へ、

「なあ、幸ちゃん。そうだろう」

「へ、へへ……」

「幸ちゃん。妙な笑い声を立てるんじゃないよ」

「ごめんなさい」

「だからよ、お歌ちゃん」

徳太郎が煙管《きせる》をぽんと灰吹《はいふき》へ落して、

「あの、三沢又太郎さんをごらん」

「三沢さまが、どうしたというのだえ」

「さむらいという身分に縛られて、身うごきもならねえ。おれが又太郎さんなら、疾《とっく》に両刀を捨てて気楽になり、好きな女でも見つけて夫婦になっちまう」

「他人のことだとおもって、好き勝手なことをおいいでない」

「まあ、おれにしたって、いまここで、女房に死なれてみろ、どうにもならねえぜ。がっくりしてしまって、商売もできねえにきまっている」

「この人、のろけているのかえ」

「のろけじゃあない。男とはこうしたものなんだよ。そこへゆくとお前なんざ、笹屋の旦那が亡くなったって、びくともするものじゃあねえ。いや大したものだ。巴御前だよ」

「ばか」

幼なじみだけに、二人のやりとりには遠慮というものがない。

傍にいる幸太郎が、げらげらと笑い出した。

お金は店へ出て、客の相手をしている。

お歌は、徳太郎のいうことに、

(そういわれれば、そうかも知れない。そうだ。ちょいと、三沢さまの様子を見て来ようかしら)

と、おもいたった。

「徳ちゃん。ときどき、大村の様子を見ておいて下さいよ、たのむから」

「いいとも」

「幸ちゃんもね、何かあったら、この人に相談をするといい」

「うん」

お歌は、堤の道の向うに待たせておいた駕籠へ乗り、

「すまないけれど、駕籠屋さん。若宮村の八幡さままで行って下さいな」

と、いった。

十

お歌は、若宮神社の門前へ駕籠を待たせて、徳太郎の家へ向うつもりであったが、歩み出したとたんに、右側の茶店から、

「お歌どのではありませぬか」

声をかけたのは、ほかならぬ三沢又太郎ではないか。

「まあ、三沢さま。このようなところへ……」

あわてて、お歌は茶店の奥へ又太郎をいざない、顔色を変え、

「おひとりで出ておいでなすって、かまわないのでございますか？」

「今日から、心を入れ替えました」

「えっ……？」

「出歩いて、一日も早く、敵《かたき》の中西郷右衛門の目にとまりたいのです」

「まあ、あなた、何ということをおっしゃいます。それでは関口様のおはからいが、むだになってしまいましょう」

「かまいません。関口の小父様が、どうしても、敵の居所を教えて下さらぬのですから……」

「でも、それでは……」

「早く……私は早く……」

いいさして、一瞬、口を噤《つぐ》んだ三沢又太郎が、

「一日も早く、私は、敵に討たれてしまいたい」

ほとばしるように、そういった。

低い声であったが、悲痛なおもいがこもっている。それも当然であろう。

関口理右衛門は、親友の遺子である三沢又太郎に敵を討たせてやりたいが、尋常に立ち向っても、又太郎に討たれるような相手ではない。そこで、だれかに助太刀《すけだち》をたのむつもりらしいが、いまのところ、その心あたりもないと看《み》てよい。

つまり、それほど、敵の中西郷右衛門が強いということになる。

この前に見たときより、あきらかに、三沢又太郎は憔悴《しょうすい》している。

唇《くち》をかみしめ、うなだれている横顔が、お歌の亡夫の伊之助に、

(そっくり……)

であった。

又太郎は、卑怯者《ひきょうもの》なのではない。

敵に出合えば、かなわぬまでも、死力をつくして闘う決心でいる。なればこそ、

関口理右衛門は敵の居所をあかさぬ。

「関口様に、あれから、お目にかかったのでございますか?」

又太郎は、黙ってかぶりを振った。

「ともかくも、此処にいてはいけません。さ、もどりましょう」

お歌が茶代を置き、先へ立つと、又太郎は素直に従って来た。

このとき、徳太郎の家へ向う二人の姿に気づいて、椎《しい》の木蔭へ身を隠した男がいる。

馬杉源吾であった。

源吾は、この日、お歌の後を尾《つ》けて来たのではなかった。

後になって、源吾は、お歌に、こういっている。

「あの日は、渋江《しぶえ》に住む知人《しりびと》を訪ねて一夜をあかした、その帰り途《みち》でな」

お歌は源吾に、まったく気づかなかった。

笠もかぶらずに外へ出て来た三沢又太郎を、徳太郎の家へ連れ帰るだけで精一杯だったのである。

ともかくも又太郎をなだめ、落ちつかせてから、お歌は若宮八幡の門前へ引き返し、待たせておいた駕籠へ乗った。

すでに、馬杉源吾の姿は何処にも見あたらなかった。

駕籠にゆられながらも、お歌は、

（ああ、これはもう、又太郎さまから目をはなすと、どんなことになるか知れたものではない）

と、感じた。

あれから、関口理右衛門は〔大村〕へも顔を見せぬと、先刻、幸太郎の口から聞いている。

お歌は昼すぎに笹屋へもどり、夜に入るまで、夢中ではたらいた。

帳面をつけたり、番頭・長助の報告を聞いたり、菓子職人の仕事場へ行ったり、することはいくらでもある。

算盤《そろばん》を弾《はじ》き、筆を手にしていても、病床の兄の顔や、三沢又太郎の顔、そして義弟・福太郎の顔などが、ちらちらと脳裡をかすめてゆく。

(ああ、もう、ほんとうに、どうして私は、こんなおもいをしなくてはならないのだろう)

ためいきを吐きながらも、つぎからつぎへ、お歌は用事を片づけてゆく。

こうしたお歌を、もし、徳太郎が見たら、

「それ見ねえ。だから、お歌ちゃんは女なのだよ」

と、いうやも知れぬ。

それでいて、ちかごろのお歌は、

(なんだか、肥《ふと》ったような……)

気がしてならない。

歩いていると、双の乳房がゆさゆさと重く揺れるのが、はっきりとわかる。

（まあ、いやな……）

眉をひそめてみても、肥るものは仕方がない。

女中のお清なぞ、お歌の食欲に呆れているのだが、当人はそれと知らぬ。

あちこちとうごきまわるから腹が空く。空けば食べる。食べれば肥るのが理の当然なのだ。

遅い夕餉《ゆうげ》を終えたとき、御用聞の三次郎が訪ねて来た。

駒形の三次郎は、通用口へ入って来て、お歌が、

「親分。どうか、おあがりなすって……」

しきりにすすめるのへ、

「いえ、これから、ちょいと他へまわります」

「さようで……」

「実は、おかみさん……」

「はい？」

「こいつは私の一存《いちぞん》で、三倉屋さんと高砂屋さんを連れて、こちらの旦那のところへ行き、おかみさんからあずかった、あの書きつけを見せました」

「まあ……さようでございましたか」

「それで、よかったのでございましょうね？」

「はい。とんだ、御面倒をおかけ申しまして……」

「そうしましたら、こちらの旦那が、すっかり恐れ入ってしまいましたよ」

「まあ……」

三次郎が、三倉屋と高砂屋の前で、お歌の心情と決意を、懇々《こんこん》と福太郎へいいきかせたにちがいなかった。

まことに、ゆきとどいたことではある。

さすがに、お歌の胸が熱くなってきた。

「近いうちに、福太郎さんのところへ行っておあげなさい」

「はい、はい……」

「では、ごめんなすって」

「お茶も、さしあげませんで……」

「とんでもないことで」

駒形の通りを、向うへわたって行く三次郎の提灯《ちょうちん》が見えなくなるまで、お歌は立ちつくしていた。

通用口の植込みで、虫が鳴いている。

番頭の長助が、あらわれ、

「何か、あったのでございますか？」

「いえ、今夜は、いいことだった」

「福太郎さんがね、私の気持ちを、よくわかってくれたようだよ」

「へえ……？」

「さようでございますか……」

夜が更けてから、お歌は馬杉源吾の薩摩絣を縫うことに没頭《ぼっとう》した。

翌日の午後になり、お歌が得意先をまわって帰って来ると、三倉屋治兵衛と高砂屋久兵衛が待っていた。

二人とも、もはや、お歌には頭があがらぬ様子であった。

重傷を負って、心身が弱っているところへ、三次郎から、お歌の書きつけを見せられた福太郎は、

「心を入れ替えます」

三倉屋と高砂屋へ誓ったそうな。

福太郎の傷の手当をしてくれている町医者の滑川勝庵は、

「もう大丈夫だが、当分は、此処からうごかしてはいけない」

と、いっているらしい。

三倉屋と高砂屋が、お歌へ神妙《しんみょう》に礼をのべ、帰って行った後で、

（これで、福太郎の心が変らなければいいのだけれど……）

いずれにせよ、この夜のお歌の胸は明るくなり、夜更けてからの縫い物にも疲れをおぼえなかった。

（早く縫いあげて、馬杉さまへおわたししなくては……）

そのときのことを想うと、胸がときめいてくる。

（あの小屋の中で、また、馬杉さまは、私を……）

抱いてくれるだろうか。いや、きっと、抱いてくれるにちがいない。

「痛《いた》……」

何やら昂奮してしまい、お歌は、針で指を刺してしまった。

（まあ、私としたことが……）

苦笑したが、あわてて、お歌は亡夫の伊之助へ、

（旦那。すみません）

胸の内で、詫びたりしている。

詫びるそばから、また、切なげな吐息を洩らすのであった。

# 草雲雀《くさひばり》

## 一

翌日になって、お歌は、上野の仁王門の門前にある料理茶屋〔蓬莱屋《ほうらいや》鶴吉〕方へ、大量の菓子を納めに出向いた。

蓬莱屋は、江戸でも知られた大きな料理屋で、宴席や、みやげ物に笹屋の菓子を使ってくれている。いまの笹屋にとっては大切な得意先だけに、

「私が、ついてまいります」

という番頭・長助へ、

「いいえ、今日は私が行きましょう。蓬莱屋さんの旦那へ、久しぶりに御挨拶をしておきたいから……」

お歌は、急いで身仕度にかかった。

蓬莱屋の主人へ挨拶をすませ、菓子を運んで来た手代と小僧たちを先へ帰し、お歌は、三ノ輪の居酒屋・三州屋へ向った。

三州屋の二階に、重傷の身を横たえている福太郎は、お歌を見るや泪《なみだ》を浮かべ、両手を合わせようとするのだが、左腕がおもうようにうごかぬ。

「ああ、もう、そんなことをしないで下さいよ。お前さんが私の気持ちを、よっくわかってくれたというので、すっかり安心をしました」

「義姉《ねえ》さん……」

「妙な、いいかたかも知れないけれど、お前さんが、そんなに重い傷を受けなすったのが、いまとなっては、双方の勘ちがいを解きほごすことにもなったのだから、一日も早く元気になり、店へもどって下さいよ」

福太郎が、嗚咽《おえつ》しはじめた。

その顔の泪をぬぐってやる妻のお絹へ、

「お絹さん。たのみましたよ」

お歌がそういって、腰をあげかけたとき、町医者の滑川勝庵《なめかわしょうあん》があらわれた。

「これは、先生。御面倒をおかけいたしまして……」

「いや、もう大丈夫《いせい》じゃ」

勝庵は若い医生に手つだわせて、てきぱきと福太郎の上半身を裸にし、手当をし

ながら、

「これが若い女だったら、ずいぶんと、ながめがよいことだろうな」

などと、冗談をいう。

それが、少しも、いやらしくなかった。

医生も医生で、

「うちの先生は、若い女の治療代は徒《ただ》にしてしまうのですよ」

と、笑い出す。

「まあ、それでは、今度、私が病気になりましたら、滑川先生に来ていただかなくては……」

と、お歌。

「ああ、よろしい。よろしいとも。あなたの下腹のあたりを摩《さす》らせていただけるなら、こちらから摩り代を差しあげますぞ」

「まあ、こんな大年増《おおどしま》でも、よろしいのでございますか？」

「年増にも、いろいろござるからな」

縫った傷口の、黒い膏薬《こうやく》を替えながら、滑川勝庵が、

「わしが嫌いなのは、乱暴なやつ。威張っているやつじゃ」

いいさして、急に何やら、おもい出したらしく、憤慨の血の色を面上に浮かべ、

「いや、実は今朝もな、千住《せんじゅ》の誓願寺《せいがんじ》裏にある剣術の道場で、怪我人が出たというのでよばれましてな」

「はい……？」

「ま、手当をしてやったのだが、その道場の主《あるじ》というのが、いかにも見苦しく威張りくさっていて、自分が門人の骨を叩き折ったというのに、それほどの怪我で医者をよぶくらいなら、いっそ、死んでしまえと門人を怒鳴りつけるのじゃよ」

「まあ、それは、勝庵先生の前で？」

「さよう。なればこそ礼儀知らず。いかに剣術が強くとも、あれではいかぬ」

滑川勝庵は、目をむいて、

「なんでも、荒稽古で評判の道場だそうで、あるじは中西郷右衛門《ごうえもん》と申してな。二年ほど前に道場を開いて……」

「あの、もし……」

と、口をはさんだ、お歌の顔色が変っていた。

「どうなされた？」

「いま、あの、何とおっしゃいました？」

「何と、とは？」

「その剣術の道場の……」

「中西郷右衛門という……」

いいさして、滑川勝庵が、

「お内儀。どうかなされたか？」

「いえ、あの……何やら耳にしたような名前だったものでございますから」

「御存知か、あの中西を……」

「いいえ、やはり、ちがいました」

くびをかしげている勝庵へ、早々に挨拶をして、

「お絹さん。後をたのみましたよ」

いい置いて、お歌は階下へ降りた。

（ち、ちがいない。たしかに、そうだ）

通りへ出て、駕籠を拾って浅草へ向いながらも、お歌の動悸は激しくなるばかりだ。

三沢又太郎の父の敵の名は、中西郷右衛門である。しかも剣術の上手というのだから、お歌にしてみれば、別人とはおもえなかった。

駕籠の中で、

（これから、千住へ行って、その道場をたしかめてみようか……）

何度か、そうおもったけれども、これは自分の敵討《かたきう》ちではない。

おそらく、関口理右衛門は、中西の道場を知っているにちがいない。それなのに三沢又太郎へ知らせないのは、

(私なぞには、はかり知れない……)

関口の慮《おもんぱか》りがあるわけだから、

(私が、よけいな、さし出たまねをしてはいけない)

と、おもい直し、お歌は笹屋へもどったのである。

夜が更けてから、馬杉源吾の縫い物に取りかかったが、

（その中西郷右衛門というさむらいが、いかに強かろうとも、馬杉さまには、とてもかなうまい。もし、馬杉さまが、三沢又太郎さまの助太刀をして下さるならば、きっと……きっと、首尾よく敵を討つことができるのではあるまいか……?)

またしても、その想いが浮きあがって来て、針を運ぶ手指がとまってしまう。

滑川勝庵のことばによると、いかにも、中西郷右衛門は憎体《にくてい》な剣客のようだ。

そもそも、三沢又太郎の父を殺害しておきながら、外《はず》れとはいえ江戸の市中で、何と偽名も使うことなく、自分の道場をひらいていたのだ。

(ああ、何とか仕様がないものか……)

お歌自身が、それどころではないはずなのに、この日、福太郎が一応は改心をしたようなので、お歌の肩に、もっとも重くのしかかっていた苦しい荷物が除《と》れたも

のだから、

(もう、笹屋のことに心配はいらない。一年の間、一所懸命にはたらいて、後は福太郎に店をまかせればいい)

その安心があった所為《せい》か、今度は三沢又太郎のことが気にかかってならぬ。

(私は、なんという節介《せっかい》やきなのだろう)

また、そのようなことを、馬杉源吾へたのめるものではない。

(仕方もない。又太郎さまのことは、何も彼も関口理右衛門様が心得ておいでなのだから……)

どうにか心を落ちつけて、針を運びはじめた。

気がつくと、雨音が寝間にこもっている。

夜が明けるのに、間もなかった。

二

雨があがった翌々日。

お歌は、縫いあげた襦袢《じゅばん》と薩摩絣を持って、馬杉源吾の小屋へおもむいた。

源吾は、小屋の中で書物を読んでいたが、お歌を見るや、

「その後、無頼の者どもは、あらわれぬかな?」

「はい。もう、大丈夫でございます」

「それならば、よいが……」

「あの、すっかり遅くなってしまいましたが、ようやくに縫いあがりましたので……」

「おお、これは相すまぬ」

源吾は、すぐに襦袢と着物を身につけてみて、

「ふうむ。このようにまで、縫えるものか……」

「は？」

「いやなに、このように着心地のよい着物を身につけたのは、生まれて、はじめてじゃ」

「まあ……」

源吾が、まじめ顔でほめるものだから、
お歌は、身をもむようにして、

「おはずかしゅうございます」

「ふうむ……見事じゃ」

「まあ、そのように……」

「見事。まさに見事……」

見事の連発にあって、お歌は真赤になってしまった。

すると……。

馬杉源吾が立ちあがった。

はっと、お歌が見あげたとき、源吾は窓の障子を閉めた。

小屋の表戸は、お歌が入って来たときに閉めてある。

面《おもて》を伏せた、お歌の襟足《えりあし》に、見る見る血の色がのぼった。

源吾は、お歌の背後へまわって来た。

「あ……」

低く叫び、お歌が腰を浮かせたのは、源吾の唇がひたと、お歌の襟足へ押しあてられたからである。

源吾の両腕が、お歌の胸のあたりへまわってきた。

そのまま自然に、二人は身を横たえた。

源吾は、身を転じて、お歌の唇を吸いはじめた。

源吾の手が、お歌の帯へかかった。

どれほどの時間《とき》が過ぎたろう。

お歌が、われに返ったとき、馬杉源吾の姿は小屋から消えていた。

この前と同じように、自分が外へ出ている間に、身仕度をととのえるがよいと、いうつもりなのであろうか。

それにしても……。

(ああ……はずかしい……)

だれもいないのに、お歌は裸身を竦《すく》め、あわてて襦袢をまとった。

今日は、お歌も源吾も、たがいの肌身を抱き合ったのである。

戸は閉めてあっても、白昼の光りが小屋の中にゆきわたっており、その中で、源吾に自分の裸身を見られたかとおもうと、はずかしさとよろこびが綯《な》いまぜになって、

(ああ、もう、どうしていいのか……)

わからなくなってしまった。

しかし、ぐずぐずしてはいられなかった。

手鏡に顔を映して見ると、髪は、さして乱れていない。

お歌は、手早く身仕度にかかった。

しばらくして……。

「入って、よいかな?」

源吾の声が、戸の外からきこえた。

「は、はい」

「ごめん」

源吾は、薩摩絣を着てて、

「まことに、よろしい」

にこやかに、お歌へ笑いかけながら、袖を張って見せた。

「そういっていただけますと、うれしゅうございます」

「このように、上等の衣類を身につけたのは、生まれて、はじめてじゃ」

「まあ……」

「さ、お茶でも……」

源吾が、茶をいれてくれ、窓の障子を開け放った。

冷んやりとした微風が、小屋の中へながれ入ってきた。

「ときに……先日、若宮八幡の門前におられたな」

いきなり、源吾にこういわれて、お歌はおどろいた。

「み、見ておいでになったのでございますか」

「うむ。渋江まで用事があっての帰り途に、お見かけした」

と、馬杉源吾が、微笑をふくんだ眼《まな》ざしを向けて、

「若い侍と、一緒におられたが……」

「それは、あの……」

いいさしたとき、おもいもかけず、お歌の胸に衝《つ》きあげてくるものがあった。

「あの、お方は、三沢又太郎さまと申されまして、越前の、大野の、土井能登守さまの御家来だったのでございます」

「ほう、越前大野の、な……」

「はい」

お歌の両眼に強い光りが加わってきて、

「あの、お方は、お父さまの敵《かたき》を討つために、江戸へのぼっておいでになったのでございます」

「敵討ちか……」

「なれど、その敵が、どうしても討てないのでございます」

「敵討ちというものはな、なかなかにむずかしいものなのじゃ。運がよければ、すぐに、敵を見つけ出すこともできようが……運の悪いときには、一生涯、敵を探しもとめ、旅の空に老い果てた身をさらし、ついに探し得ずして、死んでしもうた人もあるほどじゃ」

「いえ、いえ……」

お歌は、かぶりを振り、

「敵の居所は、わかっているのでございます」

「何と……?」

「わかっていても、討てないのでございます」

「はて、わからぬ」

「敵が、あまりにも強すぎるのでございます」

「ふうむ……」

低く唸った馬杉源吾が、両眼を閉じ、

「強すぎるから討てぬと、その、三沢某《なにがし》が申しているのかな?」

「いえ、ちがいます。三沢さまは、敵の居所を御存知ないのでございます」

「いよいよ、わからぬ」

こうなると、女は、自分で自分が押えきれなくなってしまう。

無我夢中で、お歌は、三沢又太郎一件の事を、馬杉源吾へ一気に語りのべてしまったのである。

源吾が、凝《じっ》と、こちらを見つめているのに気づいて、

(われ知らず、このように何も彼も、口にまかせ、しゃべってしまって……よかったのだろうか?)

急に、不安となって、目を伏せた。

「お歌どの」

「はい……」

「この一件を、余人《よじん》へ洩らしてはおるまいな？」

「と、とんでもないことでございます。あなたさまだからこそ、おもわず、申しあげてしまいました。おゆるし下さいまし。おゆるしを……」

「何の、詫びるにはおよばぬ」

馬杉源吾の声音は、やさしかった。

「なれど、これからも、余人には他言《たごん》無用」

と、これは、いささか厳しい口調であった。

「よろしいか」

「はい」

「さ、今日は、これで、お帰りなさるがよい。駕籠が、ちょうどいまごろ、寺の門前にまいっていよう」

例によって、ゆきとどいたことではある。

最教寺の門前には、町駕籠が待っていた。

源吾は、お歌を送って門前へ出て、

「今日は、うれしかった」

と、ささやいた。

お歌が、潤《うる》みきった眼で源吾を見返し、うなずく。

「このお人を、浅草の駒形までたのむ」

源吾は駕籠舁きへいいつけ、お歌の手をとって、駕籠へ乗せた。

垂れをあげた駕籠の中から、お歌が頭を下げると、源吾は、またも仕立てあがりの薩摩絣の両袖を張って見せ、さもうれしげに、たのしげに、二度三度と、うなずいて見せた。

三

この日、お歌は、ついに、助太刀のことを馬杉源吾へたのむことができなかった。

何故か……。

それは、お歌の目に映じた源吾の反応が、そうさせたのだとしか、いいようがない。

三沢又太郎の一件を一気に語り終え、一息入れて、

「実は……」

と、又太郎の助太刀をたのもうとしたのだが、源吾の凝視に気遅れがしてしまい、ついで源吾が、この一件を、

なってしまった。

「余人に、洩らしてはおるまいな?」

念を入れてよこした、その声の厳しさに、お歌は助太刀をたのむことができなく

馬杉源吾は、言外に、

「よけいなことをするものではない」

そういっているようにおもわれた。

まさに、そのとおりであって、畑ちがいの侍の世界のことに、町方《まちかた》のお歌が気を

もんだところで、どうしようもない。

われにもなく、三沢又太郎一件について口走ってしまったのは、源吾のほうから

問いかけてきたのがきっかけとなったのだが、やはり、そこには、

(あのように強い馬杉さまが助太刀をして下さるなら、きっと、又太郎さまの敵討

ちがかなうにちがいない)

そのおもいがあったからだ。

けれども、よくよく、考え直してみれば、いかに馬杉源吾とて、縁もゆかりもな

い人の助太刀を、引き受けるはずがない。

関口理右衛門の言動から推《お》してみても、三沢又太郎一件には、なみなみならぬ事

情があるらしい。

なまなかの助力ではすまないのだ。真剣を手にしての命のやりとりなのである。

（そうだ。三沢又太郎さまのことは、関口様へ、おまかせをしておけばよい。いまの私は、それどころではないのだから……）

強いて、自分にいいきかせ、お歌は算盤を手にした。

それから三日の間、お歌は夢中になって、商売へ打ち込んだ。

お歌が得意先をまわっていた留守中に、福太郎の妻お絹が笹屋へあらわれ、番頭の長助と語り合って、

「どうか、義姉《ねえ》さんに、くれぐれもよろしく、お詫びをいっておいて下さい」

長助にたのんで、帰って行ったそうな。

「そりゃもう、口のききかたから物腰から、別人のようにお見うけいたしました」

と、長助が、お歌へ告げた。

「それはよかった。お絹さんには、いずれ、この笹屋の内をまもってもらわなくてはならないのだから、人が変ってもらわなくては、店《たな》のためにも、また、お前さんたちのためにもならないからね」

「ほんとうに、あの……」

「何だえ？」

「一年後には、お店を福太郎さんへ、おゆずりなさるので？」

「もう、ゆずっているのですよ。そうだろう、ちがうかえ」

「はあ……」

長助は、浮かぬ顔であった。

やはり、まだ、福太郎には信頼がおけぬらしい。

福太郎の傷は、めきめきとよくなっている。

滑川勝庵によれば、

「あと七日もしたら、此処から出られる……」

のだそうな。

そうなったとき、福太郎は妻の実家の高砂屋久兵衛方へ落ちつき、すっかり癒《なお》ってから、

「義姉のおゆるしをいただいて、私ともども、笹屋へ帰るつもりでいます」

と、お絹が長助にいった。

福太郎は滑川勝庵と気が合ってしまい、勝庵に治療を受けながら、これまでの自分の行状について語ったり、先行きのことを相談したり、

「いまになって、おもえば、身の毛がよだちます」

悔恨《かいこん》の様子が顕著《けんちょ》であるという。

「それで、一年後には、どうなさいます？」

と、長助。

「私のことかえ?」

「はい」

「さあ、まだ、はっきりとはきめていないけれど、いずれにせよ、私は此処にいないほうが……」

「いえ、そんなことはございません」

長助は、膝をすすめて、強くかぶりを振りながら、

「ずっと……ずっと、此処においでになっていただかないと、私どもが困ります」

「いつまでも私がいたら、福太郎さんが一人前《ひとりまえ》になれない。私は大村へ帰りますよ」

それまでには、病気の兄の心もゆるむにちがいない。

兄・平四郎の怒りの原因は、お歌が実家へ帰らぬところにあるのだから、さして深刻なものではないのだ。

ところで、この夜から、お歌は、また縫い物に取りかかった。

何らかの理由がなくては、馬杉源吾の小屋を訪れることができない。

いや、はずかしい。

そこで、近くの呉服屋から生地《きじ》を買ってきて、源吾の袴《はかま》を縫いあげることにした。

正式の袴を縫うのはむずかしいが、源吾がいつも着用しているのは、田園に住み暮す隠居が好むような、軽袗《かるさん》ふうの、ごく簡単なものだから、わけもなく縫える。

寸法は、この前に薩摩絣を縫ったとき、源吾が書きつけてくれたのを残してある。

(馬杉さまは、この前のときのように、よろこんで下さるかしら……?)

そのときのことを想うと、またしても、胸がときめいてきた。

## 四

翌日の午後になって……。

馬杉源吾の姿を、千住大橋の上に見出すことができる。

この日は、霧のような雨がけむるかとおもうと、雲間から薄日が洩れ、しばらくすると、また雨がけむるという、妙な天気であった。

源吾は塗笠をかぶっていたが、傘も持たず、いつもの姿に日和下駄《ひよりげた》を履《は》き、杖をついていた。

雨の日も、奥州・日光街道の咽喉《いんこう》ともいうべき千住大橋を往来する人馬は絶えることがない。

この橋を北へ渡って、千住の宿駅へ入れば、江戸から一歩、外へ踏み出したことになる。

橋の向うを大千住《おお》とよび、橋のこちら側(江戸の方)を小千住《こ》とよんでいるが、刑場で知られた小塚原《こづかっぱら》は、この小千住の内にふくまれている。

小塚原町の、街道の西側に飛鳥《あすか》明神の社《やしろ》があり、此地の産土神《うぶすながみ》だけに、毎年九月中ごろの祭礼には、

「非常な人出……」

であったと物の本に記してある。

千住大橋の中ほどに佇《たたず》み、荒川のながれが大川(隅田川)へ移るあたりの川面を、凝とながめていた馬杉源吾は、ようやくに身を返し、橋上を小塚原町へ向って歩みはじめた。

馬杉源吾は橋の上で、何を考え、何を想っていたのであろう。

橋をわたりきった源吾は、やがて、飛鳥明神の境内へ入り、拝殿へぬかずいた後に、西側の門から道へ出た。

道に立って南を望めば、通新町から下谷の三ノ輪、金杉、坂本を経て上野・山下へ通ずる往還が見わたせる。晴れて風が強い日などは、人馬があげる土けむりが黄色くたちこめているほどだ。

いま、笹屋の福太郎が傷の治療を受けている三ノ輪の居酒屋も、此処から、さして遠くはない。

源吾は、飛鳥明神・西門の正面に見える小道を入って行った。

小道へ入れば、あたりは、まったくの田園風景で、田や畑や雑木林の中に民家が点在するのみであった。

しばらく行くと、右側の竹藪のあたりから、木太刀を撃ち合う音と、気合声がきこえてきた。

竹藪の向う側に、大きな藁屋根の民家を改造した剣術の道場がある。

これが、ほかならぬ中西郷右衛門の道場であった。

竹藪の中に通路があり、そこを抜けると道場の前庭に出る。

通りかかった、近辺の人びとが四人ほど、前庭へ入って来て、稽古を見物している。

道場の戸は、すべて外されていた。

中西道場は、荒稽古で知られているそうだが、門人の数は少くない。早朝から日暮れまで、稽古の響《とよ》みが絶えぬ。

つまり、それだけ、腕に自信のある剣士たちが、寄りあつまって来るのであろうか。

土井能登守の家来も、門人の中には、かなりいる。

中西郷右衛門が、此処に道場を構えたのは、一昨年の秋であった。

中西は、敵持ちの身でありながら、いささかも三沢又太郎を怖れていないし、土井家の江戸藩邸でも、家来たちが中西道場へ通うのを、見て見ぬふりをしている。

三沢又太郎とちがって、土井家の城代家老の甥にあたる中西郷右衛門には、同じ土井家に仕えている親類が多い。

しかも、その大半が上級の藩士なのだ。

三沢又太郎が、父の敵を討つため、国許の越前・大野を出発したのは、まだ少年のころであった。

そのときは、若党と小者がつきそっていたそうだが、二年ほどして、二人とも、又太郎の目をぬすみ、何処かへ逃げてしまった。

中西郷右衛門には、その後の又太郎の消息は、まだ、つかめていない。

いないが、しかし、中西郷右衛門は江戸に堂々と道場を構え、これを土井家の士《もの》で、

「知らぬものはない」

わけだから、三沢又太郎が国許に寂しく暮している母と連絡を取り合っているならば、かならず、又太郎の耳へもとどくはずだ。

中西郷右衛門は、むしろ、それを待っているのである。

又太郎を返り討ちにすれば、又太郎には子がないのだから、中西は、

「天下はれての身……」

になれる。

武家の敵討ちというものは、また妙なもので、敵のほうが堂々と相手を返り討ちにしてしまえば、これはこれで、

「見事なことよ」

と、評判を得ることにもなる。

まして、いまの中西郷右衛門は、

「これよりは、将軍御膝元の江戸において、それと知らるるほどの剣客になってくれよう」

野心を燃やしつつあった。

なるほど、稽古は厳しくて荒いが、その一方では、

「いまどき、めずらしき剣客である」

との評判もあがりはじめ、今年に入ってからは、二、三の大名家からも招かれたりしている。

中西の背丈は六尺を越えていよう。がっしりとした、めずらしい筋骨の持ちぬしで、髪は総髪《そうがみ》。髭《ひげ》の剃《そ》り痕《あと》が青々としており、体毛が濃い。

年齢は、三十七、八歳に見えた。

いましも、その中西郷右衛門が木太刀を把《と》って、道場の中央に傲然《ごうぜん》と立ちはだかり、つぎからつぎへ、門人たちに稽古をつけているところであった。

中西の荒稽古に耐えるだけあって、門人たちも強いのがそろっているし、稽古に熱心である。

諸国をまわって修行中の剣客たちも十数名、道場へ泊り込んでいるらしい。

門人たちは凄《すさ》まじい気合声を発して、中西へ木太刀を打ち込むのだが、中西の躰は道場の床《ゆか》へ根が生えたようにうごかぬ。

そのまま、木太刀を揮《ふる》って門人たちの木太刀を叩き落したり、撥《は》ねあげておいて胴を払ったりして、門人の一人一人が手も足もうごかなくなるまで相手になる。

門人たちに負けぬほど、中西郷右衛門も稽古に打ち込む。

そして、なるほど強い。

見物している男たちは、土地《ところ》の百姓や船頭らしかったが、中西があまりに強いので、感嘆の声を発することも忘れ、むしろ呆然と稽古をながめていた。

このごろでは、土地の子供たちも見物にあらわれない。子供たちにとって、中西道場の稽古は恐ろしすぎるのではあるまいか。

馬杉源吾は、前庭へ入ったところの、椎《しい》の木蔭へ身を寄せ、遠くから、中西郷右衛門の猛烈な稽古ぶりを、身じろぎもせずに見入っていた。

源吾は依然、塗笠をかぶったままで、今日は小さな刀を一つ差しているだけだし、躰も小さいし、だれの目にも怪しまれぬ。

笠に顔が隠れると、まるで老人のようであった。

しばらくして、中西郷右衛門の稽古が終った。

「寺田、滝沢」

中西は二人の剣客をよび出し、

「稽古をたのむ」

と、いい、奥へ入って行った。

今度は、よび出された二人の剣客が門人たちへ稽古をつけはじめた。

この二人は、おそらく、主人持ちの侍ではあるまい。二人とも中西同様の総髪だし、いかにも剣客ふうの男たちだが、これまた強い。

見物の百姓たちには、中西の稽古よりも、この二人の剣客の稽古のほうがおもしろいらしい。

霧雨の中で傘もささずに、見物をやめようとはしなかった。

馬杉源吾は、ふらりと、竹藪の通路から畑道へ出て行った。

そのまま立ちどまり、塗笠の縁《ふち》へ手をかけ、あたりを見まわしている。

稽古を終えた門人が四人ほど、竹藪の通路へあらわれた。

源吾は、ちらりとこれを見やってから、面《おもて》を伏せるようにして、小塚原町の方へ歩み出した。

小塚原町へもどって来て、煮売酒屋の三河屋というのへ馬杉源吾は入って行き、入れ込みの一隅へ坐り、注文を聞きに来た小女《こおんな》へ、

「酒を、な」

やわらかな、やさしい声で言った。

こうしたときの源吾の物腰は笠をかぶっていなくとも年寄じみていた。

五

お歌は、その日の昼すぎに、縫いあがった軽衫《かるさん》と羽衣煎餅を手にして、駕籠由の駕籠をよんだ。

「ちょいと実家《さと》の兄さんの様子を見て来ますからね」

番頭の長助へ告げると、

「行っていらっしゃいまし」

「後をたのみましたよ」

「承知いたしました」

と、近ごろの長助は、お歌が外出《そとで》をしても、以前のような不安にかきたてられる

ことがないらしい。

それもこれも、

（おかみさんが、お店《たな》を捨てることはない。少くとも、あと一年の間は……）

と、見きわめがついたからであろう。

お歌は、例によって、最教寺の門前で駕籠を帰し、わざと遠まわりをして木立をぬけ、馬杉源吾の小屋へ近づいた。

最教寺の境内を抜けて行くのが、何やら、はずかしくてためらわれる。

源吾の小屋の前へ立ち、

「もし……あの、もし……」

消え入りたげな、しおらしい声を出しているお歌を見たら、幼友だちの徳太郎も実家の兄夫婦も、番頭の長助も、きっと目をみはり、わが耳をうたがうにちがいない。

「もし……あの、馬杉さま。歌でございます」

源吾のこたえはなかった。

戸締りはしてなかった。

（まあ、戸も開けたままで外へ……？）

窓の障子も開け放ったままなのである。

もっとも、現代《いま》から二百年も前のそのころは、源吾が住み暮しているような小屋へ盗みに入る者など、ほとんどいなかった。世の中が、ゆったりと落ちついていたからであろう。

また、たとえ盗みに入っても、小屋の中にある物は書籍ばかりなのだ。

おそるおそる、お歌は土間へ入って行った。

源吾の匂いが小屋の内に淡くこもっている。香ばしい匂いであった。

お歌は上《あが》り框《がまち》へ腰をおろした。

(何か、洗い物でもあったら、いまのうちに……)

あたりを見まわしたが、いつものように、小屋の内は清らかに片づけられてい、汚れ物一つ見あたらぬ。

お歌は、約一刻(二時間)ほど待った。

源吾は帰って来ない。

出て来るのが遅かったし、それに今日は、することがたくさんある。

明日は、青山家へ菓子を納めに行かなくてはならない。青山家は、美濃八幡四万八千石の大名で、その江戸藩邸(上《かみ》屋敷)が小石川にある。

青山家は先代以来の得意先で、菓子を納める折には、かならず主人が出て挨拶をすることになっている。

今日は帰ってから、納める菓子を丹念に見ておかなくてはならぬ。

やむなく、お歌は帰ることにした。

そこで、羽衣煎餅の箱と、縫いあげた軽衫の包みを源吾の机の傍へおいた。

（けれど、この縫い物を置いて帰ってしまっては……）

つぎに、此処へ来るための口実がなくなってしまう。

この日は馬杉源吾が、千住の中西道場の前庭へ姿を見せた雨の日の翌々日にあたる。

（ああ、どうしようかしらん……？）

何か別のものを縫ってもいいのだけれど、そうなると、また日数がかかってしまい、源吾に会える日が、それだけ遠退《の》くことになる。

軽衫を持って帰れば、

（明後日《あさって》に、また、此処へ来られる……）

お歌は、深いためいきを吐くと、菓子の包みだけを机の傍へ置き、土間へ下りた。

軽衫の風呂敷包みを胸に抱え、戸を開けて外へ出たお歌は、尚も未練らしく其処《そこ》へ立ちつくしている。

何処かで、草雲雀が鳴いていた。

細く透《す》きとおった、そして何やら寂しげな、その鳴き声を、ぼんやりと聴いているうちに、わけもなく、お歌の目の中へ熱いものがあふれてきた。

# 地蔵ヶ原

一

小石川の青山屋敷へ菓子を納めた帰途、お歌は、手代や小僧たちを先に帰し、三ノ輪の三州屋にいる福太郎を見舞った。

「義姉《ねえ》さん。いそがしいのに、相すみません」

福太郎は、神妙である。

お絹は九段下の実家〔高砂屋〕へ、福太郎の着替えなどを取りに行ったとかで、滑川勝庵も診察を終えて帰ったばかりであった。

「それは一足ちがいでしたねえ」

「はい」

と、福太郎がうなずく。

そもそも、これまでに、福太郎がお歌に向って「はい」と、素直に返事をした例《ためし》はなかったのだ。

「勝庵先生が義姉さんのことを、しきりに気にしていなさいました」

「おや、どうして？」

「この前に何だか千住のほうの、剣術遣いのはなしが出たとき、義姉さんがびっくりしたような顔をしていたのを、勝庵先生は気にしているらしいのです」

「いえ、それは、人ちがいだったのですよ」

滑川勝庵は、自分が中西郷右衛門のことを罵《ののし》ったので、もしも、お歌が中西の知り合いならば、

「悪いことをいってしまった……」

と、気にしているらしい。

「私の勘ちがいだったのだから、どうか滑川先生へ、よろしくいっておいて下さいよ」

「承知しました」

「それで滑川先生は、その乱暴な剣術の道場へ、いまも治療にお出向きなすっているのか知らん」

「いえ、もう、あれっきりだそうです」

「そう……」

「もし、義姉さん……」

「あ、いけない、躰を起したりなんかしては……」

「いえ、もう大丈夫なんです」

お歌にたすけられて、福太郎が半身を起した。

この前、お歌が来たときにくらべると、福太郎の血色は格別によくなり、元気になってきたのがはっきりとわかる。

福太郎は声をふるわせて、

「義姉さん。ほんとうに何といってよいものか……私は……私は、義姉さんを殺……」

いいかける福太郎へ、お歌が、

「これ、めったなことをいうものではありません」

ぴしりと、たしなめた。

「ね、義姉さん。私はもう、とても笹屋へは帰れません。長助にも、顔向けがならなくなってしまいました。これでは……、これでは義姉さん、到底《とうてい》、笹屋の主人《あるじ》におさまるわけにはまいりません。だって私は、奉公人の長助も殺しかけ……」

「およしなさいというのに」

「ああ、どうしたらいいものか。私はもう……」

「お前さんは、先ず傷を癒すことだけを考えていればいいのですよ」

福太郎は、噎《むせ》び泣いている。

福太郎のいうことは、なるほど、もっともであった。

福太郎が、お歌を殺すために金で雇った男は、矢野口の塩蔵《えんぞう》という〔ならずもの〕だそうな。

この男が、あの日、玉屋の半天を着て、お歌をさそい出したのである。

福太郎は五十両もの大金を、矢野口の塩蔵へわたした。

塩蔵は、すぐさま、玉屋の半天を染めさせ、仲間の駕籠舁《かごか》きと、無頼浪人を雇ってお歌殺しの実行にとりかかった。

お歌を殺害した後に、福太郎は、さらに五十両の金をわたすことになっていたという。

これは、みな、御用聞の三次郎へ福太郎が白状したものだ。

石川家・下屋敷の外で、福太郎へ斬りつけたのは別の男だ。あのときは二人とも酒に酔っていて、つまらぬことから口論になり、福太郎が外へ連れ出された。

この男は後に、三次郎に捕えられることになる。浅草・福井町で小間物屋をしていた老婆を殺し、小金を奪って逃げていたのだ。

この一件は、それですんだが、福太郎に金で殺人を頼まれた矢野口の塩蔵も無頼浪人も、まだ捕まっていない。

何処かへ姿を暗《くら》ましているのであろう。

さすがに福太郎は、彼らへ対して、自分が笹屋の主人であることを洩らしていなかった。

福太郎と塩蔵は、本所の森川屋敷の博奕場《ばくちば》で知り合ったということだ。

それはさておき……。

先行き、福太郎が笹屋の主人として店へもどったら、当然、番頭・長助と毎日をすごさねばならない。

これは、福太郎ならずとも、

「やりにくい……」

ことであろう。

主人の自分が殺しかけた奉公人と、毎日、顔を合わせるのだ。たまったものではない。

いかに、長助の口が堅いにせよ、福太郎としては居たたまれない気持ちになるのもむりはない。

そのことは、お歌も気づかぬではなかった。

（いざとなったら、長助へ暖簾《のれん》をわけてやってもいい）

のである。

福太郎の改心が本物であるならば、他の奉公人も職人たちも、先ず離反をすることはあるまい。

あれこれと考えれば、頭が痛くなってしまうけれども、いまは、もう、よけいなことにおもいをめぐらしても仕方がない。

「よござんすか。ここが、お前さんの、一生の分れ途なのだから、しっかりしてくれなくてはいけませんよ。お前さんは笹屋の五代目の主人なのだから、もっと気を大きくもって、これからはお客さまと奉公人のために、心切《しんせつ》をつくす。そうなってくれれば、きっと、何も彼もうまくゆくのだから、落ちついて、焦《あせ》らずに、お絹さんとちからを合わせて……」

お歌がいいさすのへ、福太郎が、

「義姉さん、お願いです。お願いいたします」

必死の面持ちとなり、

「どうか、いつまでも笹屋にいて下さい。それでないと、私ひとりでは、とても……とても、やって行けません」

「いいえ、そんなことはない。私だって笹屋へ嫁いだ女なのだから、何処にいようと、お前さんの相談には乗ってあげられます。ね、だからいまは、先行きのことなど、あれこれと思案をしないで傷を癒すことを……」

「いえ、だめです、だめなんです。私は商人《あきんど》に向いていないのですから……」

「まあ、いまさら何をいい出すのです」

「わかりました。今度という今度は、自分がどんな人間だったのか、それが、はっきりとわかりました。義姉さんがいてくれなくては、笹屋は、つぶれてしまいます」

昂奮する福太郎を、ようやく宥《なだ》めてから、お歌は階下へ行き、三州屋の主人夫婦へ礼をのべて「こころづけ」をわたした。

三州屋の女房が気をきかせ、辻駕籠をよんで来てくれたので、お歌はそれへ乗り、帰途についた。

一年が過ぎたなら、身を引くという証文を書いたのはよいが、その後のことを想うと、笹屋にはさまざまな難事が起るのではあるまいか。

自分がいる間はよいとしても、福太郎が、いかに改心をしたからといって、番頭の長助をはじめ奉公人や職人が、うまく福太郎をもりたててくれるか、どうかだ。

亡くなった夫の伊之助が、いつであったか、

「まったく、人間というものは、いつまでたっても苦労が絶えないものだ。いい、いいと

きなんてものは、ほとんどありゃあしない」

しみじみと洩らした言葉が、おもい出される。

そのときは、さして気にもとめなかったが、いまになってみると、病身の夫は笹屋の経営の苦労で、胸の内がやすまるときがなかったのではあるまいか……。

お歌は、上野・山下から、浅草の駒形堂前まで来て、駕籠を下りた。

午後の空は高く澄みわたって、つい先ごろまでの夏の暑さが、まるで夢の中のもののようにかえりみられた。

心地よい秋晴れの道を行き交《か》う人びとの顔にも、生気がよみがえってきた。

商家の女は、自分の店の前へ駕籠を着けるようなことはしない。そんなところを客に見られてはならないからだ。身につけるものも質素にして、どこまでも客の前に遜《へりくだ》った姿でいなくてはならぬ。

歩みかけた、お歌へ、

「もし……」

駒形堂の陰から、すっとあらわれ、声をかけてよこしたのは馬杉源吾である。

「あ……」

「昨日は、小屋へ見えたらしいな」

「は、はい」

「羽衣煎餅をありがとう」

「いえ、とんでもないことでございます」

「ま、こちらへ」

と、源吾が、お歌を駒形堂の裏へいざなった。

お歌は、福太郎のことなぞ、すっかり忘れてしまい、いそいそと源吾の後へ従った。

(馬杉さまは、此処で、私が帰るのを待っていて下すったのかしら……)

そのようであった。

駒形堂の裏へまわると、目の前は満々たる大川である。

「のう、お歌どの」

と、古びた塗笠をかぶったままで、馬杉源吾が、

「いそがしいようだが、明日、わしの小屋へまいられよ」

「は、はい。実は、私も明日、うかがうつもりでおりました」

「それならば、ちょうどよい」

例によって、よけいなことは尋ねもしないし、いおうともせぬ源吾が、

「昼すぎがよい」

「明日の、昼すぎ……」

「さよう。では、明日」

二

翌日の昼すぎに、お歌は駕籠を飛ばして、馬杉源吾の小屋へおもむいた。

いつもは〔駕籠由〕の駕籠を使っていたが、今日は、浅草・広小路に客を待っている辻駕籠を拾った。

〔駕籠由〕の駕籠舁きに、

「このごろ、笹屋のおかみさんは押上の最教寺へ、よくおいでなさるが、あんな寺へ、いったい、何の用があるのかね?」

などと、うわさをされることが気にかかったからだ。

駕籠に揺られながら、お歌は、うれしさを隠しきれなかった。

おもわず、口元がゆるんでしまう。

昨日、馬杉源吾が自分の帰りを駒形堂の傍で待ち受けていて、

「わしの小屋へまいられよ」

そういったのは、源吾も、お歌に逢いたくなったからであろう。

昨日は源吾と別れてから、店へもどると、番頭の長助が、

「馬杉様が昼前にお見えになって、何やら御用がおありになるとか……」

「はい。御用なら、うけたまわっておきますと申しあげましたら、いや、別に急ぎの用事ではない。また、そのうちに立ち寄るからと……」

「そうかえ。それなら、そのうちにまた、お見えになるでしょう」

事なげに、お歌はいった。

顔色も変えなかった。

駒形堂前で、源吾と会ったことも長助には告げなかった。

「いったい、どんな御用なのでございましょうね？」

「さあ……」

「この前のときの、御礼が少なかったのでは？」

「まさか」

「そうでございましょうか？」

「あのお方は、そんなお方ではありませんよ」

「それなら、ようございますが……」

「よけいな心配をしなくともいい。馬杉さまは独り暮しをなすっておいでだから、何か着る物のことでも、たのみにおいでになったのだろうよ」

「なるほど」

「私にかえ？」

お歌が、あまりにも平然としているので、長助の不安は消えたようであった。

今日になって、店を出るときも、

「ちょっと、実家《さと》へ行って来ますからね」

長助へ、そう告げておいた。

「行っていらっしゃいまし。どうか、ごゆっくりと……」

「番頭さん。近ごろは、私を信用してくれるのだねえ」

「これはどうも……」

「少し前までは、早く帰れ、早く帰れと、そればっかり……」

「申しわけございませんでした」

これからの一年の間、お歌が笹屋を出て行くことはないと、ようやく、長助もわかったようである。

さて……。

いつものように、お歌は最教寺の門前で駕籠を下り、今日は寺の境内を抜けて、馬杉源吾の小屋の前へ立った。

戸は、開け放しになっている。

「もし……笹屋の、お歌でございます」

門口《かどぐち》から声をかけると、

「おお。さ、お入りなさい」

源吾の、明るい声が返ってきた。

「ごめん下さいまし」

土間へ入り、お歌が戸を締めた。

締めてから、はっとなって、また、戸を開けた。

お歌の顔に、血がのぼっている。

「おあがりなさい」

「はい」

お歌は、包みをひらき、縫いあげた軽衫《かるさん》を出して、

「あの、このようなものを、縫ってみたのでございますけれど……」

「わしのために？」

「お気に入って、いただけますか、どうか……？」

「ほう。これはこれは……」

源吾は無邪気によろこび、

「ちょと、穿《は》いてみてよろしいかな？」

「どうぞ、そうなすってみて下さいまし」

お歌は、立ちあがった源吾が軽衫を穿くのを、後ろへまわって手つだった。

「む。これはよい」

うれしげに、源吾が振り向いて、

「心地よいなあ」

両脚を交互にうごかしながら、

「かたじけない。おもいもかけぬものをいただいて、うれしい」

と、いった。

ひたと、源吾に見つめられて、お歌は目を伏せ、

「気に入っていただいて、よかった……」

つぶやくように、いった。

お歌は、このつぎに来るものを待っている。

源吾が窓の障子と戸を締める気配に、期待している。

ところが、今日の源吾は、障子も戸も締めることなく、お歌の前へまわり、軽衫を穿いたままで坐った。

(ま、障子も戸も締めないで……)

お歌は真赤になってしまったが、

「のう、お歌どの」

と、馬杉源吾は手をのばそうともせず、はなしかけてきたではないか。

「はい？」

「この前に、お歌どのから聞いた、敵討ちのことだが……」

「……？」

昂奮していたお歌は、咄嗟《とっさ》に、何のことだかわからなかった。

「ほれ、中西郷右衛門と申す……」

「あ……」

いまこのとき、三沢又太郎敵討ちの一件を、源吾がいい出そうとはおもわなかった。

「手助けをな、してあげてもよいよ」

この源吾の言葉に、お歌は、自分の耳をうたぐった。

「あの、何と、おっしゃいました？」

「敵討ちの手助けをしてあげてもよいと申した」

「ほ、ほんとうでございますか？」

「うむ」

「まあ……そ、それは、あの……」

「手助けはするが、いざ、敵の中西と斬り合うときには、わしは手を出さぬ」

「……？」

お歌には、よくわからなかった。

馬杉源吾が肝心のときに手を出さぬというのでは、三沢又太郎は中西に斬られてしまう。

「お歌どのがよろしければ、その三沢又太郎殿とやらに、会うてみたいとおもうが、どうかな？」

「は、はい。そうして下されば……」

「又太郎殿の後見をしておられるという、大野藩の、何といわれたか……？」

「関口理右衛門様でございます」

「うむ。その関口殿には、このことを、内密にしておいたほうがよい。いまのところは、な」

「それは、なぜでございます？」

「わしのいうとおりにしてくれなくては、手助けができぬ」

と、馬杉源吾の口調が厳しく変った。

三

やがて……馬杉源吾は、お歌を駕籠に乗せ、自分は徒歩で若宮村へ向った。

若宮八幡の門前に駕籠を待たせておき、お歌の案内で徳太郎の家へ着くと、

「先ず、わしのことを、お歌どのから三沢又太郎殿へつたえるがよろしい」

こういって、源吾は家の前庭で待つことにした。

今日は、源吾に抱かれぬままで終りそうなのが、お歌には物足りぬ。

(又太郎さまのことなら、別の日でもよかったのに……)

そうおもったとき、

(こんな大事のときに、私は勝手なことばかり考えている。まあ、なんという女なのだろう。自分ながら呆れてしまう)

と、恥じた。

三沢又太郎は、奥の部屋で書物を読んでいたらしい。

戸締りもしてなく、窓の障子も開け放ったままだ。

「お歌どのか……」

大刀をつかんであらわれた又太郎の面は、あきらかに憔悴している。

「関口様は、あれから、お見えになりましたか?」

「一昨日、見えられたが、ちかごろは、何やら藩邸の御用がいそがしいとかで、すぐに帰られました」

そういった、又太郎の声も寂しげで、

「私のことについても、関口の小父様には御迷惑を、おかけしているように、おもわれてなりません」

「又太郎さま。実は今日、あなたさまに会ってみたいとおっしゃるお方を、お連れしたのでございますよ」

「ここへ？」

「はい」

「どなたでしょうか？」

「馬杉源吾様と申されます」

「はて……そのような人の名を、私、聞きおよんではいないが……」

「ま、ともかくも、会ってみて下さいまし」

お歌によばれて、馬杉源吾は前庭から家の土間へ入って来るや、

「お歌どの。若宮八幡の前に待たせてある駕籠へ乗って、駒形へ帰られるがよい」

「でも、あの、私も……」

「わし一人のほうがよろしい」

と、源吾の声音には有無をいわせぬものがあった。

「はい。それでは……」

いいさして、お歌が三沢又太郎のほうを見やると、又太郎は、おどろいている様子もない。

（若いおさむらいなんて、みんな、こんなものなのかしらん？）

二人の中へ入り、いろいろと取りもちをするつもりでいたので、お歌は拍子ぬけがしてしまった。

馬杉源吾は、三沢又太郎へ向い、

「それがしのことは、いま、お歌どのから、お聞きおよびでありましょうな」

「はい。三沢又太郎と申します」

「先ず、ゆるりと語り合いましょう」

そういって源吾が、まだ、土間に立っているお歌へ、

「早う、もどりなされ」

低いが、強い声でいった。

「はい」

仕方なく、外へ出たが、何やら源吾に叱られたようで、おもしろくない。

「早う、もどりなされ」

と、源吾の口まねをしてから、お歌はくやしげに前庭の小石を蹴った。

すると、そこへ、源吾が出て来て、

「お歌どの」

名をよばれたものだから、お歌は、いまの自分の仕ぐさを見られたのではないか

とおもい、狼狽《ろうばい》した。

「明日な……」

「はあ……？」

お歌の声は、上擦《うわず》っていた。

「明日、わしの小屋へ来ていただけるか？」

「ま、まいります」

「わしのほうから出向いてもよいが……」

「いえ、あの、私がまいります、まいります」

「では……」

にっこりとしてみせて、源吾は家の中へ入った。

その源吾の笑顔に機嫌をよくして、

（ほんとに、ちかごろの私ときたら、まるで小娘のようなのだから、いやになってしまう）

胸の内につぶやき、若宮八幡の方へ向った。

こうしたわけで……。

この日、馬杉源吾と三沢又太郎が、どのように語り合ったかを、お歌は知っていない。

ただもう、明日が待ち遠しくてならぬ。それだけであった。

お歌は実家の〔大村〕の様子を聞きに、徳太郎夫婦の茶店へ立ち寄ろうともせず、まっすぐに笹屋へ帰ったのである。

「いかがでございますか、大村の旦那の御病気は？」

「あまり、安心はできないようだけれど……」

「そりゃ、いけませんでございます」

「なに、実家《さと》の兄さんは、しっかりしていなさるから、大丈夫ですよ」

すらすらと嘘をいっている自分に、お歌は呆れもしなかった。

嘘を口にのぼせているうちに、今日は、ほんとうに実家の兄を見舞ってきたような気分になってしまっている。

男という生きものには、到底、こうしたまねができない。

夜に入って、突然、関口理右衛門が訪ねて来た。

〔大村〕からの帰りらしく、

「あるじの病気もよくなったようじゃ」

「まあ、さようでございますか」

「このところ、御用繁多《はんた》でのう」

「さようでございましたか……」

「大名の家のやりくりも、辛いものじゃ」

お歌は、馬杉源吾から口どめをされているので、今日のことは関口理右衛門に一言も洩らさぬ。

「一昨日、久しぶりにて、三沢又太郎に会うたが、ゆるりと語る暇とてもなかった」

「それほどに御用が……？」

「又太郎のことも、早く、何とかしてやらねばと思案しているのだが……」

関口は、金二十両を、お歌の前へ置き、

「これは、又太郎のための入費にいたしてくれ。しばらくの間、わしは又太郎のところへ行けそうにもないのじゃ」

「それは、あの……？」

「いや、これは又太郎の一件に関わることではない。いずれの大名家もそうなのだが、わしのところでも大変でのう」

関口理右衛門は、深いためいきを吐いた。

越前・大野藩も財政が困難になってきて、そのために、いろいろな手を打たなくてはならないのだそうな。

# 四

それから、三日後になって……。

その日も、千住の中西道場では、早朝から激しい稽古がおこなわれていた。

中西郷右衛門は、まだ暗いうちに目ざめ、裏手の石井戸の水を何杯もかぶり、生卵を三つほど、のみ込んでから道場へ出て行き、門人たちへ稽古をつけた。

およそ二刻ほどして、中西は稽古を中断し、奥へ入る。

またも、井戸端で水をかぶってから、朝餉《あさげ》の膳に向う。

近くの農家の寡婦《かふ》が通って来て、中西郷右衛門の食事や身のまわりの世話をしているのだ。

遅い朝餉をすませ、中西が一休みしている間は、二人の剣客が門人たちへ稽古をつける。

一人は、三十八歳の石井伝五郎。

一人は、三十歳の木村久助といい、二人とも諸国をまわり歩いていた浪人剣客だが、中西郷右衛門の代稽古をつとめるほどゆえ、腕は相当なものだ。

「ま、おぬしたちの行末《ゆくすえ》については、いささかも案ずることはない。この中西にまかせておけ」

と、かねがね、中西郷右衛門は、この二人を大事にあつかっている。
中西は、いま、江戸の剣術界において、
（わが声名をあげてくれよう）
ひそかに、野望を抱いていた。
自分を父の敵としている三沢又太郎のことなど、まったく問題にしてはいない。
又太郎があらわれれば、
「斬って殪《たお》すまで」
なのである。
それだけに中西は、みずから率先《そっせん》して、激しい稽古にはげむ。
中西道場の荒稽古を、
「あれは、もう当世風ではない」
敬遠する士《もの》がいるかとおもえば、
「当世には、めずらしい。あれこそ、真《まこと》の道場というものだ」
ちからのある士たちは、よろこんで入門して来る。
事実、中西郷右衛門の剣名は、このところ、かなり、江戸でも知られるようになった。
（いまに見よ!!）

中西は、江戸の中央へ、大道場を構える日を目ざしている。藁屋根の民家を改造した道場の奥に、三間の別棟があり、これは、中西が新築したものだ。

中西が別棟へ入ると、許可なしには、門人たちも近づくことをしない。

中西は朝餉をすませると、仰向けに寝た。

小半刻ほど、仮眠をするのが毎日のならわしなのである。

この間に、手つだいの寡婦が膳を片づけ、朝の稽古で汗まみれとなった稽古着のかわりに、洗いたての稽古着を持って来て、中西の枕元へ置く。

寡婦は名をおだいといい、まるまると肥えた三十女で、子供が三人ほどいるそうな。

血色のよい、健康そのものの女であった。

後片づけを終え、稽古着を持って入って来たおだいが稽古着を、中西の枕元へ置いたとき、

「おい」

目をひらいた中西郷右衛門が、おだいの腕をつかんだ。

「あれ、先生《せんせい》、いやだよう」

と、おだいは身をもむようにしたが、別にいやでもないらしく、顔を真赤にして、

「こんなに明るいによう」

「かまわぬ」

むっくりと半身を起した中西が、

「だれも入っては来ぬ」

「あい……」

「裸になれ」

「夜になって、また、来るによう」

「夜は夜だ」

中西は、おだいを抱きすくめた。

こうしてみると、背丈も高く肥えたおだいが小さく見えるほどに、中西郷右衛門の体軀《たいく》はたくましい。

おだいが、中西の腕の中で目を閉じ、息を荒らげた。

彼方の道場から、木太刀の打ち合う音と気合声が一つの響《とよ》みとなって、きこえてくる。

おだいは、中西のするがままに、まかせている。

躰の大きな二人が組み合ったところは、なかなかに壮観な眺めであったが、唸《うな》り声を発しながらの中西郷右衛門の荒々しい愛撫は、

「あっ……」

という間に、終ってしまった。おだいが、

肌着を手で搔《か》き寄せつつ、

「先生ったら、いつも、早《はえ》えんだからよう」

うらめしげに、つぶやくのへ、

「早く去《い》ね」

中西は、立ちあがって稽古着をつけた。

身のまわりの世話をさせるばかりではなく、おだいは中西の欲望の捌《は》け口にもなっているわけだが、おだいのほうも、まんざらではないらしい。

おだいは、中西郷右衛門から、月に一両の手当をもらっている。一年で十二両ということだから、これは一家族が楽々と暮せる金高なのだ。

おだいが出て行った後で、中西は窓を開け放った。

空は高く晴れわたり、赤蜻蛉《とんぼ》の群れが翔《と》んでいる。

「さて……」

中西が道場へ出て行こうとしたとき、おだいがあらわれ、

「先生。石井さんが入ってもいいかとよ」

「よし、通せ」

おだいと入れかわって、門人たちへ稽古をつけていた浪人剣客の石井伝五郎があらわれ、

「妙なやつが、やってまいりましてな」

「妙なやつ……とは？」

「いや、その、先生に一手《ひとて》、お教えを願いたいと申しているのですが……」

「ふん……」

鼻で笑った中西が、

「いつものように、叩きのめしてやれ」

「それが、その……」

「どうした？」

「両刀も帯《たい》さぬ、小男でしてな。いささか頭が変なのではあるまいかと……」

「それでは、山崎か佐々木でも相手にしてやったらよいだろう」

「それが、その……」

「いったい、何が、どうしたと申すのだ？」

苛立たしげに、中西郷右衛門がいった。

「いや、どうあっても、先生にと……」

「ま、よい。おぬしがあしらってやれ。もしも、おぬしと木村が負けたなら、わし

が出てやってもよいと、そう申してやれ。あは、は、は……」

「そうですな。それがよろしいですな。追い返してもよかったのですが、彼奴《きゃっ》め、ふてぶてしいところがありましてな」

「ほう」

「こちらの先生が、それがしと立ち合わぬとあれば、道場の名にかかわりましょう、などと申すのです」

「ふうむ。小癪《こしゃく》なことを……」

「もしも、これが世間へひろまりましては、困ることになると存じ、一応、先生におうかがいを……」

「よし。手ひどく叩きのめしてしまえ」

「承知しました」

石井伝五郎が去ったあとから、中西郷右衛門は、ゆっくりと次の間をぬけ、廊下へ出た。

おだいが其処にいて、

「よくつづくもんだよう、先生」

「何が？」

「あんなに稽古ばかり、毎日毎日……」

「おい」

「へえ？」

「今夜、夜ふけに来い」

五

中西郷右衛門は、奥庭の通路から道場へ入って行った。

門人たちの控え所の横に、道場の見所《けんぞ》への戸口がある。

見所は、中西が門人たちの稽古を見る場所であった。

その戸口を少し開け、中西は道場の中を見やった。

いま、道場にいる十人ほどの門人たちが、さも、おもしろげに、試合を申し込んで来た男をながめている。

男は、安藤満之助《まんのすけ》と名乗ったが、これは偽名を使ったまでで、実は馬杉源吾であった。

今日の源吾は、両刀も帯びず、杖も持たず、例の軽衫ふうの袴もつけていない。お歌が縫いあげた薩摩絣の着ながしに茶色の帯。素足に日和下駄を履いて、中西道場へあらわれたのだ。

石井伝五郎が、中西の言葉を源吾につたえると、

「うけたまわった」

道場の中央に坐っている馬杉源吾が、

「では、そこもとが、それがしに負けたならば、中西先生が、お立ち合い下さるのですな？」

「さよう」

石井は冷笑を浮かべ、門人のひとりへ、

「おい。この人に木太刀をあげろ」

と、いった。

すると、源吾が手をあげて、

「あ、いや……」

「何？」

「それがしならば、おかまいなく」

「え？」

「木太刀など、要《い》らぬ」

「何と……」

道場が、ざわめいた。

そのざわめきの半分は、笑い声であった。

石井は、木村久助と顔を見合わせて、苦笑を洩らした。

(こやつ、いよいよ狂っているらしい)

「さ、そこもとは木太刀を、お取りなされ」

今度は、源吾がいった。

源吾の両眼は、ほとんど閉ざされているといってよいほどに、細くなっていた。

「よし、よし」

石井伝五郎は、からかい半分になり、自分の木太刀をつかみ、これをぶらさげるようにして、馬杉源吾の前へすすみ、

「これで、よろしゅうござるか」

わざと、ていねいにいう。

門人たちが、こらえきれずに、どっと笑い出した。

戸の陰で、中西郷右衛門も笑った。

いままでに、何人もの剣客が試合を申し入れてきたが、

(このような奴は、はじめて……)

なのである。

これまでにも、中西みずから相手をしたのは一人にすぎない。

あとは、いずれも、石井と木村に叩き伏せられてしまっている。

（彼奴め、金でも欲しいのか？）

しかし、それにしては度胸がよすぎるではないか。

いましも、木太刀を引提《ひっさ》げて目の前へすすみ出た石井伝五郎に対し、いささかも臆することなく、かの男は、しずやかに坐ったままなのだ。

「木太刀がなくては、試合になるまいが」

と、石井は、まさしく馬杉源吾を狂人だとおもったらしく、

「もうよいわ。帰《か》……」

「帰れ」と、きめつけようとした、そのときだ。

「さ、どこからなりと、打ち込んでまいられい」

馬杉源吾の口調が、がらりと変って、

「そちらが打ち込まぬとあらば、こちらからまいるぞ」

「何!!」

自分を侮《あなど》りきった源吾の口調に、石井はかっとなった。

「おのれ。立て!!」

「これでよろしい」

と、源吾は片膝を立てたのみである。

「うぬ!!」

怒った石井伝五郎が、つかつかと間合《まあい》をせばめ、無造作な片手打ちを源吾の脳天めがけて打ち込んだ。

戸の陰で見ていた中西郷右衛門の目には、打ち込む石井と、片膝を立てたあの男がすっと立ちあがるのとが、同時に見えた。

つぎの瞬間……。

「ああっ……」

石井の叫び声があがった。

どこを、どうされたものか、石井伝五郎は木太刀をほうり出し、馬杉源吾の背後へ、まるで毬《まり》でも投げたように飛んで行き、道場の羽目板へぶつかって、

「むう……」

呻《うめ》いたかとおもうと、ぐったりと倒れ伏してしまった。

門人たちの、えもいわれぬどよめきがあがった。

さすがの中西郷右衛門も、戸の陰から顔を突き出し、われとわが目をうたがった。

そのとき、振り向いた馬杉源吾の目と、中西の目がぴたりと合ってしまった。

はっと、中西は身を引いた。

なんで、身を引いたのか自分でもわからなかった。

ほんらいの自分ならば、高弟の石井が倒されたのだから、堂々と出て行って、あ

の男との約定《やくじよう》通り、相手をしてやらなくてはならぬはずだ。

馬杉源吾は、またしても坐り込み、

「さて、約束どおり、中西先生に出ていただきましょう」

見所の戸口を見つめながら、そういった。

中西は、出るに出られぬ。

目と目が合ったとき、あの男の鋭い眼光が一条の線となって、自分の眼球を突き刺したかのように感じた。

中西郷右衛門の五体へ、冷汗がふき出してきた。

「さ、中西郷右衛門をこれへ出しなさい」

馬杉源吾の言葉づかいも一変した。

気をうしなった石井伝五郎を門人たちが、道場の向う側にある石井と木村の部屋へ運んで行った。

「中西郷右衛門、出てまいられい」

「待て!!」

木太刀をつかみ、木村久助が血相を変えて、馬杉源吾の前へ飛び出した。

木村の目に、いまの出来事が信じられなかった。

門人たちも同様であったろう。

石井にせよ、木村にせよ、中西郷右衛門と立ち合って互角の力量があるとはいえぬが、たまさかには中西が打ち込まれるときもあるほどの腕前なのだ。

「この道場では、男の約束も踏みにじって平気と見ゆるな」

「だ、黙れい。広言《こうげん》を吐くのは、この木村久助を打ち負かしてからにしろ!!」

「おぬしは、中西の代稽古か。どうも、そのようらしいな」

六

木村久助は、一気に、馬杉源吾を打ち据えてしまおうと、

「や、やあっ!!」

強烈な気合声を発し、木太刀を上段に振りかぶった。

間《かん》、髪《はつ》を入れずに、今度は源吾が颯《さつ》と立ちあがったものだから、

「むう……」

唸《うな》った木村が打ち込めなくなり、上段の木太刀を正眼《せいがん》に構え直した。

「どうした?」

「む……」

「打ち込めぬか?」

「だ、黙れい!!」

「わしは、このとおり、素手なのだ。怖がることもあるまい。それとも、恐ろしいか？」

物しずかに、じわりじわりと源吾にいわれて、木村の顔面は朱《しゅ》を注《そそ》いだようになった。

道場の内は、水を打ったようにしずまり返っている。

中西郷右衛門は、戸口の陰に身を寄せていたが、たまりかねて、そっと顔をのぞかせた。

これを待っていたかのように、馬杉源吾が戸口へ眼を向けた。

源吾の眼の中から光芒《こうぼう》が疾《はし》り出て、またしても、中西の眼を射た。

（あっ……）

中西郷右衛門が顔をそむけたとき、木村久助は、源吾の視線が自分から外《そ》れたので、

（いまだ!!）

と、感じたのであろう。

「たあっ!!」

正眼の木太刀を、源吾の喉元めがけて、猛然と突き入れた。

だが、木村得意の猛烈な突きは、空間を切り裂いたのみである。

木村の目の前に、敵はいなかった。

馬杉源吾の躰は、天井に頭がつくかとおもうほどに飛びあがっていたのである。

「あっ……」

おのれの眼の焦点をうしなった木村久助の頭上へ、源吾が飛び下りて来た。

飛び下りざまに、木村の頭を蹴った。

木村は、横ざまに身を投げるようなかたちで転倒した。

門人たちの、声にならぬ声が、一種異常などよめきとなって道場をみたした。

中西郷右衛門は身を返して、道場から走り出た。

そして、裏の竹藪の中へ姿を隠してしまった。

「先生。中西先生」

「何処《いずこ》におられますか、先生」

「一大事です」

門人たちは、中西を探しまわった。

中西郷右衛門は竹藪を抜け、畑道の向うの深い森の中へ飛び込んだ。

いや、逃げ込んだといったほうがよいだろう。

(な、何者なのか、あの男は……あのような男がこの世にいた。あれは人ではない。人ではない……)

中西郷右衛門の姿が見えぬと知るや、馬杉源吾は、

「逃げたらしいのう、ここの先生は……」

さも、おかしげに笑って立ちあがり、門人たちを見まわし、

「中西先生が帰って来たら、わしの言葉をつたえておきなさい。世間は広い、とな。よいか、忘れるなよ」

道場から出て行きかける源吾を、呆然と見送っている門弟の中にも、二人ほど、いくらか増《まし》なのがいて、

「こやつ、待て!!」

「このままでは帰さぬぞ!!」

木太刀をつかんで、源吾の前へ立ちふさがった。

立ち止った源吾は、二人の顔を凝《じっ》と見ている。

二人の、振りかぶった木太刀がふるえ出し、そのうちに、げんなりと切先が下を向いてしまった。

源吾は、まだ、二人を見ている。

木太刀を、だらりと提げたままで、二人の門人が、申し合わせたように目を伏せた。

その瞬間に、

「鋭《えい》!!」

馬杉源吾の口から、低いが鋭い気合声が、迸《ほとばし》った。

すると、どうだろう。

二人の門人は、板戸でも倒したように、そこへ倒れ伏してしまったではないか。

源吾は、ゆったりと道場から立ち去って行った。

倒れた二人の門人を介抱するのも忘れて、他の門人たちは息をのみ、目をみはって身じろぎもせぬ。

このとき、息を吹き返した木村久助が、半身を起し、狐につままれたような顔をして、きょろきょろとあたりを見まわした。

七

翌日の五ツ半（午前九時）ごろに、馬杉源吾が、若宮村の徳太郎宅へあらわれた。

この日の源吾は昨日と同じ姿だが、両刀を腰に帯し、浅目の編笠をかぶっている。

「ごめん。三沢又太郎殿、おらるるか？」

前庭へ立って、源吾が声をかけると、

「馬杉先生……」

すぐに、縁側の障子が開き、三沢又太郎があらわれた。

「さ、おあがり下さい」

「いや……」

と、編笠を除《と》った馬杉源吾が、

「又太郎殿、大刀を持って、こちらへおいでなされ」

「はい」

不審の色もなく、又太郎は素直に奥へ入り、大刀を手にして、前庭へ出て来た。

先ごろ、お歌に引き合わされた後、お歌を先に帰して、源吾は又太郎と何を語り合ったのであろうか。

源吾へ対する又太郎の態度は、

「神妙をきわめている……」

と、いってよい。

「又太郎殿。昨日、中西道場へまいってな」

「はい」

うなずくところを見ると、又太郎は源吾から、中西郷右衛門の所在を聞かされているに相違ない。

「これよりは、いよいよ、父御の敵討ちということになるが……このことは、かまえて他言無用。わしがよいというまではお歌どのにも、たとえ関口理右衛門殿へも、洩らしてはならぬ」

「心得ました」

「中西郷右衛門は、おぬしにとって、なかなかの大敵じゃ」

「中西に討たれますこと、私は覚悟をしております」

「ふむ……」

凝と、又太郎の顔を見た馬杉源吾が、

「討たれようとも思わず、討つとも思わず、無念無想になることじゃ。むずかしいが、又太郎殿は、いまだ、世の中の汚濁《にごり》に染《そま》ってはおらぬゆえ、あるいは、そのようになれるやも知れぬ」

「かたじけのう存じます」

「さて……」

と、あたりを見まわした源吾が、

「裏手のほうがよろしい」

「はい」

「さ、まいろうか」

源吾は先へ立ち、家の裏手へまわって行った。

裏手の竹藪との間が、わずかに空いているけれども、前庭ほどの広さはない。

「さ、そこへ、お立ちなされ」

「はい」

「よろしいか？」

「は……」

「大刀を抜き、構えてごらんなされ」

うなずいた三沢又太郎が、大刀を抜きはなった。加賀の住人・金沢友重《かなざわともしげ》が鍛えた二尺三寸八分の銘刀で、これは亡父の形見といってよい。

又太郎も武士の子に生まれたのだから、剣術の稽古をしなかったわけではない。

「ふうむ……」

低く唸った馬杉源吾が、すっと身を引いて、

「右の肘《ひじ》を、ひたと胴へつけられよ」

「はい」

「よし」

ぱっと、源吾が抜刀した。

同時に、ぐらりと、又太郎の躰が揺らいだ。

「しっかりと、刀を構えられい」

「………」

三沢又太郎の顔が、たちまち、鉛色《なまりいろ》に変じ、ねっとりと脂汗が額へにじみ出してきた。

馬杉源吾は、これも刀を正眼に構え、活《かっ》と両眼を見ひらいた。

「むう……」

又太郎が呻いた。

源吾が一歩、二歩と間合をせばめた。

又太郎の躰が大きく揺れうごき、両眼ともに白目となって、ぱっくりと口を開けたかとおもうと、刀を落し、へなへなと崩れるように倒れ伏してしまった。

刀を鞘《さや》におさめた源吾は、その姿を、しばらく見下していたが、やがて裏手の戸を開け、台所へ入って茶わんに水を汲み、もどって来た。

又太郎を抱き起した源吾が、

「これ……これ、又太郎殿」

「あ……」

「水を、のまれよ」

しずかに、茶わんの水をのませてやった。

三沢又太郎は、なぜか、夢心地のような表情になり、赤児が母の乳をのむようにして、茶わんの水をのんだ。

「又太郎殿。大丈夫か？」

「はい」

「しばらくは、休むがよい」

「はい」

何事にも、素直なのである。

「先生の御目の光りが、私の目の中へ飛び込んでまいりまして……」

「さようか」

「躰中のちから、というちからが、すべて、抜け落ちてしまったような……」

「怖かったかな？」

「いえ……怖い、恐ろしいと申すのではなく、ただ……」

「ただ？」

「躰中のちからが消え、目が暗《くら》んでしまいました」

「さようか」

「先生……」

「何じゃ？」

「馬杉先生のような御方に、私は、はじめて出合いました。何だか、ふしぎなおもいがいたします」

「どうじゃ。いくらか、元へもどったかな？」

「大丈夫でございます」

大刀を手に、又太郎は立ちあがったが、よろめいた。

「さ、しっかりなされ。刀を構えられよ」

「はい」

またしても、前と同じことが繰り返される。

今度も三沢又太郎は、馬杉源吾が抜刀し、活と両眼を見ひらいた、つぎの瞬間に気をうしなって倒れてしまったのである。

暮れ方に、白鬚明神の茶店を閉めた徳太郎夫婦が帰って来たとき、すでに源吾の姿はなかった。

「お金《きん》。また、三沢さんは戸締りをしていねえよ」

「あれ、ほんとうだ」

「いいのかねえ、こんなことでよ」

開いている表戸を開け、土間へ入った徳太郎が、

「三沢さん……もし、三沢さん。帰って来ましたよ」

声をかけたが、返事はない。

こんなことは、はじめてであった。

「お金……」

よびかけた徳太郎が、血相を変え、其処にあった心張棒《しんばりぼう》をつかんだ。

「戸を開けろ、お金。何かあったら、すぐに逃げるんだぞ」

お金も蒼ざめている。

徳太郎は、土間から板敷きの間へあがり、

「三沢さん……三沢さん」

低く、よびかけながら、三沢又太郎が起居している奥の部屋へ近づいて行った。

お金は、ふるえながら、戸口にちぢこまっている。

夫婦ともに、又太郎の身に何か危害の事が起ったと感じたのである。

又太郎の部屋の前まで来た徳太郎が、

「なあんだ」

全身のちからを抜き、心張棒を投げ捨てた。

「お前さん。ど、どうしたのさ？」

「寝ているよ」

「え……？」

「よく眠っていなさるということよ」

三沢又太郎は、部屋の中央へ身を横たえ、死んだように眠り込んでいた。

死んでいない証拠には、鼾《いびき》をかいている。

お金もあがって来て、徳太郎の肩ごしに部屋の中をのぞき込み、

「まるで、子供のような顔をしておいでだねえ」

「それにしても、めずらしいことだ。いつもなら、何かこう苛々《いらいら》した顔をして、すぐに出て来るのに……」

「疲れていなさるのだろうよ」

「一日中、家の中にいて、疲れるはずがねえや」

「お前さんは、気疲れってものを知らないのだね」

「へっ。そんな奇妙なものを知るものか」

「それにしても、いつまで、三沢さまをあずかっていればいいのだろうねえ」

「お前、三沢さんを邪魔にする気か？」

「そんなことをいってはいない。私はただ、三沢さまのことをおもって……」

「それなら黙っていろ」

夫婦のはなし声で、三沢又太郎が目をさまし、半身を起して、

「や、これは……つい、眠り込んでしまった」

その声が、まことに明るかった。

夫婦は、顔を見合わせた。

「大丈夫でござんすか？」

と、徳太郎が、

「どこか、躰のぐあいでも、お悪いのでは……？」

「いや、腹が減りました」

八

その翌日の午後に……。

お歌は忙《せわ》しい中の時間をぬすみ、菓子の箱を抱えて、また馬杉源吾の小屋を訪れた。

源吾は、不在であった。

（まあ、いやな……）

戸は閉まっていたが、戸締りはしてなかった。

で、中へ入って小半刻《こはんとき》（三十分）ほど待ってみたが、源吾は帰って来ない。

お歌は、深いためいきを吐いた。

もう、ずいぶん長い間、源吾と会わないような気がしている。

このところ、お歌は多忙の日を送っていた。

義弟の福太郎は、妻の実家の高砂屋へ移り、傷の養生《ようじょう》をしており、すっかり落ちついている。

高砂屋久兵衛夫婦も、

「福太郎さんは、まるで、人が変ったようだ」

よろこんでいるらしい。

「ただ一つ、わがままをいわせて下さい」

福太郎は高砂屋へ、傷の手当には、どうしても滑川勝庵に、

「来ていただきたい」

と、たのんだ。

そこで高砂屋は、町駕籠で、勝庵の送り迎えをさせている。

傷の手当のみならず、福太郎にとって、滑川勝庵という町医者は、

「私にとって、かけがえのないお方だ。これから先、勝庵先生には何かと相談に乗っていただくつもりなのだよ」

妻のお絹へ洩らしたという。

そうしたわけで、福太郎のほうは心配がなくなったけれども、秋風が吹きはじめてから、笹屋への大量の注文が相ついだので、お歌は商売に気をゆるせない。

福太郎が当主となってより、評判が悪くなっていただけに、お歌としても油断はできない。

注文があった諸方の屋敷や、料理茶屋へも、いちいち顔を出し、挨拶をする。

名物にしている羽衣煎餅と将棋落雁のほかの菓子にも、

「手をぬくことがあってはなりませんよ」

番頭の長助にいいつけるだけではなく、毎日、菓子職人の仕事場を見まわっている。

この日も、日暮れ前までに帰って、明日、神田の料理茶屋・加賀屋へ納める菓子の仕度をしなくてはならなかった。

(馬杉さまは、又太郎さまの敵討ちに手助けをして下さるそうな。けれど、あれから、どうなっているのだろう?)

馬杉源吾と三沢又太郎を引き合わせて以来、お歌は又太郎に会っていないのである。

(又太郎さまの様子も見て来たいし、大村の兄さんの様子も知りたい)

おもったが、そうしていると、店へ帰るのが遅くなってしまう。

お歌は仕方もなく、菓子箱を源吾の机の傍へ置き、笹屋へもどることにした。

(明日……いえ、明後日《あさって》なら、ゆっくりと出られるだろう)

実家の料理屋〔大村〕からは、その後、お歌へ何もいって来なかった。

兄の平四郎の病いが重くなれば、甥の幸太郎が知らせに来るだろうし、白鬚明神の茶店の徳太郎も駆けつけてくれるにちがいない。

何もいって来ないということは、異常がないことになる。

お歌は、徒歩で法恩寺門前まで行き、辻駕籠を拾って帰った。

その駕籠の中で、

（あ……そうだ。あれから、ずっと、おたねを見舞ってもいなかった……）

はっと、おもい出した。

笹屋に長らく奉公をしていた老女中のおたねは、いま、柳島の息子夫婦の家で病床についている。

小梅村の小屋で雨やどりをして、馬杉源吾にはじめて抱かれた日に、お歌はおたねを見舞っている。それ以来、おたねのことを、すっかり忘れてしまったほど、お歌の身辺には、たてつづけに波瀾が起った。

（ああ、おたねには、ほんとうにすまないことをした。明日……いえ、明後日は先ず、おたねを見舞うことにしよう）

翌日になり、お歌は神田の加賀屋へ菓子を納め、帰りに浅草広小路へまわり、おたねのために、いろいろと買い物をした。

それから〔阿《あ》波《わ》徳《とく》〕という履物屋へ寄り、男物の、上等の日和下駄を買ったのは、馬杉源吾へ贈るつもりなのである。

(さあ、明日は馬杉さまに、お目にかかれよう)

胸が弾んできた。

昨日、小屋の中に菓子の箱を置いて来たのだから、源吾にも、お歌が留守の間に来たことがわかっているはずだ。

(だから、きっと、明日は小屋にいて下さるにちがいない)

お歌は、独り決めをしている。

笹屋へもどり、帳面をつけているところへ、甥の幸太郎がやって来た。

「幸ちゃん。あれから兄さんは、どうなの？」

「叔母さん。親父の病いは大分にいいようだよ」

「ほんとうかえ？」

「おふくろがね、叔母さんに知らせて来いってさ」

「そう。そりゃあよかった」

「おふくろも、近ごろは帳場へ詰めっ切りだ」

「まあ……」

「いざとなると、やるもんだよ。叔母さんは帰って来てくれないし……もう仕方がないとおもっているんだろ」

「幸ちゃん。私もねえ……」

「わかっているよ、叔母さん。親父だって、実のところは怒ってなんかいやぁしないよ」

「そうかねえ」

「そうだとも」

幸太郎が帰り、夕餉《ゆうげ》をすませたところへ、突然、関口理右衛門が、町駕籠で訪ねて来た。

「お歌。近ごろ、三沢又太郎の様子を見に行ってくれたか？」

茶の間へ通されると、関口は頭巾を引きむしるようにぬぎ捨て、いきなり尋ねる。

「いえ、あの、このところ、ちょっと忙しくしておりましたので……」

「そうか……」

そこへ坐った関口理右衛門の顔色《がんしょく》が、

(徒事《ただごと》ではない)

と看て、お歌が、

「何か変った事が？」

「大変なことになった……」

「それは、あの……？」

「又太郎は死ぬつもりじゃ」

「それにしても、どのようにして、敵の中西郷右衛門の居所《いどころ》を又太郎が突きとめたものか……それがわからぬ」

「えっ……？」

九

今朝早く、三沢又太郎自筆の手紙を持ち、徳太郎が筋違《すじかい》橋御門内の土井能登守・上屋敷にいる関口理右衛門を訪れた。

徳太郎は、又太郎に手紙をたのまれただけで何も知らぬ。

手紙をひらいて見て、関口は愕然《がくぜん》となった。

三沢又太郎は中西郷右衛門へ使いの者を送り、日時と場所を決め、敵討ちの申し入れをしたというのだ。

中西は、もとよりのぞむところであったから、これを承知した。

ついては、土井家からの立合人として、関口理右衛門に敵討ちの場所へ、

「お出向き下されたし」

と、三沢又太郎が懇願《こんがん》してきたのである。

日時は、明日の六ツ（午前六時）というのだから、さしせまっている。

場所は、西尾久《にしおぐ》の願正寺《がんしょうじ》裏の地蔵ヶ原だ。

西尾久の、そのあたりは上野の山下から一里余りだが、当時は江戸の内に入っていない。

現代は東京都・荒川区の内だが、当時は武蔵の国北豊島郡大字船方ということになる。

関口理右衛門は、すぐさま、徳太郎の家へ町駕籠で駆けつけた。むろん、徳太郎も共にである。

着いてみると、三沢又太郎の姿は消えていた。

「いえ、今朝、あのお手紙を私におわたしなすったときは、いつもと少しも変らず、にこにこと笑っていなすったのでございますがね」

「にこにこと、笑っていた？」

「はい」

「ふうむ……」

いよいよこれは、又太郎が死を覚悟してのことにちがいないと、関口はおもった。

「近ごろ、独りで出歩くようなことはなかったか？」

「へえ。暮れ方に私どもが帰ると、いつも、此処においでなさいました」

ますますもって、わからぬ。

そもそも、関口理右衛門が、三沢又太郎を徳太郎の家に隠したのは、又太郎の耳へ中西郷右衛門の所在が知れてはならぬとおもったのである。

すでにのべたごとく、中西は堂々と道場の主におさまってい、土井家中の士《もの》も稽古に通っているのだから、土井屋敷では、これを知らぬものとてない。なればこそ、関口は、又太郎を土井屋敷へ近づけぬようにはからって来た。

その一方で、又太郎の助太刀をしてくれて、中西郷右衛門を討ち取れるほどの剣客を懸命に探していた。むろんのことに、しかるべき礼金をあたえてのことだ。

これまでに、二人いた。

そこで、ひそかに中西道場へ下見に行ってもらうと、その剣客ふたりは、

「これは、御辞退いたす」

同じような返事をして、身を引いてしまった。

おそらく、道場で門人たちへ稽古をつけている中西郷右衛門の剛剣を見て、

(これは、とてもかなわぬ)

尻ごみをしたにちがいない。

まして、三沢又太郎ひとりでは、到底、中西を討つことはできぬ。

中西は中西で、土井屋敷の知人へ、立合人をたのむにちがいない。関口が屋敷を出るときは、まだ、そのような気配はなかった。

すると、又太郎が中西へ決闘を申し入れたのは、昨夜も遅くなってからではなか

ろうか……。

三沢又太郎は、大小の刀と衣類を少し持ち、徳太郎の家を出たらしい。

関口と徳太郎は、すぐさま〔大村〕へ駆けつけた。

しかし、よくよく考えてみれば、又太郎が〔大村〕へ来ているわけがないのだ。

「お歌。こころあたりはないか?」

「さあ……」

お歌には、わかっていた。

(これは、馬杉さまのお指図にちがいない)

しかし、馬杉源吾からは、かたく口止めをされている。

いつになく狼狽している関口理右衛門を見て、

(いっそ、打ちあけて……)

と、おもったが、打ちあけてしまえば、

(馬杉さまの、おいいつけにそむく……)

ことになる。

「こ、困ったことに、なりまして、ございますねえ」

辛《かろ》うじて、お歌はいった。

「困った。それにしても、よくも、中西の居所を……」

お歌であった。

町医者・滑川勝庵の口から、偶然に、中西道場の所在を知ったのは、ほかならぬお歌が出した茶をのみほした関口理右衛門が、

「もはや、これまでじゃ」

と、つぶやいた。

「手紙を見れば、すぐにも、わしが駆けつけるとおもい、又太郎は身を隠したのであろう」

「……………」

「又太郎が、どこから、中西の居所を耳にしたか、それはわからぬが……かくなれば、又太郎のおもい通りにさせるよりほかに、道はあるまい」

「それほどに、あの、中西とやらは強いのでございますか？」

「強いも強い。いや、わしが、いかに手をまわして助太刀をたのんでも、むだであったやも知れぬなあ。なれど……なれど、わしは、又太郎をむざむざと……」

いいさして、関口理右衛門は沈黙した。

「はあ……」

（これでは、明日、馬杉さまをお訪ねしても、小屋にはおいでにならないだろう。いえ、もう、いまごろは、又太郎さまを連れて何処かへ身を隠しておいでなのだろ

う）

お歌は、そうおもった。

敵討ちにそなえ、邪魔が入らぬためにである。

前もって、このことが関口理右衛門の耳へでも入れば、

（押しとどめられるに相違ない）

と、三沢又太郎はおもいきわめ、馬杉源吾の指図に従って、徳太郎の家を出たと看てよい。

「関口さまは、明朝、地蔵ヶ原へお出向きになるのでございますか？」

「むろんのことじゃ。又太郎の亡き父親とわしとは親しき間柄であったゆえ、わしも、これまで、いろいろと苦心を重ねてまいったのだが、もはや……もはや、かくなっては、又太郎の骨を拾ってやらずばなるまい」

関口理右衛門は、沈痛にいった。

「関口さま……」

「む？」

「私も……私も、お連れ下さいまし」

「何じゃと？」

「あの、地蔵ヶ原へ……」

「つまらぬことを申すな。女子供が来るところではない」

「けれど、何やら心配で……」

「さほどに、又太郎のことを案じてくれるのか」

「はい」

こたえたが、又太郎よりも馬杉源吾のことが気にかかる。源吾は又太郎の敵討ちに直接の助太刀はせぬといったが、では、どのようにして「手助け」をするつもりなのであろう……。

十

馬杉源吾が巷《ちまた》の無頼浪人どもを叩き伏せ、追い散らしたときの強さは、お歌も見知っている。

ことに、自分と番頭が襲われたとき、源吾が素手《すで》のままで斬ってかかる浪人を投げ飛ばした姿は、いまも尚、目に残ってはなれない。

しかし、今度の中西郷右衛門という剣客は、なみなみならぬ腕前のもちぬしらしい。

(下には下があるように、上には上があるというから……)

お歌は、気も漫《そぞろ》になってきた。

「さて、こうしていてもはじまらぬ」

関口理右衛門は、立ちあがった。

その面上に、あきらめの色が哀《かな》しくただよっている。

「お歌。明朝、地蔵ヶ原へまいるなどと、妙な気を起してはならぬ。よいな」

「はい」

関口は、待たせておいた町駕籠へ乗り、土井家の上屋敷へ、悄然《しょうぜん》と帰って行った。

関口を見送って茶の間へもどり、お歌は坐り込んだきり、目を据えてうごかなくなった。

そこへ、番頭の長助があらわれた。

長助は、お歌と共に関口を見送ったとき、

(どうも、おかみさんの様子が変だ)

と、感じたのであろう。

「あの、何か、あったのでございますか？」

「番頭さん……」

いいさして、長助を見たお歌の目つきが険《けわ》しかった。

「駕籠由へ使いを出し、明日の明け七ツ（午前四時）に駕籠をたのんでおいておくれ」

「そんなに早く、何処へお出かけなさるので？」

「何処でもいい。お前さんの知ったことではありませんよ。さ、早く、私のいったとおりにしておくれ」

取りつく島もなく、長助は引き下って行った。

お歌は、その後で入浴をしたが、髪を洗って、夜が更けてから、これを櫛巻《くしまき》のように自分で束ね、ふだん着の着物と帯を出して、女中のお清をよび、

「台所に菅笠《すげがさ》があったろう。ここへ持って来ておいておくれ」

「笠を、どうなさるんで？」

「うるさいね。早く持っておいで。ほかの人たちに余計なことというのじゃないよ、わかったね」

「はい」

お歌は、夜が明けるまで、眠らぬつもりであった。

床へ入っても、

(眠れないにきまっている……)

からだ。

ちょうど、そのころ……。

千住の中西道場では、中西郷右衛門が別棟の寝間の臥床《ふしど》へ身を横たえたところで

である。

（これでよし。すべて仕度はととのった。あとは、三沢又太郎を返り討ちにするまでだ）

中西は、落ちつきはらっている。

今日、中西郷右衛門が使いを出して、土井屋敷にいる定府《じょうふ》取次役の太田作之進《さくのしん》を、神田今川橋の松月庵という蕎麦屋の二階へ呼び出したのは昼近くなってからで、すでに、関口理右衛門は徳太郎の家へ急行した後であった。

中西は、敵持ちの身ゆえ、さすがに、われから藩邸へ顔を出すことをはばかったのだ。

かねてから親しい太田作之進に、中西は、明日の立合人をたのむことにした。

太田は、即座に引き受け、

「よろしい。三沢又太郎は、おそらく関口理右衛門殿に立合いをたのむのであろうな」

「そのようにおもわれますが……関口とは別に一人、介添人を連れてまいるらしいので……」

「よせば、よいのにな。いずれにせよ、おぬしを討てるわけがない」

「うふ、ふふ……」

ふくみ笑いをした中西郷右衛門が、

「おもえば、あわれな……」

と、つぶやいた。

あわれな、といったのは、自分の手にかかって若い命を散らさねばならぬ三沢又太郎をさしたのである。

中西は自信満々だ。

いずれにせよ、このことについては、土井家の江戸家老へ告げた上で、双方から立合人が出ることになろう。

三沢又太郎の父を殺害した中西郷右衛門は、国許の越前・大野において犯罪を犯したことになるが、徳川将軍の御膝元である江戸にいるかぎり、たとえば土井家が中西を捕えようとしても、勝手には出来ない。

もっとも、土井家では中西郷右衛門を捕えるつもりはないし、そもそも土井家の士《もの》が中西道場へ通っているほどなのだから、中西に立合人をたのまれた太田作之進にしても、

(これで、三沢又太郎が返り討ちになれば、すべて片づく)

などと、考えている。

国許の城代家老・大久保蔵人《くらんど》の甥にあたり、いまも大久保家老の庇護を受けてい

る中西郷右衛門だ。

三沢又太郎を返り討ちにしても、中西が土井家の家来として復帰することはありえないが、土井家の重役たちがもてあましていた事件が片づくことはたしかなのである。

ところで、三沢又太郎が中西道場へ敵討ちの日時と場所を申し入れて来たのは、昨夜の五ツ（午後八時）ごろだ。

又太郎の使者としてあらわれたのは五十前後の僧侶で、若い僧が一人、供についていた。

その僧侶は、

「拙者は、渋江の浄光寺の和尚《おしょう》にて、良元と申す」

と、名乗り、三沢又太郎の書状を中西郷右衛門へ差し出した。

一読した中西は、

「うけたまわった。三沢又太郎は、いま、何処に？」

「拙僧の寺におります」

「さようか」

中西の目にも、良元和尚の風貌といい、物しずかな態度といい、うたがうべきものはないとわかった。

「三沢又太郎殿は、土井家の関口理右衛門殿に立合人をたのまれ、そのほかに、介《かい》添《ぞえ》を一名、ともなってまいるそうでござる。そこもとさまも、かならず立合人をお連れ下さるようにとのことでござった」

小癪《こしやく》なことを、と、中西郷右衛門は苦笑を浮かべた。

三沢又太郎にしても、自分一人で中西を討てぬことは承知していよう。

すると、その介添人というのは、又太郎の助太刀ではあるまいか。

たとえ、助太刀であろうとも、恐れることはないが、念のため、

「三沢又太郎の介添は、いずれの人《じん》でござるか。その名は？」

中西が尋ねると、良元和尚は、

「近江の国の生まれにて、名は馬杉源吾殿とか」

言下に、こたえた。

十一

馬杉源吾が、中西道場へあらわれたときは、

「安藤満之助」

と、偽名を名乗っていたから、中西郷右衛門は、これが同一人物だとは夢にも想わなかった。

その安藤満之助が、石井伝五郎・木村久助以下の門人たちを相手に、人間わざともおもわれぬ妙技を見せたとき、中西郷右衛門は何ともいわれぬ恐ろしさに五体が竦《すく》んでしまい、たまりかねて裏手から逃げた。

さいわい、門人たちの目にふれなかったので、しばらくして道場へもどり、石井伝五郎へ、

「どうだ、あの安藤某《なにがし》とやら申す男、追いはらったか？」

何くわぬ顔をして、そういった。

「せ、先生。何処におられたのです？」

「いささか用事があって、金杉まで行って来たが……おぬし、その顔はどうした？」

馬杉源吾に投げつけられたとき、石井は道場の羽目板へ頭と顔を激しく打ちつけ、顔が青く腫れあがっていた。

「うぬ。おれがいれば、むざむざと帰さなんだものを」

などと、中西は息巻いて見せたが、内心では、

(彼奴《きゃっ》め、また、あらわれたなら……)

どうしようかと、不安になってきたものだ。

それから数日を経て、あの恐ろしい男はあらわれず、中西も、ほっと胸をなでお

ろしていたのである。

（なれど、また、あらわれるやも知れぬ。彼奴の、あの眼光の凄まじいというか、何というか……五体のちからというちからが、こちらの眼から向うの眼へ吸い取られてしまうかのような……あの眼光は徒者《ただもの》ではない。江戸には、あのような男がいたのか……）

ともかくも、門人たちに自分の醜体《しゅうたい》を見られずにすんだ。

また、一つには、

（あのときは、おれも、おどろきのあまり逃げたが、立ち合っていれば勝てたやも知れぬ。何しろ、あのときは、おだいを抱いて、あのようなことをした直後だけに、何ともなく気力が萎《な》えていたのであろう）

おもい直したりして、

（そうだ。たしかにそうだ。うむ、これからは女色をつつしまねばいかぬ）

自戒したりしていた。

いずれにせよ、明朝は、三沢又太郎を返り討ちにせねばならぬ。

今日は、太田作之進と別れてから、町駕籠で、西尾久・願正寺裏の地蔵ヶ原を下見して来た。

中西郷右衛門は、太田作之進を立合人とし、門人の石井伝五郎と木村久助を介添に連れて行くことにした。

これは万一にも、三沢又太郎が数人の助太刀をたのんでいる場合を考えてである。

石井と木村なら、五人六人の助太刀であっても、立派に喰いとめられよう。

その間に、自分が又太郎を殪《たお》し、ついで、石井と木村を助ければよい。

三沢又太郎一人では、自分を殪せぬことがわかっているだけに、助太刀をたのむ可能性は大いにある。

石井と木村にはなすと、

「よろしいですとも、助太刀のほうはまかせておいて下さい」

「やりましょう!!」

意気軒昂《けんこう》たるものがあった。

(それにしても、つまらぬことをしたものだ)

半ば、眠りにさそい込まれつつ、中西郷右衛門は微かに悔いていた。

又太郎の父・三沢惣兵衛を斬殺したことについてであった。

この事件は、中西郷右衛門の縁談が拗《こじ》れたことに端を発している。

以前の中西は、越前・大野の国許で、馬廻番頭格《うままわりばんがしらかく》という役目(三百石)についていたわけだが、同じ土井家の守屋当平《もりやとうへい》の次女・千代が気に入って、伯父の城代家老・大久保蔵人を通し、結婚を申し入れた。

これは、土井家の人びとをして、

「守屋も運がよいな。このように結構な縁談はない」

評判をされたものだが、どうしたわけか、当の守屋も、むすめの千代も、この縁談に乗気ではなかった。

これには、中西郷右衛門の人柄が、大いに関係があるといってよい。

剣術は小野派一刀流の達人、柔術は関口流とかで、中西は少年のころから大坂へ出て武芸の修行を積み、のちに国許へ帰り、亡父の跡を継いだ。

中西の母親も、すでに病死しているが、この生母が城代家老の妹なのだ。

中西は馬廻役と兼任で、藩の武芸指南役をもつとめていた。城の三の丸外の藩道場で、やはり現在のような猛烈な稽古をおこなった。

何しろ、城代家老をはじめ、上級藩士に縁者が多くて羽振りがよく、殿様の土井能登守にも気に入られていたし、したがって、中西郷右衛門の傲慢《ごうまん》はつのるばかりとなった。

「むすめも嫌だと申すし、わしも、あの男には、むすめをやりたくない」

と、守屋当平が、親しくしている三沢惣兵衛へ相談をもちかけ、

「おぬし、中へ入ってくれぬか」

たのんだのである。

城代家老の口ききによる縁談だけに、温和な守屋当平が困惑《こんわく》しているのを見て、三沢惣兵衛は、

「なれど、これは、おぬしの行先にとって、よいはなしだとおもうが……」

「それはそうだろう。なれど、むすめはどうしても嫌だという。無理強いをするならば、自害をすると申してな」

「おだやかでないな」

「なれば惣兵衛殿。たのむ、このとおりじゃ」

「では仕方がない。口をきいてみよう」

三沢惣兵衛は、いうところの、

「硬骨《こうこつ》の士」

であった。

自分の立身出世などは念頭になく、権勢に媚《こ》びへつらうこともせず、何かにつけて、

「うまく折り合って行く」

ことが、不得手の人物だ。

そうした惣兵衛の性格が、二代つづいての江戸勤務から、国許へ帰されることになった、と言えなくもない。

三沢惣兵衛は或日、中西郷右衛門を訪問して、

「この縁談は、何とぞ、御断念ありたい」

と、申し入れた。

いうまでもないが、惣兵衛と中西とは、性格が水と油で、かねてから、たがいに好感を抱いていない。

惣兵衛は、妻の里に、

「たとえば、わしのむすめをくれと、中西が申し入れて来ても断わる。殿のおいいつけであってもじゃ」

そう洩らしたそうな。

こうしたわけで、惣兵衛と中西の談合は、しだいに険悪なものとなってきた。

そのうちに、三沢惣兵衛は、この縁談をはなれて、禄高は上でも年下の中西郷右衛門へ、

「そもそも、そこもとは……」

訓戒《くんかい》をしはじめたのである。

二人は激しく口論をはじめた。

そして……。

かっとなった中西郷右衛門が、いきなり、差していた小刀で抜き打ちに、三沢惣

兵衛の頭へ斬りつけた。

中西ほどの男に斬られたのでは、たまったものではない。惣兵衛は即死してしまった。

簡略にいえば、これが、三沢又太郎の敵討ちの事情だ。

ただ、いまにして中西郷右衛門が悔いているのは、先に一人きりの長男に病死されていた伯父の大久保蔵人が、

「おろかなことをしてくれたものじゃ。わしは、お前の妹に聟《むこ》をもらって中西家を継がせ、お前を、わしの跡継ぎにと、考えぬものでもなかったに……」

と、後に手紙で、いってよこしてくれた一事である。

伯父の跡を継げば、当然、中西は土井家の家老になるわけであった。

十二

いかな中西郷右衛門でも、三沢又太郎を返り討ちにして、国許へ帰るわけにはまいらぬ。

伯父の大久保家老にしても、そこまでは公私を混同できまい。

いずれにせよ、土井家へ復帰することだけはあきらめねばならない。

三沢惣兵衛を殺害しなかったら、伯父の養嗣子《ようしし》となれたやも知れぬ。

そこに、中西の悔いが残っているけれども、もはや取り返しがつかぬことであった。

やがて、中西は深い眠りに入った。

一方、笹屋では……。

お歌が、ふだん着に着替え、そのままで仮寝《かりね》していたけれども、明朝のことをおもうと、容易に眠れなかった。

そのころ……。

すでに、三沢又太郎は、馬杉源吾につきそわれ、渋江の浄光寺を出て、ほかならぬ地蔵ヶ原を背後にひかえた、西尾久の願正寺へ身を移している。

すべては、馬杉源吾のはからいによるものであった。

源吾は、浄光寺の良元和尚とも親しい様子だし、願正寺へ行けば、これまた、和尚がこころよくもてなしてくれるというわけで、寺院関係に、

(お顔がひろいお方だな……)

と、三沢又太郎は看た。

又太郎は今朝まで、徳太郎の家にいたが、馬杉源吾は昨日から浄光寺へおもむいていた。良元和尚に中西道場への使者をたのむためであったのだろう。

源吾は、願正寺に明朝の敵討ちの件を洩らしていない。

「ここにいたって、又太郎殿に何も申すことはない。わしが教えたとおりにおやりなされよ」

「はい」

「わしは手助けをしませぬぞ。よろしいな?」

「はい」

「さ、これを……」

と、馬杉源吾は紙に包んだ小豆粒ほどの丸薬を二個出し、ぬるい湯と共に又太郎へ服用させ、

「さ、横におなりなされ。眠るがよい」

「はい」

素直に、臥床《ふしど》へ身を横たえた三沢又太郎の頸すじを、何と、源吾が揉《も》み解《ほぐ》しはじめたものだから、又太郎がおどろいて、

「あっ。そのようなことを、なされましては……」

「まあ、よい。わしのするがままにまかせておきなさい」

「いえ、それは、あの……」

「いまのおぬしにとって、よう眠ることが、何よりも肝要なのじゃ」

「ですが馬杉先生。もったいのうございます」

「よい、よい」

頸から肩、頭などを源吾に揉み解してもらううちに、又太郎はえもいわれぬよい心地となり、そのうちに、ぐっすりと眠り込んでしまったのである。

馬杉源吾に揺り起され、三沢又太郎が目ざめたとき、あたりは、まだ暗かった。

「よう眠れたかな？」

「おかげをもちまして、ぐっすりと……」

「それは何より」

そこへ、願正寺の小僧が朝餉を運んで来た。盆の上に濃目の重湯《おもゆ》と少量の漬物だけが乗っている。これも馬杉源吾が、決闘の前の朝餉には、これがよいというので、わざわざ願正寺へたのんだものらしい。

源吾と又太郎は、しずかに、ゆっくりと重湯を啜《すす》った。

二人とも、敵討ちの事については一言も口に出さなかったが、朝餉を終えると、
馬杉源吾は、

「まだ、充分に間があるゆえ、わしが迎えにもどるまでに、ゆるりと仕度をなされ。用事があらば、小坊主をよんで申しつけられよ」

「はい」

源吾が出て行ったあとも、又太郎は、われながらふしぎにおもえるほど、落ちついていた。

この日のために、故郷の母が縫いあげてくれた黒紋付の小袖と袴を身につけた三沢又太郎は、

(何事も、馬杉先生が仰《おっ》しゃったようにすればよい。それで死ぬるなら本望だ)

おもいきわめている。

この数日の間に、源吾は又太郎に何を教えたかというと、すでにのべておいたようなことを繰り返してきたにすぎない。

すこしずつ、部屋の中が明るみをたたえてきて、窓を開けた又太郎は、初秋の朝の冷たい大気を胸一杯に吸い込んだ。

馬杉源吾は、なかなかにもどって来なかったが、又太郎はあわてもせず、すべてを源吾にまかせきっているようだ。

しばらくして、源吾があらわれ、

「よろしいか?」

「はい」

「相手方は、いま、あらわれた」

「さようでございますか」

「では……」

いいさして、馬杉源吾は又太郎が差し添えていた脇差を抜き放ち、又太郎の袴の裾を膝のあたりまで切り取ってしまった。

このほうが、斬り合いの折の、足の運びによいというのであろう。

又太郎は、源吾のするがままにまかせ、襷《たすき》・鉢巻《はちまき》をした。

源吾のほうは、いつものままの姿で、お歌が縫った薩摩絣に軽衫ふうの袴をつけ、今朝は大小の刀を腰に帯した。

「さ、まいろう」

「はい」

二人が庫裏《くり》の玄関へ出て来ると、そこに願正寺の老和尚が待っていた。

「いかい、お世話に相なりました。かたじけなく存じます」

両手をつき、挨拶をする三沢又太郎へ、老和尚は、にっこりとうなずいて見せ、

「これなれば大丈夫、大丈夫」

と、源吾へいった。

## 十三

馬杉源吾は草履《ぞうり》をはいていたが、三沢又太郎は白の足袋跣《たびはだし》であった。

二人が地蔵ヶ原へあらわれたとき、すでに、中西郷右衛門は、石井・木村の両人を従え、床几《しょうぎ》に腰をかけていたし、立合人の関口理右衛門と太田作之進も緊張の面持ちで、それぞれの家来に持たせて来た床几へ腰をおろしていた。

又太郎と源吾の姿を見た関口理右衛門が、われ知らず立ちあがって、

「ま、又太郎……」

よびかけたのへ、又太郎は一礼し、ゆっくりと中西郷右衛門の前へ近寄って行く。

だれも、又太郎と源吾が、すぐ近くの願正寺に一夜を泊したとはおもっていない。

地蔵ヶ原には、淡く靄《もや》がたちこめている。

中西郷右衛門が床几から立ち、又太郎へ、

「ほう。大きくなられたな」

余裕たっぷりに声をかけ、

「では、よろしいか？」

「いつにても」

と、三沢又太郎がこたえ、金沢友重二尺三寸余の大刀を、ゆっくりと抜きはらった。

明け六ツを知らせる、願正寺の鐘が鳴りはじめたのは、このときであった。

朝風に、靄が吹きはらわれてゆく。

同時に、石井伝五郎と木村久助が、

「ああっ……」

驚愕《きょうがく》の叫びを発した。

この叫びに、大刀の柄《つか》へ手をかけた中西郷右衛門が、はっとしたとき、三沢又太郎の背後に付きそっていた馬杉源吾が又太郎の左脇へ出て、

「三沢又太郎殿の介添をつとめ申す。それがしは馬杉源吾」

名乗った。

中西郷右衛門が源吾を見て、色を失った。

石井と木村も、

(こやつが道場へあらわれたときは、たしかに、安藤満之助と名乗ったはずだが……)

おもったが、どうしようもない。

まぎれもなく、安藤と馬杉は同一人物なのだ。

しかも、今朝の安藤……いや、馬杉源吾は両刀を帯しているではないか。

石井と木村は、素手の馬杉源吾にあしらわれ、悶絶《もんぜつ》してしまったのである。その源吾に真剣を把《と》られては、どうにもならぬ。

「いざ……」

と、又太郎が一歩退《しさ》って、友重の大刀を下段につけた。

「む……」

中西郷右衛門も大刀を抜き、正眼に構えた。

関口理右衛門は、息をのんで見まもっている。

中西は刀を構えたが、又太郎の左手に立ち、凝《じっ》と、自分を見つめている馬杉源吾の視線を感じないわけにはまいらぬ。

源吾を見たらいけないとおもうから、又太郎を睨みつけるのだが、一方、又太郎にしてみれば、この数日の間、真剣を構えて自分を睨み倒した馬杉源吾の、あの眼光の凄さにくらべたなら、中西の眼光などは、問題にならぬといってよい。

（こ、こやつめ!!）

又太郎を圧倒しようとして、中西は大刀を上段に振りかぶった。

だが又太郎は圧倒されるどころか、すいっと間合を詰めて来たではないか。

中西は飛びはなれ、ふたたび、正眼に構え直した。

石井と木村は、五体をふるわせつつ、じりじりと後退して行く。

（こりゃあ、もう、だめだ）

（まさに……）

二人は眼と眼を見合わせ、わずかにうなずき合うや、ぱっと逃げ出してしまった。

中西郷右衛門は、それに気づいたか、どうか……。

依然、刀を下段につけたまま、迫ってくる三沢又太郎に備えることで精一杯なのだ。

又太郎の横合には、馬杉源吾が立ち、又太郎がすすめば、源吾もすすむ。

たまらなくなって、中西は、ちらと源吾を見た。

源吾の眼光が、中西の眼の中へ飛び込んで来た。

(あっ……)

全身のちからが抜けそうになり、あわてて飛び退《しさ》った中西へ、

「鋭《えい》!!」

気合声を発した三沢又太郎が、下段の刀を猛然と突き入れて来た。

「ぬ!!」

中西は、これを打ち払い、横に飛び抜けざま、又太郎へ打ち込もうとしたが、その眼の中へ、またも馬杉源吾の眼光が飛び込んできたものだから、

「むう!!」

唸って、打ち込めなかった大刀を、またも正眼に構え直す。

又太郎は、下段だ。どこまでも下段の構えをくずそうとはしない。

と……。

馬杉源吾が、やや身を引き、三沢又太郎の斜め後ろへまわった。

すると、又太郎の左肩口から、源吾の眼が中西を見ているかたちになる。

又太郎の肩口の後ろから、あの恐るべき眼光が、中西の眼の中へ飛び込んで来る。

これでは、見まいとしても見なくてはならない。

又太郎を見れば、当然、源吾を見ることになってしまう。源吾は刀の柄へ手をかけようともせぬが、その眼光は刀身の煌《きら》めきと同様であった。

「う、うう……」

呻《うめ》きつつ、中西が二歩三歩と退った瞬間である。

「それ!!」

低いが、ちからのこもった声が馬杉源吾の唇《くち》から迸《ほとばし》った。

間《かん》、髪《はつ》を入れず、三沢又太郎は地を蹴っている。

又太郎の刀の切先が、吸い込まれるかのように、中西郷右衛門の胸下へ突き入った。

あの中西が、身を躱《かわ》すことも、又太郎の刀を打ち払うこともできなかった。

中西は、ぱくりと口を開け、よろめいた。

突き入れた刀を引き抜きざま、又太郎が躍りあがるようにして、

「やあ!!」

中西郷右衛門の左の頸《くび》すじを深く切り割った。

血が疾《はし》った。

中西の手から刀が落ちた。

中西郷右衛門は、

(信じられぬ……)

と、いいたげな眼ざしで三沢又太郎を見たが、そのまま崩れるように倒れ、息絶えたのである。

「見事」

馬杉源吾が、まだ刀を下段に構えている又太郎の背中へ声をかけた。

関口理右衛門も、また、この光景に信じられぬ面持ちとなっていたし、太田作之進は、呆然と、中西の死体へ目をやったまま、身じろぎもせぬ。

「又太郎殿。とどめを」

源吾に、うながされ、

「はい」

三沢又太郎は、中西郷右衛門の死体へ近づき、止めを刺した。

「又太郎殿。これでよし」

「馬杉先生。おかげをもちまして、亡き父の敵を……」

「もう、よい。いずれ、また会えることもあろう」

「せ、先生……」

「さらばじゃ」

「お待ち下さい。先生、先生……」

追う三沢又太郎よりも、馬杉源吾の足のほうが速かった。

はっと気づいた関口理右衛門が、又太郎の後から源吾を追った。

又太郎は、源吾が願正寺へもどったものとおもったけれども、いなかった。

馬杉源吾は、地蔵ヶ原から姿を消した。

そして、江戸からも消えてしまったのである。

# 天高く

## 一

お歌は、三沢又太郎が首尾よく亡父の敵を討ったありさまを、遠くの木蔭から見ていた。

暗いうちに笹屋を出たお歌は〔駕籠由〕の駕籠で、地蔵ヶ原へやって来たが、そのときは、まだ、だれもあらわれず、靄《もや》がたちこめているだけだったのである。

お歌の実家〔大村〕の兄・平四郎が甥の幸太郎をさしむけ、三沢又太郎失踪《しっそう》について、問い合わせてよこしたが、それは、お歌が家を出た後のことだ。

中西と又太郎との決闘を、お歌がどのようなおもいで見ていたか、書きのべるまでもあるまい。

何分にも遠目に見ていたことだし、強烈な昂奮のために、何がどうなったのやら、よくわからなかったといってよい。

けれども、又太郎が中西郷右衛門を討ちとったことだけは、はっきりとわかった。敵討ちが終り、走り去る馬杉源吾を、又太郎と関口理右衛門が追って行くありさまも見たが、

（まさか……）

このまま、馬杉源吾が江戸から姿を消してしまおうとは、おもってもみなかった。

（よかった。又太郎さまが本懐《ほんかい》をおとげなすって、ほんとうによかった……それもこれも、みんな馬杉さまのおかげなのだから……）

うれしくて、うれしくて仕方がなかった。

お歌は、いったん、笹屋へもどってから、昼すぎに押上の最教寺へ向った。駕籠を下り、寺の境内を抜け、源吾の小屋の前へ立つと、最教寺の若い僧と小坊主が、小屋の中を掃除しているではないか。

（おや……？）

お歌は、小屋の前に、見おぼえのある源吾の机や、鍋釜などが運び出されているのを見て、

（妙なことを……？）

と、おもった。

すると、若い僧が、お歌を見つけて窓から顔を出し、

「馬杉先生を、お訪ねですか？」

「は、はい」

「それはそれは、まことに残念」

「はあ？」

「馬杉先生は、今朝、おもどりになられ、すぐに、江戸をお発《た》ちになられました」

「ええっ……」

お歌は、愕然《がくぜん》となり、

「ど、どちらへ？」

「さあ、わかりませぬ。和尚さまにも行先をお告げにならなかったそうです」

お歌は、言葉をうしなった。

(でも……でも、そんなはずはない。もしやすると、いまごろ、笹屋に来ておいでになるかも知れない……)

いずれにせよ、最教寺の小屋を引きはらってしまったことは、たしからしい。

僧と小坊主が、好奇の目で自分を見ているものだから、お歌は居たたまれなくなり、

「ごめん下さいまし」

身を返し、最教寺から走り出た。

かっと、頭に血がのぼっている。

法恩寺の門前で駕籠を拾って、お歌は笹屋へ引き返した。

「お帰りなさいまし」

「お帰り」

いきなり店先から入って行ったお歌へ、番頭の長助や奉公人たちが声をかけたが、

馬杉源吾については何もいわぬ。

「あの、留守中に、私を訪ねて見えた人はいなかったかえ？」

「へえ、どなたも……」

「いなかった……」

「はい」

「そう……」

何やら、足許が浮いているようでたよりなく、お歌は、ふらふらと奥の居間へ向った。

長助が、すぐに後からついて来て、

「もし、どうかなさいましたか？」

「なんでもありませんよ」

「どこか、おかげんでも悪いのではございませんか」

「うるさいねえ、番頭さん」

眉をつりあげて、お歌が、

「あっちへ行っておくれ」

叱りつけるようにいったものだから、長助は、びっくりして、店の方へ立ち去った。

(馬杉さまが、私を、このまま見捨てて、江戸を発つはずがない。今夜か明日には、きっと、此処へお見えになるにちがいない)

お歌は、自分にいいきかせた。

それも、当然のことだ。

(きっと……きっと、お見えなさる)

お歌は、辛《かろ》うじて、気を取り直した。

夜に入ってから、関口理右衛門が三沢又太郎をともない、笹屋へあらわれた。

二人とも黒紋付に袴の正装で、小者に紅白の紐をかけた練絹《ねりぎぬ》三疋《びき》を持たせ、礼をのべに来たのである。

三沢又太郎は、お歌の前に両手をつき、

「このたび、父の敵を討つことがかないましたのは、馬杉先生と、お歌どののおかげでござる。かたじけなくおもいます」

心をこめていうと、関口理右衛門も、

「くどくどとは申さぬ。このとおりじゃ」

深く、頭を下げた。

「まあ、そのようになさいましては、どうしてよいかわかりません。どうかもう……」

お歌は、身をもむようにして、

「私は、ただ、馬杉さまへ、お引き合わせをしただけなのでございますから……それよりも、ほんとうに、おめでとうございました。遠くから、私も……」

「見ていたのか？」

「はい」

「さようか。これは、おどろいた」

と関口が瞠目《どうもく》し、

「ときに、お歌。馬杉先生は、何処におられる？」

「さあ……」

「さあ、と申して、おぬしが知らぬはずはない。わしと又太郎は、あれから徳太郎の家へおもむき、衣服をあらため、最教寺へお訪ねしたが、江戸を発たれたというではないか」

それは、お歌が源吾の小屋を訪ねた前のことらしい。

このことを、最教寺の僧も小坊主もお歌に告げなかった。もっとも、告げる間もなく、お歌のほうが走り去ったということにもなろう。

関口と又太郎は、仕方もなく、藩邸へおもむき、敵討ちの一件を江戸家老へ届け出た。

藩邸は、昂奮に包まれていた。

中西郷右衛門の立合人として地蔵ヶ原へおもむいた太田作之進が、敵討ちの様子を、すでに報告していたからだ。

江戸家老をはじめ、家中《かちゅう》の人びとはいずれも、三沢又太郎に中西郷右衛門が、

（討てるはずはない）

きめこんでいたようである。

しかも、二人の決闘は、又太郎が完全に中西を圧倒していた。

太田作之進は、馬杉源吾の、あの眼の光りを受けたことがないのだから、

「いや、三沢又太郎は、どのような修行をしてきたものか……まことにもって、おどろき入った」

そういったのも、むりはない。

中西の道場へ通っていた藩士たちにしても、信じられぬことであったにちがいない。

二

関口理右衛門は、さすがに、一藩の江戸留守居役をつとめるほどの人物だけあって、馬杉源吾が江戸を発ったと知るや、すぐさま、最教寺の和尚に面会をした。

ところが、和尚も源吾のことはよく知らぬらしい。

なんでも、和尚が京都にいたころ知っている仏具屋の八幡屋《はたや》喜兵衛という人のたのみで、江戸へあらわれた源吾に小屋を貸したのだそうな。

「くわしいことは、八幡屋どのも存ぜぬそうでおざるが……」

前置きをして、和尚が関口へ語ったところによると、馬杉源吾は若いころ、唐《から》（中国）や天竺《てんじく》（インド）にまでわたって、

「さまざまな修行を積まれたらしい、と、かように八幡屋どのが手紙に書いてよこしましてのう」

「唐、天竺……」

「さよう」

「ははあ……」

関口も三沢又太郎も、呆気にとられた。

現代の日本ではない。当時の中国やインドが、どれほど遠く、はるかな国なのか、見当もつかぬ。

江戸から京・大坂へ旅をするのにも、一般の人びとは水盃《みずさかずき》をかわした時代なのである。

源吾の生まれは近江《おうみ》の国らしいが、近江の何処なのか、それもわからぬ。

和尚が何か尋ねても、それが我身のことにふれると、源吾は微笑を浮かべるのみで、こたえようとはせぬ。

「そこで、よけいなことは尋《き》かぬことにいたしたのでおざる」

最教寺の和尚は、寸時、両眼を閉じて沈黙したが、ややあって眼をひらき、

「いずれにせよ、人間ばなれのした御仁《ごじん》でおざるな」

と、いった。

「いずれ、あらためて……」

と、関口理右衛門と三沢又太郎が帰って行った後も、お歌は、

(馬杉さまと、このまま、二度と会えぬということはない。私に黙って、何処かへ行っておしまいなさるはずはない)

そうおもった。

だが、翌日になっても、源吾は笹屋へあらわれなかった。

一方、関口と又太郎は、地蔵ヶ原の願正寺や渋江の浄光寺へも出向いたが、そのこたえは最教寺の和尚と大差がない。

三日、四日と過ぎた。

源吾は、依然、笹屋へあらわれなかった。

お歌は、自分の留守中に源吾があらわれることを慮《おもんぱか》って、外へも出なかった。

徳太郎や、甥の幸太郎も訪ねて来てくれたが、探してもらおうにも全く手がかりがないのである。

(ああ……やはり、私は捨てられたのか……)

十日もたつと、さすがに、お歌もあきらめざるを得なかった。

悔いはない。

ただ、もっともっと、抱いてほしかった。

あと半年でも一年でも、抱いてくれてから、

(江戸をお発ちになってくれれば……)

尚更に、悔いはなかったろう。

すっかり窶《やつ》れ、食欲もうしなったお歌を見て、徳太郎が女房お金に、

「お歌ちゃんは何だぜ。きっと、その馬杉先生とやらに惚《ほ》れていたのだ」

「まさか……」

「だって、そうとしかおもえねえ」

三沢又太郎も、父の敵《かたき》を討ったので国許の越前・大野へ急ぎ帰ることになり、笹屋へ挨拶に来たが、お歌の憔悴《しょうすい》ぶりを見ておどろいたらしい。

又太郎から聞いて、関口理右衛門が見舞いに来た。

又太郎は国許へ帰ると、中西郷右衛門の伯父で、城代家老でもある大久保蔵人の下で勤めなくてはならぬ。

関口は、このことを気にかけて、

「覚悟をしておけよ、又太郎。国許の御家老も、わが甥を手にかけたおぬしを、よくはおもうまい」

「私も、さようにおもいます」

「よいか、どのような目にあっても、堪え忍ぶのじゃ。よいな」

「はい」

又太郎は、落ちつきはらっている。

これまでの苦しみにくらべたなら、国許へ帰参してからの苦労など、

「何でもない」

と、おもっているのであろうか。

関口の目にも、敵討ちの前と後とでは、又太郎が、

（別の男……）

のように、見えた。

「ま、いずれにせよ、これからが、又太郎は大変じゃ」

などと、関口がはなしかけても、お歌は上の空であった。

「馬杉先生はあれほどの人物じゃ。また、きっと、江戸へもどってまいられよう。急ぎの事あって、一時、江戸をはなれられたのであろうよ」

なぐさめる関口理右衛門も、お歌と馬杉源吾の関係を、うすうす気づいているようだ。

「何ぞ、困ったことがあれば、わしに打ちあけてくれ。お歌のためならば、どのようなことでも、ちからになりたい。よいな」

「ありがとう存じます」

頭を下げても、お歌は虚《うつろ》な様子で、

（重い病気にでも、かからねばよいが……）

案じつつ、関口は帰って行った。

お歌のみか、番頭の長助も重苦しい顔つきになり、無口となってしまった。

これまでの、お歌と馬杉源吾との間に醸《かも》し出されていた微妙な感じや、お歌の言動への不審が、長助には、

(いちいち、腑《ふ》に落ちてくる……)

のであった。

これがために、長助は長助で何やら悩みはじめたらしい。

手代や小僧も、いぶかしげに長助を見ている。

商売のことで、お歌に報告をするときも、よほどのことがないかぎり、他の者に代《かわ》ってもらうし、どうしても自分が会わなくてはならぬときは、お歌の顔を見ぬようにして簡略にすませ、さっさと引きあげて来る。

お歌も、そうした長助を気にかけない。

そのうちに……。

おもいもかけぬことが、お歌の身に起ったのである。

三

お歌は、馬杉源吾の子を身ごもっていたのだ。

先ず月のものがとまった。

子を産んだ経験がない、お歌ではあったが、さすがに不安となった。健康な自分

の躰に、これまで、そうしたことがなかったからであろう。

つぎに……。

秋も深まった或朝、目ざめて枕から半身を起した途端に、胸がむかむかしてきて、吐いた。

経験はなくとも、当時の女がお歌ほどの年ごろになれば、妊娠の徴候《ちょうこう》について、無知であるはずがない。おのが目にも見、耳にも聞いている。

入浴のとき、自分の乳房を見ると、乳頭や乳輪の色が、びっくりするほどに濃くなってきた。

（もしや……?）

と、おもったけれども、

（私は、馬杉さまと、あのようなことをしたのだから……）

源吾の子を身ごもったところで、

（ふしぎはない……）

のである。

十日ほどして、以前、笹屋で奥向きの女中をしていたおたねが、訪ねて来た。

六十に近くなったが、おたねは、この夏を病床で乗り切り、かなり元気を取りもどしたらしい。

おたねが、ひとりで歩いて笹屋へあらわれたので、お歌は、

「まあ、そんなことをして、いいのかえ？」

「もう大丈夫でございますよ。おかげさまで、生き返りました」

「ほんとうに、このところ、お前さんの見舞いもしないで、すまなかったねえ」

「何を、おっしゃいます」

おたねが凝《じっ》と、お歌の顔を見て、

「どうかなさいましたか？」

「え……？」

「すっかり、お顔が変ってしまいました」

「私の顔……？」

「はい」

おたねの視線は、お歌の顔から躰へ移ってゆく。

そのときであった。

（そうだ。これはもう、おたねに相談をするよりほかに道はない）

咄嗟《とっさ》に、お歌は決心をした。

「実はねえ、おたね……」

「はい。かまいません。なんでも、おっしゃってみて下さいまし。おたねがちから、

になります」

たのもしい、おたねの言葉ではある。

お歌は、すべてを、おたねに打ちあけ、

「それで、お乳が、こんなになってきたのだけれど……」

双の乳房を見てもらった。

おたねは、お歌の乳房を見るや、

「おめでとうございます」

と、いうではないか。

「冗談じゃあない。そんな、お前……」

「いいえ、たとえ、どんな事情《わけ》があろうとも、おかみさんが身ごもったのは、おめでたいことでございます。笹屋の跡とりが、できたのでございますから……」

「そういうけれど、おたね。私の、お腹の中の子の父親は居所が知れないのだよ」

「いいじゃございませんか」

おたねは、平然たるものだ。

「お前さんは、まるで、他人事《ひとごと》のようにいうけれど、世間体もあるし、実家《さと》の兄だって、どんなに怒るか知れたものじゃあない」

「そうでございましょうねえ」

「せ、世間では、私を、ふしだらな女とおもうにきまっているし、ここの奉公人たちへもしめしがつかなくなってしまった……ねえ、おたね。ま、間ちがいはないのだろうね？」

「私の目に狂いはございませんよ」

「困った……ああ、困ってしまう……」

「お子さんが生まれるのですから、しっかりして下さいましよ」

「そういわれても、お前……」

さすがに、お歌は、先行きを想うと恐ろしくなってきた。

現代とはちがう。居所も素性も知れぬ男との間に子を産むなどということになれば、

(この店をやってゆくことはできない。それは、福太郎が帰って来ればすむことだけれど……)

お歌が恐れているのは、物堅い兄の平四郎の激怒が、目に見えるような気がして、

(こうなったら、いよいよ、兄さんの勘気《かんき》は解けなくなってしまうだろう)

このことであった。

「おかみさん。こうして、私も丈夫になりましたことですから、どのようにも、お世話申します」

「でも、どうやって……」

うったえるように、おたねを見たお歌へ、

「まあ、可愛いお顔」

「おたね。からかうのもいいかげんにしておくれ」

「いえ、ほんとうでございます。そんなに可愛らしいお顔を、いままで一度も見たことがございませんよ。まあ、気を強くおもちなさいまし。おたねがついております」

「だって……」

「おたねが、きっと、お匿《かくま》い致しますから御安心なさいまし」

「匿うって、何処へ？」

「葛飾《かつしか》の二之江《にのえ》に、私の弟がいることを御存知でございますね」

「ええ、知っているけれど……」

「そこへ、お匿い申しましょう。そこで、世間のことは一切忘れて、のんびりと、お子さんをお産みなさいまし」

おたねは、あくまでも明るい笑顔を絶やさず、

「ようございますか、子供というものは、お腹にいるうちからが大事なのでございますよ。此処にいて、苛々《いらいら》しておいでなさると、お腹のお子にさわります。こうな

ったら腹をお括《くく》りになって、浮世ばなれをした心もちでいなくてはいけません」

おたねの元気な声を聞いていると、病んでいたときには、

(おたねは、もう長くないかも知れない)

そうおもっていたのが、嘘のようだ。

「おはなしをうかがいますと、その、馬杉さまとかいう剣術の先生は、めったにお目にかかれないような、お方ではございませんか」

おたねにいわれ、お歌はわれを忘れて、

「そりゃあ、もう、あのようなお方が二人といるものじゃあない」

「そんなお方の血を分けたお子をお産みなさるのですから、こんな、おめでたいことはないじゃあございませんか」

「ええ、それは……」

お歌の、細くなった頸すじへ見る見る血がのぼってきた。

おたねに、そういわれても否やはない。

(馬杉さまの子を産めるものなら産みたい……)

のである。

お歌が恐れるのは、世間の目、実家の兄の怒りであった。

しかし、おたねのいうことを聞いているうち、次第に元気が出てきて、

「それでは、どこまでも、ちからになっておくれなのだね？」

「こうして、御恩返しの万分の一もできるのでございますから、おたねはうれしくて仕方がありません」

おたねは、胸をたたいて見せた。

四

おたねは、お歌とくわしい打ち合わせをすませたのち、柳島の息子夫婦の家へ帰って行った。

お歌は〔駕籠由〕から駕籠をよび、おたねを送らせた。

夕餉がすんで、しばらくしてから、お歌は番頭の長助を居間へよび寄せ、

「番頭さん。このごろの私を見て、お前さんも、妙におもいなさるだろうね？」

長助は、うつむいたまま、こたえぬ。

お歌がいれてやった茶に口をつけようともしない。

「私のことについて、うちの人たちも、いろいろと陰ではうわさもしていようし、案じてくれているようだけれど、実は……」

いいかけるお歌へ、長助が、

「もう、何もおっしゃって下さいますな」

「そう……それなら何もいわないけれども、この店の商いについて、後々《あとあと》のことを、お前さんと打ち合わせておかなくてはならない」

「後々の……？」

「ええ、そう。福太郎さんの傷もすっかりいいようだし、いつ、此処へもどってても大丈夫のようだから、そろそろ、私と入れ替ってもらわなくてはならない」

「………」

「これは、お前さんも、かねがね承知をしていてくれたはずなのだから……」

「………」

「いまの笹屋はねえ、番頭さん。何といっても、お前さんがたよりなのだから、後をたのみますよ。このとおり、お願いします」

両手をついて頭を下げたお歌に、長助は身を揉《も》むようにして、

「ど、どうしても、笹屋を出て行ってしまうのでございますか？」

「それが、福太郎さんとの約束だもの」

「いいえ、先日も高砂屋さんへ、おかみさんの手紙とお見舞いの品を届けましたとき、福太郎……いえ、こちらの旦那も、おかみさんには一生、笹屋にいてもらわなくてはならない、と、そういっておいでになりました」

「でも、そんなわけには行きませんよ。私がいては、いつまでも福太郎さんが商い

をおぼえないし、お絹さんもやりにくいにきまっている」

「いいえ、それは……」

「せっかく、いまの福太郎さんの心があらたまったのだから、この機会《しお》を逃してはいけない。ね、そうだろう」

うなだれた長助の両眼から、とめどもなく、熱いものがふきこぼれてきた。

その泪《なみだ》を拳《こぶし》でぬぐう長助を見たとき、お歌は、はっと、おもいあたった。

(長助は、私のことを、好いていてくれたのか……)

長年にわたり、奉公人として接してきただけに、このときまで、お歌は長助の胸底に潜《ひそ》む自分への思慕がわからなかったのだ。

お歌も、目を伏せた。

今朝、居間のとなりの仏間に供えたばかりの菊の香が微かにただよっている。

二人とも、しばらくは無言のままでいたが、やがて、お歌が、

「番頭さんだけには、黙っているわけにいかないから、ほんとうのことをはなしましょう。どうか、いくらでも嘲笑《わら》っておくれ」

「……?」

「私はねえ……」

「な、なんのことでございます」

「いま、私は、馬杉さまの子を身ごもっているのですよ」

「えっ……」

これには、いかに長助でも気がつかなかった。

長助は目をみはり、膝の上の両の拳を、ぶるぶると震わせ、面《おもて》を伏せたお歌の項《うなじ》を睨みつけるように見据えた。

少しの間を置いて、部屋の空気が揺れうごいた。

突然、立ちあがった番頭・長助が廊下へ走り出て行ったのである。

だが、翌朝になると……。

奥へやって来た長助が、

「昨夜《ゆうべ》は、取り乱しまして、申しわけもございません」

両手をついて、お歌にあやまった。

「いいえ、番頭さん。その手をあげておくれ。これで私も、お前さんたちへ顔向けができなくなってしまったねえ」

「それで、これから、どうなさるおつもりなんでございます」

「私のことよりも番頭さん。福太郎さんが此処へ帰って来たら、これまでのように、ちからを貸しておくれかえ？」

「はい」

きっぱりと長助がこたえてくれたので、お歌は、

「ああ、よかった……よかった。こんな、うれしいことはありませんよ」

おもわず、泪ぐんだ。

（もしやすると、番頭さんは、店を辞《や》めてしまうかも知れない）

昨夜は、おもいあぐねて、まんじりともせず夜を明かしただけに、お歌の安堵《あんど》は筆や口につくせなかったといってよい。

そして、長助の笹屋へ対する誠実に、あらためて胸を打たれたのである。

二人は、たがいに眼と眼が合わぬようにして、今後のことについて打ち合わせをした。

福太郎へは、手紙を書いておくことにしたが、

「お子さんが、お生まれになることだけは、いまのところ、私の胸ひとつにおさめさせていただきます」

長助がそういったので、その言葉に従うことにした。

おたねの弟の家に匿われることも、長助の耳へだけはいれておくことにした。

「よく、打ちあけて下さいました。これからは、お実家《さと》のほうへの連絡《つなぎ》も、おかみさんのお指図によって、私がつとめさせていただきます」

「そうしておくれか。すまない……番頭さんには、もう頭があがらなくなってしま

った」

「な、何をおっしゃいますことやら……」

長助は、一夜で落ちつきを取りもどしている。

(この人は、並の人ではない……)

お歌は、感じ入った。

人というものは、土壇場にならぬと、その真価がわからないということが、お歌にもつくづくとわかった。

そして、五日後に……。

お歌は長助ひとりに見送られて、然《さ》り気《げ》なく笹屋を去った。

身のまわりの品は、二度ほど、おたねが来て運んで行ってくれたし、後は長助がうまくしてくれるであろう。

「では、後をたのみましたよ、番頭さん」

ささやいたお歌へ、長助がこういった。

「行っていらっしゃいまし」

## 五

翌天明四年(一七八四)の初夏に、二之江の隠れ家で、お歌は男の子を産んだ。

安産であった。

おたねも、おたねの弟夫婦や甥、姪《めい》たちも、生まれた子の顔がお歌に、

「そっくり……」

だという。

そのことを、異常なまでによろこんだのは、番頭の長助であった。

おたねからの密《ひそ》かな知らせを受け、駆けつけて来た長助は、

「これはいい。これは、ほんとうにようございました。おかみさんにそっくりでございます。はい、これはもう何よりのことで……」

眠っている赤児を、のぞき込みながら、昂奮を隠そうともしなかった。

そのときは、おたねや他の人たちがいなかったが、もし、いたならば長助の様子に不審を抱いたやも知れぬ。

だが、お歌には長助の心が、

(よくわかる……)

ようなおもいがしたのである。

この間、おたねや長助のはからいによって、実家の兄夫婦も、お歌が懐妊したことを知り、はじめはおどろきもし、怒りもした兄の平四郎だが、それも長くはつづかなかった。

むしろ、

「これで、お歌も大村へ帰ることができる。私も安心をしたよ」

などと、洩らすようになっていた。

平四郎が関口理右衛門のみへ、このことを密《ひそ》かに知らせたのは、かねがね関口が、お歌の身を気づかっていたからだ。

関口は「お歌の居所が知れただけでも、大安心じゃ。このことを、すぐさま、国許の三沢又太郎へ知らせてやろう。又太郎も安堵するにちがいない。まして、お歌が産んだ子が馬杉先生の血をわけた子となれば、尚更に又太郎はよろこぶであろう」と、いったそうな。

子が生まれると〔大村〕の平四郎夫婦が、二之江の隠れ家へ祝いに来てくれた。

お歌は、兄の平四郎の病気が、ともかくも外出ができるほどに回復したのを見て、

(ほんとうに、よかった……)

おもわず、泪ぐんだ。

平四郎も一年ぶりに見る妹へ、なんと言葉をかけたらよいものか、しばらくは照れくさそうに沈黙していたが、ややあって、

「久しぶりで会う妹に、こんな子供ができていようとはな。はてさて、女という生きものは奇妙なものだ」

つぶやくようにいったのが、平四郎としては妹への、精一杯の愛情の表現であったのだろう。

関口理右衛門は、お歌が落ちついてから見舞いに行くと平四郎にいい、祝い物を託《ことづ》けてよこしたが、その折、平四郎に語ったところによると、帰参して亡父の跡をついだ三沢又太郎は、どうやらうまくやっているらしい。

又太郎に、甥の中西郷右衛門を討たれた大久保家老も、

(仕方もないことじゃ)

あきらめているらしく、又太郎への風当りを強くするようなこともない。

そうなると、又太郎が、あの強剛・中西を討ち取ったことにより、藩士たちが又太郎を見る目がちがってきて、

「案ずるより産むが易しとはこのことで、わしもほっとしている」

と、関口が平四郎へ洩らしたそうな。

平四郎は、生まれた子に、

「わしの名前の一字をやるから、平太郎と名づけなさい」

と、いい出た。

甥の幸太郎は、父、平四郎の跡をついで〔大村〕の当主となれば、当然、父の名をつぐことになる。

となれば、従兄弟《いとこ》どうしの名前に〔平〕の字がついて、

「何よりのことだ」

などと、平四郎は悦《えつ》に入っていたけれども、お歌としては、馬杉源吾の名前から一字をとり〔源太郎〕と名づけたかった。

産後の臥床《ふしど》に横たわっていながら、お歌は、さまざまにおもいをめぐらしたが、ついに意を決し、笹屋の先代で、自分の夫であった故伊之助の一字をとり、

「伊太郎」

と、命名することにした。

これは何も、わが子に笹屋の跡をつがせるつもりで、つけたのではない。

ただ、何となく、

(そのほうがよい)

と、感じたまでであった。

これは理屈でも何でもない。お歌は、自分の感能《かんのう》が命ずるままにしたがったのだ。

笹屋の番頭・長助が二之江へあらわれたのは、お歌が床《とこ》ばらいをした翌日であった。

笹屋へは福太郎夫婦がもどって来て、長助も一所懸命にやってくれている。

福太郎は何事にも長助へ相談をしているというので、お歌は安心をしていた。

福太郎夫婦にも、子が生まれたことを、長助から告げさせておいたが、

「さっそく、二之江へ行きたいけれど、義姉さんのゆるしが出ないと困る。いつごろ、うかがったらよいものか、尋ねてもらいたい」

という福太郎の伝言を、長助はもって来た。

「こうなれば、もう何も隠しておくこともないのだから、いつでも、お目にかかると福太郎さんにつたえて下さい」

「かしこまりましてございます」

「それにしても番頭さん。お前さんやおたねのおかげで、私も兄さんの勘当が解けました。何も彼もうまく運んで、ほんとうにうれしい。長助さん、ありがとう」

「とんでもないことでございます」

「あれ……どうしました？」

「え、いや、その……」

「そんな顔つきになって、お前さん。また何か、お店《たな》に困ったことでも起ったのかえ」

「ま、さようなので……」

「な、何が起ったの。え、何が……？」

「実は、旦那が、どうしても、おかみさんにもどっていただきたいとおっしゃるの

で……」

「じょ、冗談を……」

「それが、冗談ではございませんので。私が行って、このことをはなす前に、先ず、お前から義姉さんにお願いをしてくれと……旦那がこうおっしゃって、私に手を合わしたりなさるものですから、まったくどうも、困ってしまいまして……」

「まあ……」

お歌には、想像もできなかったことではないか。

「どうして、そんなことを、福太郎さんはいい出したのだろう」

「旦那は、自分には商売は向かない。このままでいると、つまりは笹屋の暖簾を汚すことになる。そうなれば御先祖に申しわけがない、と、こうおっしゃるので……」

お歌は、おどろきのあまり、言葉をうしなってしまった。

(なぜ、そんなことをいい出したのだろう。わからない、わからない……)

長助も、福太郎にこのことをいい出されたときには、

「目の前が、真暗になってしまいました」

そういった。

「ですが、おかみさん。私が、どのように申しあげても、承知して下さいません。

旦那の御決心は堅《かと》うございます」

「…………」

福太郎は笹屋を出て、これより先、どのように身を立てて行くつもりなのだろうか……。

六

なんと、

「私は、是非とも、印判師《いんばんし》として身を立てたい」

と、いうのである。

印判師といっても、一から十まであって、上の方になれば相応の学問もしておかねばならず、書の道にも通じ、高級な篆刻《てんこく》や実印を彫り、大名や武家の出入りもする大家《たいか》ともなる。

年少のころから習字に打ち込んでいた福太郎が、

(これこそ、自分がすすむ道だ)

おもいきわめたのも、うなずけぬことではなかった。

これには、医者の滑川勝庵のすすめがあったらしい。勝庵は池之端仲町の印判師・上田吉左衛門に福太郎を紹介し、吉左衛門は福太郎の才能を見込んで、

「わしの許《もと》で、十年の修業に堪えられるならば、いつにても引き受けよう」

たのもしく、うけあってくれた。

福太郎には妻も子もいるが、修業の間は、妻お絹の実家〔高砂屋〕が面倒を見ることになった。

はじめ、高砂屋久兵衛は大反対であったが、近ごろになって、滑川勝庵の説得と福太郎の決意に負けてしまった。

「番頭さん。そういわれても、私には、どうしようもない。実家《さと》の兄は、私が帰るものときめているし……ほんとうに、福太郎さんは、どこまで面倒をかければ気がすむのだろう」

「困りました。……まったくもって……」

「いっそのこと、お前さんが福太郎さんと養子縁組をして、笹屋の跡をついだらどうだろう。そうだ。それがいい」

「おかみさん。本気でございますか？」

「それよりほかに、仕様がありますか？」

「さようなことをおっしゃるなら、私は、すぐにも、お暇《ひま》をとらせていただきます」

「まあ。お前さんまで、そんなことをいって、私を困らせる……」

「ともかくも、旦那の口から、よく、お聞き下さいまし」

長助が帰って行った翌々日に、福太郎が滑川勝庵同道で、二之江の家へやって来た。

「義姉さんが此処においでとのことを、長助がいままで知らせてくれませんでしたので、すっかり御無沙汰をいたしてしまいました。申しわけもございません」

福太郎は、ひれ伏すように頭を下げた。

「いえ、それは、私から番頭さんに口どめをしておいたからなのですよ。これには、いろいろと事情《わけ》があって……」

「はい。それも、うけたまわりました。男のお子さんだそうで何よりのことでございます。これで笹屋も大安心……」

「ちょっと、ちょっと福太郎さん。そんな、お前さんひとりで決められては困りますよ、困ります」

「まあ、まあ……」

と、滑川勝庵が割って入り、

「実は昨日、御実家のほうへまいりましてな。あなたの兄御の平四郎さんも、ようやく承知をして下さったのですよ」

「な、な、何でございますって……」

お歌は狼狽《ろうばい》した。

「そんなはずはありません。何かの間違いです」

「いえ、ほんとうに承知して下さったのじゃ。福太郎さんの熱心さに負けて下されたのであろうが……」

「ですが勝庵先生……」

「ま、お聞きなさい。この福太郎さんが、もみ手をして、頭を下げ、お世辞の一つもいえるような人ならば笹屋の主人《あるじ》にもなれましょう。なれど、この人は、まったくそれができない人なのじゃよ。それは、あなたが、よく御存知のはずではないか」

「ですから、それを、これから……」

「いやいや、男が三十にもなって、がらりと人が変るものか、どうか。おもってみてもわかることじゃ。この人は笹屋のあるじになることが苦しくて、辛くてならないのじゃ」

お歌は沈黙し、福太郎を見やった。

福太郎が、男泣きに泣きはじめた。

「わしはな、福太郎さんが笹屋のあるじをつづけていたなら、きっと、商売はうまく行かなくなるとおもう」

いいきった、滑川勝庵の声には重味があった。

お歌が伊太郎を抱いて、笹屋へ帰って行ったのは、暑い夏が去ったばかりの或日《あるひ》のことであった。

番頭・長助とおたねが、舟で迎えに来てくれた。

おたねの弟夫婦や甥、姪たちに見送られ、二之江の妙勝寺前の船着き場から、お歌は舟に乗った。

この船堀川は、中川と江戸川をむすぶ江渠《こうきょ》である。

二之江へ移ってから約一年。お歌は一度も江戸の土を踏んではいない。

お歌は、福太郎の願いを、すぐさま承知したわけではなかった。

しかし、なんといっても、実家の兄までが福太郎へ理解をしめしてしまったのだから、どうしようもない。

関口理右衛門も、二之江へあらわれ、

「人には得手、不得手というものがある。そもそも福太郎が以前に、失敗《しくじり》を重ねたのも、おのれの隠れていた才能《さい》が、おのれでわからなかったからであろう。いま、それを、われから見出し、しかるべき道へすすもうというのだから、福太郎を助けてやれ。修業を積むまでの間、面倒をみてやるがよい。福太郎を男にしてやれ」

こういわれて、

「ごめんをこうむります」

とはいえない。

ついに、お歌は笹屋へもどる決意をかためた。

それと聞いたときの、福太郎のよろこびようは徒事《ただごと》ではなかった。

だが、これから、お歌は父のない子をつれて笹屋へもどるのだ。世間がなんというか知れたものではないし、商いにさしつかえることにもなろう。

「ああ。つい、この間まで、あんなに暑かったのが嘘のようでございますねえ」

と、おたねが笑いかけてきた。

健康を取りもどした、おたねは笹屋へ来てくれて、

「坊ちゃんが大きくなるまで、また、はたらかせて下さいまし」

たのもしく、そういってくれた。

空は、晴れわたっていた。

澄み切った青空を仰いだ、お歌の躰の、胸にも腰にもみっしりと肉がつき、顎が括《くく》れ気味になっている。

川幅のせまい船堀川を、舟はゆっくりとすすんで行った。

赤蜻蛉《あかとんぼ》の群れが川の上をわたって行く。

番頭の長助は、いかにも晴れ晴れとした顔つきになって、

「おかみさんが、お店《たな》へもどって来て下さるなどとは、夢にもおもっておりませんでした。うれしゅうございます。ほんとうに、うれしゅうございます」

と、いう。

お歌は、うなずいて、長助の顔から視線を再び空へ移した。

上空には、いくらか風があるらしく、一片の白い雲がゆったりとうごいている。

お歌は抱いている伊太郎の顔を、その雲の方へ向けてやり、

（ほら、ごらん。お前のお父さんが、空の上を歩いていなさる）

胸の内で、そういった。

# 解説

筒井ガンコ堂

池波正太郎は巷間、もっぱら〝男〟を書く小説家と見られているようだ。

そういえば確かに、数多い著作を代表する三大シリーズの主人公たち、『鬼平犯科帳』の長谷川平蔵、『剣客商売』の秋山小兵衛・大治郎父子、『仕掛人・藤枝梅安』の梅安と相棒の彦次郎は皆、それぞれ典型的に〝男〟である。

また、よく眼につく長編小説の題名を見ると、『おれの足音』、『俠客』、『その男』、『男振』、『おとこの秘図』……いかにも〝男〟である。

これに『男のリズム』、『男の作法』といった著作も加えれば、そのような風聞もあながち故なしとしない、と言える。

だが、むろん、池波正太郎とてこれまで〝女〟を書かなかったわけではない。否、むしろ積極的に、〝おんな〟とでも表現したいような、読者に強い印象を残す女を数多く書いている。小説家が小説を書く、その究極の狙いの一つが、人間の営みを、男と女の生《い》き様《よう》、在《あ》り様《よう》を書くことだとするならば、それもごく当たり前のことだ。

とまれ、池波作品に登場する女たちは、たとえ脇役ではあっても、それぞれ見事にいきいきと〝おんな〟である。それは例えば『仕掛人・藤枝梅安』の〔井筒〕のおもんを思い起こしてもらえば、十分納得してもらえるだろう。理想的な〝おんな〟として、かなり本気でおもんのような女を探し求めている男（自らの器量も考えないで！）は、私の周辺でも、二、三人にとどまらないのだ。

さらに、最近ようやく文庫本に収録され始めたのでお読みになった方も多かろうが、池波正太郎にはこれまで、女を主人公にした、キラリと光る短編小説の佳品が、実に多いのである。

そして、ある時期から、女を主人公とした、たっぷりと読ませる長編小説が次つぎと書かれるようになる。『旅路』、『夜明けの星』、『雲ながれゆく』、『乳房』、『まんぞく、まんぞく』などである。

さて、『雲ながれゆく』の主人公は、天明期の、江戸の、市井に生きる男まさりの寡婦・お歌である。

三年前夫に先立たれたお歌はいま二十九歳。四代も続いた浅草駒形堂前の菓子舗〔笹屋〕を、他に代わる人がないまま、切り回している。亡夫の弟で五代目たる、お歌と同い年の福太郎は実に頼りなく、身を入れて商いに励もうとしない。先ごろ、ついに我慢が切れてお歌は福太郎を殴りつけてしまった。福太郎の顔は三日も腫れが引かなかった……。

お歌の実家は、当時の江戸の郊外・寺島村にある〔大村〕という格式のある料理屋である。兄の平四郎は笹屋での妹の中途半端な立場を案じ、本気で「帰っておいで」と言ってくれる。実際〔大村〕でもお歌の手がほしいのである。

が、お歌は、自分が出来るだけのことをしようと思っている。奉公人たちは皆、そんなお歌は、「亡くなった旦那への義理」もあり、笹屋が何とか恰好がつくまでを頼り切っている。それなのに笹屋の親類縁者は、福太郎の口から出まかせの一方的な話を信じ、お歌がそのまま笹屋を乗っ取ろうとしていると見ていい顔をしない。

そんな夏のある日、雨やどりのひととき、お歌は、何やらわけがわからぬうちに〝手ごめ〟に遭う。

（この私が、あんな男に、手ごめにされてしまうなんて……）

だが、自分を手ごめにした正体不明の、憎むべき男に、怒りが湧いてこないから不思議である。

「悔しいようでもあるが、怒る気にもなれぬ」

眠れぬ一夜を明かしたお歌は午後、近くの白鬚明神社にもうでて、幼なじみの徳太郎の茶店で麦茶をもらい憩《やす》んでいる時、「自分を犯した男」をふたたび眼にすることになる。

折も折、実家〔大村〕では、なじみ客の、越前大野藩の江戸屋敷留守居役・関口理右衛門からの断り切れない頼みで、〔敵討ち〕のからむ若い侍を預ることになった。隠し場所を探さねばならぬ。それを平四郎はお歌に相談する――。

と、物語は進展し、お歌の日常はいよいよ忙しく、また「自分を犯した男」実は剣客・馬杉源吾とのふしぎな交情も深まっていき（「あの男」「あんなやつ」から、「あのお人」「あのお方」へと変わっていく）、そしてある結末に至るわけだが、それは本文に譲ろう。

お歌には、しなければいけないこと、考えなければいけないことが山ほどある。

（ああ、もう、ほんとうに、どうして私は、こんなおもいをしなくてはならないのだろう）

ためいきを吐きながらも、つぎからつぎへ、お歌は用事を片づけてゆく。目の前に次から次に生起するさまざまなことを、言い換えれば運命のままに、身を躱《かわ》すことなく精一杯受けとめ、心くばりよろしくさばいていくお歌の生き様《よう》はいっそ清々しく、潔い。

それは、（この小説の主要なテーマであるとほぼ断言してもいいと思うが）お歌に「我欲」がないからである。

池波正太郎は、あるところで次のように語っている。

「男らしさとか女らしさとかいう前にね、男も女も共通して大事なことがあるんだよ。『人の身になって考える』ということがね……これがなかなか、口でいうのはやさしいが、できないことなんだけどね」

現代に生きるわれわれは、「分《ぶん》」とか「程《ほど》」というものをきれいさっぱり忘れ去り、自分、自分と、限りなく自己を主張して止まない。とてものことに人の身になって考えるということをしない。その前に、(あさましいことには)損得を考えてしまう。かくて、欲望は果てしなく、満たされることいよいよ少なく、人はつねに不幸である。

だが、かつて日本には、少なくとも江戸時代には、我欲を去った、人の身になって考えることのできる男が、そして女が、ごくふつうに生きていた、と池波正太郎は言いたいようである。

東京の下町に生まれ育った作者は、その江戸の〔心〕の名残りをとどめる人たちを多く見知っていたに違いない。そしてお歌には、旧知のあの人この人が色濃く投影されている筈である。

この小説のエンディングは、いつもながらのこの作者の腕の冴えを見せて、見事である。父のない子を抱えたお歌の将来に、さまざまな困難が待ち構えていることは容易に予想される。しかし、最後まで読み進んできた読者には判るのだ。お歌は、これまでにもまして、けなげに、明るく、たくましく生きていくだろう。そのことを最後の数行で巧みに暗示して、作者はこの長編小説の筆を擱《お》く。

（フリー・ライター　一九八六年記）

本書は昭和六十一年一月に刊行された文庫の新装版です。

文春文庫

# 雲《くも》ながれゆく

定価はカバーに表示してあります

2006年2月10日　新装版第1刷
2025年1月31日　第14刷

著　者　池《いけ》波《なみ》正《しよう》太《た》郎《ろう》
発行者　大沼貴之
発行所　株式会社　文藝春秋

東京都千代田区紀尾井町3-23　〒102-8008
TEL　03・3265・1211㈹
文藝春秋ホームページ　https://www.bunshun.co.jp

落丁、乱丁本は、お手数ですが小社製作部宛お送り下さい。送料小社負担でお取替致します。

印刷製本・TOPPANクロレ

Printed in Japan
ISBN978-4-16-714285-8

池波正太郎
**乳房**
不作の生大根みたいだと罵られ、逆上して男を殺した女が辿る数奇な運命。それと並行して平蔵の活躍を描く鬼平シリーズの番外篇。乳房が女を強くすると平蔵はいうが……。（常盤新平）
い-4-86

池波正太郎
**剣客群像**
剣士、柔術師、弓術家、手裏剣士。戦国から江戸へ、武芸にかけては神業の持ち主でありながら、世に出ることなく生涯を送った武芸者八人の姿を、ユーモラスに描く短篇集。（小島　香）
い-4-87

池波正太郎
**忍者群像**
陰謀と裏切りの戦国時代。情報作戦で暗躍する、無名の忍者たち。やがて世は平和な江戸へ――。世情と共に移り変わる彼らの葛藤と悲哀を、乾いた筆致で描き出した七篇。（ペリー荻野）
い-4-88

池波正太郎
**仇討群像**
ささいなことから起きた殺人事件が発端となり、仇討のために人生を狂わされた人々の多様なドラマ。善悪や正邪を越え、人間の底知れぬ本性を描き出す、九つの異色短篇集。（佐藤隆介）
い-4-89

池波正太郎
**夜明けのブランデー**
映画や演劇、万年筆に帽子、食べもの日記や酒のこと。週刊文春に連載されたショート・エッセイを著者直筆の絵とともに楽しめる穏やかな老熟の日々が綴られた池波版絵日記。（池内　紀）
い-4-90

池波正太郎
**おれの足音**　大石内蔵助（上下）
吉良邸討入りの戦いの合間に、妻の肉づいた下腹を想う内蔵助。剣術はまるで下手、女の尻ばかり追っていた〝昼あんどん〟の青年時代からの人間的側面を描いた長篇。（佐藤隆介）
い-4-93

池波正太郎
**秘密**
家老の子息を斬殺し、討手から身を隠して生きる片桐宗春。だが人の情けに触れ、医師として暮すうち、その心はある境地に達する――。最晩年の著者が描く時代物長篇。（里中哲彦）
い-4-95

（　）内は解説者。品切の節はご容赦下さい。

池波正太郎
## 鬼平犯科帳　決定版（一）
人気絶大シリーズがより読みやすい決定版で登場。「唖の十蔵」「本所・桜屋敷」「血頭の丹兵衛」「浅草・御厩河岸」「老盗の夢」「暗剣白梅香」「座頭と猿」「むかしの女」を収録。（植草甚一）
い-4-101

池波正太郎
## 鬼平犯科帳　決定版（二）
長谷川平蔵の魅力あふれるロングセラーシリーズがより大きな文字の決定版で登場。「蛇の眼」「谷中・いろは茶屋」「女掏摸お富」「妖盗葵小僧」「密偵」「お雪の乳房」「埋蔵金千両」を収録。

い-4-102

池波正太郎
## 鬼平犯科帳　決定版（三）
大人気シリーズの決定版。「麻布ねずみ坂」「盗法秘伝」「艶婦の毒」「兇剣」「駿州・宇津谷峠」「むかしの男」を収録。巻末の著者による解説・長谷川平蔵（「あとがきに代えて」）は必読。

い-4-103

池波正太郎
## 鬼平犯科帳　決定版（四）
色褪せぬ魅力「鬼平」が、より読みやすい決定版で登場。「霧の七郎」「五年目の客」「密通」「血闘」「あばたの新助」「おみね徳次郎」「敵」「夜鷹殺し」の八篇を収録。（佐藤隆介）
い-4-104

池波正太郎
## 鬼平犯科帳　決定版（五）
繰り返し読みたい、と人気絶大の「鬼平シリーズ」をより読みやすくした決定版。「深川・千鳥橋」「乞食坊主」「女賊」「おしゃべり源八」「兇賊」「山吹屋お勝」「鈍牛」の七篇を収録。

い-4-105

池波正太郎
## 鬼平犯科帳　決定版（六）
ますます快調、シリーズ屈指の名作揃いの第六巻。「礼金二百両」「猫じゃらしの女」「剣客」「狐火」「大川の隠居」「盗賊人相書」「のっそり医者」の全七篇を収録。

い-4-106

池波正太郎
## 鬼平犯科帳　決定版（七）
鬼平の魅力から脱け出せなくなる第七巻。「雨乞い庄右衛門」「隠居金七百両」「はさみ撃ち」「掻掘のおけい」「泥鰌の和助始末」「寒月六間堀」「盗賊婚礼」の全七篇。（中島　梓）
い-4-107

池波正太郎
**鬼平犯科帳　決定版（八）**
鬼平の部下を思う心に陶然、のち悪党どもの跳梁に眠れなくなるスリリングな第八巻。「用心棒」「あきれた奴」「明神の次郎吉」「流星」「白と黒」「あきらめきれずに」の全六篇。
い-4-108

池波正太郎
**鬼平犯科帳　決定版（九）**
密偵たちの関係が大きく動くシリーズ第九巻。名作「本門寺暮雪」ほか、「雨引の文五郎」「鯉肝のお里」「泥亀」「浅草・鳥越橋」「白い粉」「狐雨」の全七篇に、エッセイ［私の病歴］を特別収録。
い-4-109

池波正太郎
**鬼平犯科帳　決定版（十）**
密偵に盗賊、同心たちの過去と現在を描き、心揺さぶるシリーズ第十巻。「犬神の権三」「蛙の長助」「追跡」「五月雨坊主」「むかしなじみ」「消えた男」「お熊と茂平」の全七篇。
い-4-110

池波正太郎
**鬼平犯科帳　決定版（十一）**
色白の同心・木村忠吾の大好物は豊島屋の一本饂飩。シリーズで一二を争う話題作「男色一本饂飩」ほか、「土蜘蛛の金五郎」「穴」「泣き味噌屋」「密告」「毒」「雨隠れの鶴吉」の全七篇。
い-4-111

池波正太郎
**鬼平犯科帳　決定版（十二）**
密偵六人衆が、盗賊時代の思い出話を肴に痛飲した一夜の後日談「密偵たちの宴」ほか、「高杉道場・三羽烏」「いろおとこ」「見張りの見張り」「二つの顔」「白蝮」「二人女房」の全七篇。
い-4-112

池波正太郎
**鬼平犯科帳　決定版（十三）**
煮売り酒屋で上機嫌の同心・木村忠吾とさし向いの相手は、眉毛と眉毛がつながっていた（「一本眉」）。ほか、「熱海みやげの宝物」「殺しの波紋」「夜針の音松」「墨つぼの孫八」「春雪」の全六篇。
い-4-113

池波正太郎
**鬼平犯科帳　決定版（十四）**
ますます兇悪化する盗賊どもの跳梁。密偵・伊三次の無念を描いた「五月闇」ほか、「あごひげ三十両」「尻毛の長右衛門」「殿さま栄五郎」「浮世の顔」「さむらい松五郎」の全六篇。　（常盤新平）
い-4-114

（　）内は解説者。品切の節はご容赦下さい。

池波正太郎
**鬼平犯科帳　決定版（十五）**
特別長篇　雲竜剣

火付盗賊改方の二同心が、立て続けに殺害される。その太刀筋は、半年前に平蔵を襲った兇刃に似ていた。平蔵の過去の記憶と、現在進行形の恐怖が交錯。迫力の長篇がシリーズ初登場。

い-4-115

池波正太郎
**鬼平犯科帳　決定版（十六）**

新婚の木村忠吾への平蔵の可愛がりが舌好調。同心たちの迷いに平蔵が下す決断は――。「影法師」「網虫のお吉」「白根の万左衛門」「火つけ船頭」「見張りの糸」「霜夜」の全六篇を収録。

い-4-116

池波正太郎
**鬼平犯科帳　決定版（十七）**
特別長篇　鬼火

うまいと評判の「権兵衛酒屋」に立寄った平蔵は、曲者の気配を感じた。この後、店の女房が斬られ、亭主が姿を消す。この事件が、平蔵暗殺から大身旗本の醜聞へとつながる意欲作。

い-4-117

池波正太郎
**鬼平犯科帳　決定版（十八）**

平蔵のぶれない指揮下、命を賭して働く与力・同心・密偵のチーム鬼平。このところ切ない事件が続く。「俄か雨」「馴馬の三蔵」「蛇苺」「一寸の虫」「おれの弟」「草雲雀」の全六篇。

い-4-118

池波正太郎
**鬼平犯科帳　決定版（十九）**

磐石のチーム鬼平。お調子者の同心・忠吾だが、昨今生きていくことの切なさを思う。「霧の朝」「妙義の團右衛門」「おかね新五郎」「逃げた妻」「雪の果て」「引き込み女」の全六篇。

い-4-119

池波正太郎
**鬼平犯科帳　決定版（二十）**

平蔵の会話に、あの秋山小兵衛が登場。著者の遊び心が覗く円熟の第二十巻。「おしま金三郎」「二度ある事は」「顔」「怨恨」「高萩の捨五郎」「助太刀」「寺尾の治兵衛」の全七篇。

い-4-120

池波正太郎
**鬼平犯科帳　決定版（二十一）**

平蔵が自身のかなしみを吐露する「春の淡雪」、時代を越えた問題作「瓶割り小僧」ほか、心に沁みる作品揃い。「泣き男」「麻布一本松」「討ち入り市兵衛」「男の隠れ家」の全六篇。

い-4-121

安部龍太郎
**等伯**（上下）
武士に生まれながら、天下一の絵師をめざして京に上り、戦国の世でたび重なる悲劇に見舞われつつも、己の道を信じた長谷川等伯の一代記を描く傑作長編。直木賞受賞。（島内景二）
あ-32-4

安部龍太郎
**海の十字架**
銀と鉄砲とキリスト教が彼らの運命を変えた。長尾景虎、大村純忠ら乱世を生き抜いた六人の戦国武将たち。大航海時代とリンクした、まったく新しい戦国史観で綴る短編集。（細谷正充）
あ-32-9

浅田次郎
**壬生義士伝《みぶぎしでん》**（上下）
「死にたぐねえから、人を斬るのす」――生活苦から南部藩を脱藩し、壬生《みぶ》浪と呼ばれた新選組で人の道を見失わず生きた吉村貫一郎の運命。第十三回柴田錬三郎賞受賞。（久世光彦）
あ-39-2

浅田次郎
**一刀斎夢録**（上下）
怒濤の幕末を生き延び、明治の世では警視庁の一員として西南戦争を戦った新選組三番隊長・斎藤一の眼を通して描き出される感動ドラマ。新選組三部作ついに完結！（山本兼一）
あ-39-12

浅田次郎
**黒書院の六兵衛**（上下）
江戸城明渡しが迫る中、てこでも動かぬ謎の武士ひとり。勝海舟や西郷隆盛も現れて、城中は右往左往。六兵衛とは一体何者か？笑って泣いて感動の結末へ。奇想天外の傑作。（青山文平）
あ-39-16

浅田次郎
**大名倒産**（上下）
天下泰平260年で積み上げた藩の借金25万両。先代は「倒産」で逃げ切りを狙うが、クソ真面目な若殿は――奇跡の「経営再建」は成るか？　笑いと涙の豪華エンタメ！（対談・磯田道史）
あ-39-20

あさのあつこ
**燦《さん》 1 風の刃《やいば》**
疾風のように現れ、藩主を襲った異能の刺客・燦。彼と剣を交えた家老の嫡男・伊月。別世界で生きていた二人には隠された宿命があった。少年の葛藤と成長を描く文庫オリジナルシリーズ。
あ-43-5

（　）内は解説者。品切の節はご容赦下さい。

青山文平
**白樫の樹の下で**
田沼意次の時代から清廉な松平定信の息苦しい時代への過渡期。いまだ人を斬ったことのない貧乏御家人が名刀を手にしたとき、何かが起きる。第18回松本清張賞受賞作。（島内景二）
あ-64-1

青山文平
**かけおちる**
藩の執政として辣腕を振るう男は二十年前、男と逃げた妻を斬った。今また、娘が同じ過ちを犯そうとしている——。時代小説の新しい世界を描いて絶賛される作家の必読作！（村木　嵐）
あ-64-2

青山文平
**つまをめとらば**
去った女、逝った妻……瞼に浮かぶ、獰猛なまでに美しい女たちの面影は男を惑わせる。江戸の町に乱れ咲く、男と女の性と業。女という圧倒的リアル！　直木賞受賞作。（瀧井朝世）
あ-64-3

青山文平
**江戸染まぬ**
村から出てきた俺たちは、江戸のどこにも引っかからねえ——人生を必死に泳ぐ男と女を鮮やかに描き出す唯一無二の味わい。リアル江戸の史料や記録から生まれた予測不能な傑作7編。
あ-64-6

朝井まかて
**銀の猫**
嫁ぎ先を離縁され「介抱人」として稼ぐお咲。年寄りたちに人生を教わる一方で、妾奉公を繰り返し身勝手に生きてきた、自分の母親を許せない。江戸の介護を描く傑作長編。（秋山香乃）
あ-81-1

天野純希
**乱都**
「都には魔物が棲んでいる」——応仁の乱から室町幕府の終焉まで、裏切りと戦乱の坩堝と化した都に魅入られ、果てなき争いに明け暮れた7人の男たちの生きざまを描くオムニバス。
あ-92-1

井上ひさし
**東慶寺花だより**
離縁を望み決死の覚悟で鎌倉の「駆け込み寺」へ——女たちの事情、強さと家族の絆を軽やかに描いて胸に迫る涙と笑いの時代連作集。著者が十年をかけて紡いだ遺作。（長部日出雄）
い-3-32

池波正太郎
**火の国の城**（上下）
関ヶ原の戦いに死んだと思われていた忍者、丹波大介は雌伏五年、傷ついた青春の血を再びたぎらせる。家康の魔手から加藤清正を守る大介と女忍び於蝶の大活躍。（佐藤隆介）
い-4-78

池波正太郎
**秘密**
家老の子息を斬殺し、討手から身を隠して生きる片桐宗春。だが人の情けに触れ、医師として暮すうち、その心はある境地に達する——。最晩年の著者が描く時代物長篇。（里中哲彦）
い-4-95

池波正太郎
**その男**（全三冊）
杉虎之助は大川に身投げをしたところを謎の剣士に助けられる。こうして〝その男〟の波瀾の人生が幕を開けた——。幕末から明治へ、維新史の断面を見事に剔る長編。（奥山景布子）
い-4-131

稲葉　稔
**武士の流儀（一）**
元は風烈廻りの与力の清兵衛は、倅に家督を譲っての若隠居生活。平穏が一番の毎日だが、若い侍が斬りつけられる現場に居合わせたことで、遺された友の手助けをすることになり……。
い-91-12

伊東　潤
**王になろうとした男**
信長の大いなる夢にインスパイアされた家臣たち。毛利新助、原田直政、荒木村重、津田信澄、黒人の彌介。いつ寝首をかくか、かかれるかの時代の峻烈な生と死を描く短編集。（高橋英樹）
い-100-1

伊東　潤
**潮待ちの宿**
時は幕末から明治、備中の港町・笠岡の宿に九歳から奉公する志鶴。薄幸な少女は、苦労人の美しいおかみに見守られ逞しく成長する。歴史小説の名手、初の人情話連作集。（内田俊明）
い-100-6